Christopher Zimmer

Wanderer zwischen den Zeiten

Ueberreuter

Die Deutsche Bibliothek – CIP-Einheitsaufnahme

Zimmer, Christopher:
Wanderer zwischen den Zeiten / Christopher Zimmer. –
Wien : Ueberreuter, 1997
ISBN 3-8000-2517-5

*Ich danke
Mareike für jede geschenkte Stunde,
Peter Plaßmeyer für seine Hilfe
und seinen fachkundigen Rat
und Simone und Michel Chalon für die Zeit,
die ich in ihrer Uhrenwerkstatt verbringen durfte.*

J 2321/1

Gedruckt auf chlorfrei gebleichtem Papier
Umschlag von Jörg Huber
Gesetzt nach der neuen Rechtschreibung

Druck: Ueberreuter Print
1 3 5 7 6 4 2

Ein Tag kann eine Perle sein
Und ein Jahrhundert nichts.

Gottfried Keller

Der kleine, verwilderte Garten wirkte zwischen den hohen Häuserwänden, die ihn so dicht umschlossen, wie verloren gegangen, von der Außenwelt abgeschnitten und vergessen. Die kurze Gartenbank, an deren Metallgestell und Holzlatten die weiße Farbe Blasen schlug und abblätterte, fand kaum Platz im Wildwuchs der Büsche und Ranken. Es schien, als hätte sie zu lange schon vergeblich gewartet. Anton presste die Wange gegen die Fensterscheibe und legte den Kopf in den Nacken. Mit dem rechten Fuß stützte er sich an der Heizung ab, um auf der schmalen Fensterbank nicht den Halt zu verlieren. Sein Blick verlor sich im Wogen des grünen Blätterdaches. Manchmal fuhr ein heftiger Windstoß in den Garten herab. Dann gaben die Blätter den Blick auf den Himmel frei. Schwere, graue Wolken zogen vorbei, langsam wie überladene Schiffe, die gegen die Strömung kämpfen. Dazwischen wurde das tiefe Blau über den Wolken sichtbar und blendend helle Sonnenstrahlen brachen durch das Blattwerk, ließen vereinzelte Blätter aufleuchten und warfen goldene Tupfer auf die alte Bank und die zersprungenen Steine des gepflasterten Weges, zwischen denen Gras und zwergenhafte Blumen wuchsen.

Anton seufzte und sah seinem Großvater wieder bei der Arbeit zu. Der alte Leib drehte das Werkstück, das in der Drehbank steckte, geduldig ein Stück weiter und senkte die Fräse herab, die langsam die nächste Kerbe in das Zahnrad schnitt. Die sirrenden Geräusche des Schwungrads und der Frässcheibe schwirrten wie überlautes Grillengezirp durch die Werkstatt und übertönten beinahe den Chor der vielen tickenden Uhren, die überall zu sehen waren. Sie hingen an den Wänden, standen auf Borden und Tischen oder lagen unter Glasplatten zur Ansicht aus. Dunkle, glänzende Holzkästen, hinter deren Glastüren Pendel, Ketten und Gewichte schimmerten, elegant geschwungene französische Porzellanpendulen, hohe Standuhren mit Mondkalender und emaillierten Zifferblättern, Taschenuhren unter kleinen Glasstürzen oder im Futter schöner Holzschatullen, Zeitschaltuhren, Armbanduhren und auf dem hohen Kasten neben dem Arbeitstisch der Käfig mit den drei Automatenvögeln, die ihre Köpfe und Flügel bewegen konnten und deren Gesang Anton so gern hörte. Manche Uhren waren geöffnet und man sah das Werk mit den Zahnrädern, Stahlzapfen und Messingplatten. Sonderbar nackt wirkte das Innere der Uhren, unsanft ans Tageslicht gezerrt, wie freigelegte Skelette kleiner Tiere.

Der Raum mit all den Uhren und Werkzeugen war im schwachen Licht, das durch die Fenster fiel, kaum zu erkennen. Eine alte Gelenklampe mit schwarzem Metallschirm beleuchtete die Arbeit des Großvaters. Wie eine seltsame Insel erschien Anton die Drehbank und sein Großvater im Lichtkegel wie ein ferner Bewohner dieser Insel. Und über allem schwebte das Ticken der Uhren, das Anton, als der Großvater die Fräse abschaltete, wieder bewusst wurde. Wie schon so oft versuchte er, das Geheimnis hinter diesem Ticken zu entdecken, das Geheimnis des Stimmengewirrs der Uhren, das nie gleich klang, sondern sich immer neu verflocht und immer neu auseinander strebte. Mal schienen einige der Uhren im Gleichtakt zu schlagen, dann entfernten sie sich voneinander, andere traten an ihre Stelle, liefen eine Weile nebeneinander her, bis sie sich unmerklich voneinander trennten und sich mal als Einzelgänger, dann wieder in neuen Gruppen von Schlag zu Schlag fortbewegten. Es war, als würden die Uhren Gespräche miteinander führen, mal nur mit der Nachbarin an der Wand, dann mit Verwandten und Bekannten am anderen Ende des Raumes, immer wieder anders und undurchschaubar, aber unentwegt, unermüdlich, beängstigend. Ja, das war es, beängstigend. Sosehr Anton diese Werkstatt mochte, mit dem alten Holz der Tische und Schubladenschränke, den Stapeln von Zigarrenkistchen, in denen der Großvater Hunderte von Zeigern, Schrauben und Spiralen in allen Größen und Formen aufbewahrte, dem alten knarrenden Holzdrehstuhl und dem matten Glanz der Werkzeuge und Maschinen, sosehr Anton all dies mochte, so unheimlich war es ihm doch durch das Ticken der Uhren, die er insgeheim fürchtete, die ihn zu bedrängen schienen, nicht nur am Tag, sondern auch nachts in seinen Träumen.

Der Großvater löste das Zahnrad, trug es zum Arbeitstisch, probierte aus, wie es zu den schon fertigen Rädern passte und spannte es sorgfältig in den Schraubstock ein. Dann nahm er eine Feile zur Hand, zog die Lupe, die ein geschwungener Draht um seinen Kopf hielt, vors rechte Auge und begann mit sanften, behutsamen Bewegungen, den Zähnen des Rades ihre endgültige Form zu geben. Kurz schaltete er noch das große, bullige Radio ein, dann wandte er sich wieder seiner Arbeit zu. Erst rauschte es, bis die Röhren des alten Apparates warm geworden waren, dann glühte die Anzeige im Dämmerlicht auf und leise Musik setzte ein.

Anton blickte wieder zum Fenster hinaus und sah dem Wind zu, der ein paar lose Blätter durch den Garten wirbelte und sie die Treppe, die zum Vorderhaus führte, hinabjagte. Schade, dachte Anton, dass so wenig Kunden kommen. Das wäre doch mal eine Abwechslung. Aber eben, Kunden verirrten sich selten in die Werkstatt des Großvaters. Nachdem Antons Vater Hochmünster verlassen hatte, hatte der alte Leib seine Wohnung und sein Atelier ins Hinterhaus verlegt und das Vorderhaus vermietet. Und das kleine Schild an der Klingel mit der Aufschrift »*Johann Jakob Leib, Uhrmacher*« war leicht zu übersehen. Dem alten Leib war dies recht. Laufkundschaft mochte er nicht, und wenn doch einmal ein Neugieriger seinen Weg in die Werkstatt fand, bediente er ihn so mürrisch und abweisend, dass dieser sicher nicht wiederkam. Der alte Leib hatte sein Auskommen und seine Stammkunden. In Fachkreisen genoss er einen guten Ruf, denn er verstand sich auf die Reparatur alter Werke und baute selber Uhren, die Seltenheitswert hatten. Meist waren es Sammler, die zu ihm kamen, Leute mit Privatsammlungen oder solche, die Sammlungen in Museen betreuten. Sie kannten den alten Leib schon seit vielen Jahren, und wenn einer von ihnen kam, brachte er nicht selten eine gute Flasche Muskateller mit, der Großvater schloss die Werkstatt und holte Gläser hervor und dann fachsimpelten sie bis in die späte Nacht hinein, tief über irgendeine Uhr wie über einen kranken Patienten gebeugt. Wenn dann von Ankergang, Kreuzschlag, Unruhe und Indikationen die Rede war, wusste Anton nicht so recht, wohin mit sich, und er langweilte sich.

Im Radio kamen die Nachrichten. Anton hörte nur mit halbem Ohr hin. Das trübe Licht und das unaufhörliche Ticken der Uhren machten ihn schläfrig. Nur Fetzen der Nachrichten drangen bis zu ihm. Immer wieder verlor er den Faden und achtete kaum auf das, was gesagt wurde.

»Madrid: Bei einer Überschwemmung sind auf einem Campingplatz an der spanischen Mittelmeerküste mindestens sieben Menschen ums Leben gekommen. Es wird vermutet, dass noch weitere Opfer ... russische Truppen und Rebellen kämpfen weiter um die tschetschenische Hauptstadt. Das Rote Kreuz hat mehrfach ... Luftwaffe hat in der Nacht Stellungen der Hisbollah-Milizen im Libanon angegriffen. Die Ziele lagen im syrisch ... Beim Absturz einer Privatmaschine bei Hannover sind alle fünf Insassen getötet worden. Die Absturzursache ist noch nicht geklärt ...«

Plötzlich horchte Anton auf. Der Ansager hatte doch gerade von Hochmünster gesprochen. Anton hörte genauer hin.

»... sind bei Restaurierungsarbeiten in der Uhrenstube des Westturms zwei Mitarbeiter der Münsterbauhütte verletzt worden. Beide Restauratoren haben nach Kontakt mit Dämpfen, die aus noch ungeklärten Gründen aus dem Mauerwerk austraten, das Bewusstsein verloren und sind bis zur Stunde noch nicht wieder erwacht. Der Turm wurde bis zur Abklärung der Unfallursache vorübergehend für Besucher gesperrt. Eine Gefährdung der Öffentlichkeit besteht laut Angaben der Behörden nicht. Der Zustand der beiden Verunglückten ist stabil. – Das Wetter: Starke Bewölkung mit gelegentlichen Aufhellungen und aufkommenden Winden aus Nord, Nordwest. Gegen Abend vermehrt Regen und Gewitter. Temperaturen 20 bis 24 Grad. Leichte Abkühlung in der Nacht. Morgen wieder sonniger. 24 bis 31 Grad. – Vier Minuten nach neun. SWF3 Radiodienst. Staus und Behinderungen: Auf der Alphochfläche gebietsweise Nebel mit Sicht unter 100 Meter. A 3 Frankfurt Richtung Köln, zwischen Frankfurt Süd und Frankfurter Kreuz, drei Kilometer Stau wegen Baustelle. A 8

Stuttgart Richtung Karlsruhe, zwischen Heimsheim und Pforzheim West fünf Kilometer. A 57 Krefeld Richtung Köln, zwischen ...«
Der alte Leib griff zum Radio und schaltete es ab. Anton zuckte mit den Schultern. Na, und wenn schon, dachte er, was geht mich die Sache im Münsterturm an? Obwohl ... nachschauen konnte man ja mal. Vielleicht gab's was zu sehen. Immer noch besser als hier nur rumzusitzen.
Anton rutschte von der Fensterbank, nahm seine Regenjacke vom Haken und zog sie sich über. »Ich geh raus«, sagte er.
»Mmh, ist gut«, brummte der alte Leib und feilte ohne aufzublicken weiter.
Anton ging die paar Schritte durch den kleinen Garten und den dunklen Gang des Vorderhauses und trat vor die Haustür, die hinter ihm ins Schloss fiel. Selbst bis hier in die ruhige Pfälzergasse drang das Leben und Brausen der Stadt. Anton lief die Gasse hinunter, überquerte die Malzstraße, sprang über die Stufen des großen Brunnens vor dem Bischofshof, lief über den Fronwartplatz und schlüpfte in das schmale Reverenzgässlein, in dem die Häuserwände zu beiden Seiten so dicht zusammenrückten, dass nur die steinernen Bögen mit den bunten Ziegeln, die sich über dem Gässchen spannten, zu verhindern schienen, dass es endgültig verschwand. Anton mochte dieses Gässchen sehr, denn er erwartete jeden Tag, dass es nicht mehr da sein würde, wie eine geheimnisvolle Öffnung in einem Zauberberg, die ein magischer Spruch für immer verschloss. Durch diese Gasse zu laufen kam ihm jedes Mal wie ein Abenteuer vor. »Sesam, schließe dich«, rief er, als er das Gässchen verließ, und lachte.
Dann hatte er sein Ziel erreicht. Vor ihm erhob sich das Münster. Anton lief an der Südseite vorbei über den Müns-

terplatz. Trotz des schlechten Wetters und der heftigen Regengüsse vom Morgen waren die Marktstände wie immer aufgebaut und es herrschte ein reges Treiben und dichtes Gedränge. Anton schlängelte sich durch die Menschenmenge. Dann schlüpfte er durch eine eiserne Seitenpforte in die Kirche.

Er blieb stehen und sah sich um. Zuerst mussten sich seine Augen an das Dunkel gewöhnen. Dann sah er im Schein der Opferkerzen und im schwachen Licht, das durch die bunten Kirchenfenster fiel, die dicken Säulenbündel mit den Statuen der Apostel und Heiligen, die dunklen Eichenbänke, in denen Betende knieten und Touristen saßen, die Filme auswechselten, und hoch oben die bemalte Decke, die von schmalen, steinernen Bögen getragen wurde. Antons Blick wanderte durch die Kirche und fiel auf die kleine Tür links vom Hauptausgang, der zur Vorhalle am Westportal führte. Die Tür war sehr niedrig und schmal. Es war kaum vorstellbar, dass jemand da hindurchpasste, und doch stiegen dort jeden Tag Hunderte von Neugierigen zum Turm hinauf. Jetzt aber war die Tür verschlossen und breite, gelb und schwarz gestreifte Plastikbänder sperrten ein paar Meter Raum vor der Tür ab. An der Tür hing ein Schild: *Wegen Instandsetzungsarbeiten geschlossen*, und auf einem Stuhl saß ein Mann in Uniform, der gelangweilt Zeitung las. Na ja, hier ist nichts zu holen, dachte Anton. Enttäuscht wandte er sich nach rechts und schlenderte durch die Kirche, vorbei an den Seitenkapellen, der Kanzel und dem Hochaltar. Als er einmal rundum gegangen war, stand er vor der hohen Glaskabine, die das Hauptportal vom Kirchenraum trennte. Anton trat durch die Glastür, ging am Weihwasserbecken vorbei, schob den dicken Samtvorhang zur Seite und zog mit aller Kraft die schwere Holztür auf. Ein heftiger Wind blies ihm entgegen und

Anton musste die Tür hinter sich zuziehen, damit sie sich wieder schloss. Er stand in der Vorhalle des Westportals unter dem Münsterturm. Ein paar Touristen saßen auf den Steinstufen zu beiden Seiten und ruhten sich aus. Anton ging langsam zu dem hohen Gitter, das die Vorhalle und das Hauptportal gegen den Münsterplatz und das geschäftige Treiben des Marktes hin absperrte. Er lehnte seinen Kopf an die kühlen Eisenstäbe und blickte hinaus.
Plötzlich spürte er ein seltsames Ziehen im Rücken. So als würde ihn jemand beobachten. Anton drehte sich rasch um. Aber niemand schien Notiz von ihm zu nehmen. Die Touristen plauderten, lasen in Reiseführern und erklärten sich gegenseitig die Steinfiguren über dem Portal und an den Seitenwänden. Auf Anton achtete niemand. Anton zuckte mit den Schultern und drehte sich gegen das Gitter zurück. Doch wieder spürte er dieses sonderbare Brennen im Rücken. So stark und deutlich, wie er es nie zuvor erlebt hatte. Er war sich ganz sicher. Jemand starrte ihn von hinten an. Aber wer? Und von woher? Nochmal sah er sich genau um. Doch wieder war den Touristen nichts anzumerken. Aber das Gefühl blieb. Anton wurde es ganz unbehaglich zumute. Obwohl es Unsinn war, wanderte sein Blick suchend die Steinfiguren entlang. Als ob eine von ihnen ihn ansehen konnte. Du spinnst ja, dachte Anton. Und doch! Da drüben, auf der linken Seite, am Ende einer der Halbsäulen über den Stufen. Wie auf all diesen Halbsäulen hockte auch dort eine kleine Steinfigur. Aber diese war irgendwie anders. Sonst gab es nur Tiere oder seltsame Fabelwesen. Aber diese Figur war viel menschenähnlicher als die anderen. Bis auf die Nase. Die war überlang und endete in einem Trichter und der kleine Kerl spielte mit seinen Fingern auf der Nase wie auf einem Blasinstrument. Anton erinnerte sich plötzlich wieder. Der Großvater hat-

te ihm doch mal von dieser Figur erzählt. Wie hatte er sie genannt? dachte Anton, der Nasen ... ahja, der Nasentrompeter. Genau. Das war es gewesen. Der Nasentrompeter. Na und? Was hatte das mit dem Starren zu tun?
Anton durchquerte die Halle, bis er direkt unter dem Nasentrompeter stand. Er kletterte die drei steilen Stufen hinauf, um ihn aus der Nähe zu betrachten. Selbst so stand er noch mehr als einen Meter unter der kleinen Statue. Die Figur hockte an der Wand, wobei sie aber in den Raum hinausragte, mit der Trompetennase nach unten. Sie saß im Schneidersitz, die Füße über Kreuz. Der Nasentrompeter trug eine blassrote Kutte mit einem einfachen Kragen, die ihm bis zu den Füßen reichte. Auf dem Kopf hatte er eine Kappe, die aussah wie ein umgekehrter Suppenteller. Was für schmale Finger er hat, dachte Anton. Kaum zu glauben, dass sie aus Stein gehauen worden sind. Was ist denn das? Am kleinen Finger der linken Hand fehlte das letzte Glied. So ein Blödsinn! dachte Anton wütend. Wer das abgeschlagen hat, hat sie ja nicht alle. Plötzlich fiel ihm wieder ein, warum er hier raufgeklettert war. Er hatte es glatt vergessen. Es war aber auch zu dumm. Der Nasentrompeter hatte damit doch gar nichts zu tun. Na, immerhin hat es sich gelohnt, den mal genauer anzusehen, dachte Anton und sprang die Stufen wieder hinab. Noch einmal sah er sich suchend um, aber als er nichts Außergewöhnliches entdecken konnte, ging er zum Eingang zurück und zog die Holztür auf. Doch gerade, als er in die Kirche zurückschlüpfen wollte, spürte er es wieder im Rücken. Er fuhr herum und sein Blick fiel noch einmal auf den Nasentrompeter. »Ich könnte schwören«, murmelte Anton, »dass er es war.«
»What did you say?«, fragte ein dicker Tourist, dem zwei große Kameras vor dem Bauch baumelten.

»Nichts, gar nichts«, stammelte Anton, »bloß Blödsinn«, und ließ den verdutzten Mann stehen.

*****

Die Turmuhr schlug zehn. Anton stand wieder zwischen den Marktständen. Es roch nach Gemüse, Blumen, Bratwürsten, Kräutern und Seife. Anton ließ sich vom Gedränge der Menschen mittreiben. Doch das Erlebte ließ ihn nicht los. Ab und zu sah er zum Münster hinüber, am liebsten hinauf zu den steinernen Wasserspeiern, die wie Spukgestalten aus wilden, fantastischen Träumen aussahen. Geflügelte Drachen mit Fratzen, die Affen, Hunden und Schweinen ähnelten. Aufgerissene Mäuler, gefletschte Zähne und sogar eine Figur, die dem Betrachter das Hinterteil zeigte, aus dem bei Regen wohl das Wasser schoss. Die haben sich ganz schön was einfallen lassen, dachte Anton, damals im Mittelalter. Und das an einer Kirche. Das muss ja eine komische Zeit gewesen sein. Noch einmal trieb ihn der Strom der Menge vor das Gitter am Westturm. Anton presste das Gesicht an die Stäbe und spähte zum Nasentrompeter hinüber. Aber es fiel ihm nichts Besonderes an ihm auf. Was soll's, dachte er und schlenderte langsam nach Hause.

Bald stand er wieder vor dem Haus seines Großvaters in der Pfälzergasse. Er schloss die Tür auf, durchquerte das Vorderhaus, stieg die Treppe in den Garten hinauf und setzte sich vor der Werkstatt auf die Steinstufen. Lange saß er nur so da und träumte vor sich hin. Ab und zu fiel ein Regentropfen von einem Blatt, das der heftige Wind schüttelte. Das Geräusch der fallenden Tropfen kam Anton vor wie eine Uhr, die aus dem Takt geraten war. Ein Blatt segelte mit schaukelnden Bewegungen herab. Der Wind trieb es Anton direkt vor die Füße. Er bückte sich und hob das Blatt auf. Es war wie ein Oval mit spitzem Ende geformt und hatte viele feine Zacken. Ein Buchenblatt, dachte Anton verträumt. Muss über die Dächer geweht worden sein. Hier im Garten gibt's ja gar keine Buche. Er hielt das Blatt gegen einen Sonnenflecken, der durch die Zweige fiel. Deutlich waren die regelmäßigen Adern zu sehen, die von der Mitte aus schräg bis zum Blattrand liefen. Dazwischen wurde ein Netz dünner Nerven sichtbar, das sich zwischen den Adern spannte. Das Blatt hatte ein paar feine Löcher, durch die das Sonnenlicht wie goldene Nadeln fiel. Gedankenverloren legte Anton das Blatt auf seine Hand. Es war halb so groß wie seine Handfläche. Eigentlich machte er sich nicht viel aus Botanik, aber trotzdem gefiel ihm das Blatt irgendwie. Vielleicht aus purer Langeweile. Es kam ihm auf einmal sehr lebendig vor, wie etwas Besonderes inmitten von all dem Nichtstun und Rumsitzen. Wieder einmal seufzte Anton. Dann zog er eine flache Blechbüchse aus der Hosentasche, öffnete sie und legte das Blatt zu den Schrauben, alten Münzen und Briefmarken, zu den Zeigern, die der Großvater nicht mehr gebraucht hatte, und zu all dem anderen Krimskrams, den er darin aufbewahrte. Später konnte er es ja immer noch pressen und trocknen.

Hinter ihm öffnete sich die Tür. »Essen ist fertig«, sagte der Großvater. Anton hatte gar nicht gemerkt, wie die Zeit vergangen war. Sie setzten sich in die Küche an den kleinen Tisch und aßen zu Mittag. Seit Anton beim Großvater in den Ferien war, hatte sich ihr Junggesellenleben ganz gut eingespielt. Morgens schlief Anton etwas länger als der Großvater, der immer sehr früh aufstand, dann holte Anton Brötchen und machte das Frühstück. Für das Mittagessen war der Großvater zuständig. Da gab's dann eine warme Mahlzeit und abends Brot mit Wurst, Käse und Gurken. Tagsüber trieb sich Anton in der Stadt herum oder ging bei schönem Wetter im Fluss baden. Es war nicht schlecht beim Großvater, aber dass er hier keine Freunde hatte, machte es nicht gerade leicht für ihn. Nur eben, anders ging es nicht. Die Eltern waren wieder mal in den Anden und buddelten alte Mayastädte aus und da sie ihn nicht mitnehmen konnten, hatte sich der Großvater bereit erklärt, Anton in den Schulferien zu sich zu nehmen. Es war nicht leicht, Eltern zu haben, die Archäologen waren und sich ständig in der Welt herumtrieben, aber dafür gab's viel Spannendes zu hören und zu sehen, wenn sie von ihren Reisen zurückkamen. Richtig geheimnisvoll und rätselhaft. Anton fand, dass ihn das etwas für das Alleinsein entschädigte. Eigentlich war er ganz zufrieden mit seinen Eltern und wollte sie um nichts auf der Welt gegen andere eintauschen.

Draußen begann es zu regnen. Ein richtiger Nieselregen. Ans Rausgehen war vorläufig nicht zu denken. Anton war froh, als er den Tisch abräumen und das Geschirr abwaschen konnte. Eigentlich mochte er das gar nicht, aber jetzt verging dabei wenigstens die Zeit. Nur leider, die paar Pfannen, Teller, Gläser und das bisschen Besteck waren allzu schnell abgewaschen, abgetrocknet und versorgt. Vergeblich sah er sich in der kleinen Küche um. Alles fertig. Die Küche war auch wirklich nicht sehr groß. Eigentlich war es nur eine Küchennische, die unter der Treppe Platz fand. Sonst gab es nur noch zwei Räume im Erdgeschoss, die Werkstatt und das Lager, in dem der Großvater auf einem Feldbett schlief, solange Anton bei ihm wohnte. Da trollte er sich die schmale Stiege hinauf, legte sich aufs Bett, nahm seinen Walkman und versuchte es mit Musikhören und als er keine Lust mehr dazu hatte, mit Lesen. Es war ein spannendes Buch, ein Ritterroman mit Schlachten, Turnieren, einem tapferen Ritter, der eine Prinzessin befreite, und auch sonst allem Drum und Dran. Aber heute war auch das nicht das Rechte. Irgendwie konnte Anton sich auf nichts konzentrieren. Vielleicht lag es ja am trüben Wetter.

Er stand auf und trat ans Fenster. Der Regen hatte aufgehört. Anton ertappte sich dabei, wie er an den Fingernägeln kaute. Er wusste gar nicht, was mit ihm los war. Das machte er doch sonst nur, wenn er aufgeregt war, zum Beispiel, wenn im Fernsehen ein spannender Krimi lief. Auf jeden Fall fühlte er sich irgendwie unruhig. Ich muss noch mal hin, dachte er und wunderte sich gleich über diesen Gedanken, denn er wusste gar nicht, wohin er denn sollte. Trotzdem sprang er plötzlich wild die Treppe hinunter, schnappte sich die Regenjacke und rannte grußlos zur Tür hinaus. Ohne ein bestimmtes Ziel lief er durch die Straßen. Runter zum Fluss, am Bahnhof vorbei, durchs Zentrum, wo er kurz vor den Kinoreklamen stehen blieb, ohne die Bilder richtig wahrzunehmen, nur immer weiter und weiter. Auf einmal stand er vor dem Münsterturm und ihm wurde klar, dass er schon das zweite Mal auf seinem Weg hier gelandet war. Als hätte ihn irgendetwas hierher gezogen. Anton fror plötzlich. Er steckte die Hände in die Hosentaschen, zog die Schultern hoch und hatte ein ganz komisches Gefühl im Magen. So als würde er fallen, weil der Boden unter seinen Füßen nicht mehr so fest und sicher war, als wären die Steine, auf denen er stand, etwas Ungewohntes, nicht Selbstverständliches. Als wäre auf nichts mehr Verlass. Anton blickte am Turm hoch. Oben eilten die Wolken vorbei und der Turm schien sich über ihn zu neigen, als würde er gleich umstürzen. Er steht auch nur auf Zeit, dachte Anton und dabei fühlte er plötzlich, wie alt doch der Turm war, wie alt die Steine, aus denen der Turm erbaut worden war, vor langer Zeit. Und auch damals, als der Turm gebaut wurde, mussten Wolken wie diese vorbeigezogen sein, vor fünf-, sechs-, siebenhundert Jahren. Da spürte Anton wieder, dass ihn jemand anstarrte. Aber diesmal war ihm alle Neugier vergangen. Ohne noch mal Ausschau zu halten nach dem, was ihn so anstarren mochte, rannte Anton davon, so schnell ihn seine Beine trugen. Dabei hatte er ein Gefühl, als würde er verfolgt. Der Weg nach Hause schien ihm endlos lang zu sein. Erst als er wieder im Garten stand, ja erst als er die Treppe hinaufgerannt war und mit angezogenen Beinen auf seinem Bett saß, atmete er erleichtert auf und fühlte sich halbwegs sicher. Dann merkte er, dass er immer noch die Regenjacke und die Schuhe anhatte. Was ist bloß los mit mir? dachte er, stand mit zitternden Beinen auf und ging hinunter in die Werkstatt. Er wollte lieber nicht allein sein.

Als er die Regenjacke aufhängte und die Schuhe auszog, sah er aus den Augenwinkeln, dass der Großvater ihn erstaunt anschaute. Doch bevor dieser eine Frage stellen oder Anton noch irgendwas erklären konnte, klingelte es. Anton drückte auf den Türöffner und schaute neugierig und etwas ängstlich in den Garten. Aber dann war es nur ein alter Bekannter und Stammkunde des Großvaters, der die Treppe hinaufstieg. Der Kustos des Stadtmuseums mit dem etwas sonderbaren Namen Zacharias Geizkofler. Der schloss, kaum dass er eingetreten war und kurz gegrüßt hatte, die Tür hinter sich ab, wie er es unzählige Male schon getan hatte, fuhr Anton mit der Hand freundlich durchs Haar und stellte eine in knisterndes Seidenpapier eingewickelte Flasche auf den Arbeitstisch.

»Ein guter Jahrgang«, sagte er, »ein Achtundsiebziger. Gibt nicht mehr viele davon.«
Der Großvater erhob sich und schüttelte Zacharias Geizkofler die Hand. Die beiden gaben ein merkwürdiges Paar ab. Der alte Leib, hochgewachsen, mit dichtem, wirrem Haarschopf und einer grob gestrickten Hausjoppe über den geflickten Kleidern, überragte den kleineren Geizkofler um mehr als zwei Köpfe. Dieser hatte einen Spitzbauch, einen spärlichen Haarkranz um die spiegelnde Glatze, war elegant gekleidet und hatte so kleine Hände, dass die Hand, die er dem alten Leib reichte, bis über das Gelenk in der riesigen Hand des Großvaters verschwand. Und doch fassten diese Riesenhände des Großvaters selbst die kleinsten Uhrenteile mit einer Leichtigkeit und Zartheit, die man ihnen nie zugetraut hätte.
»Na, Leib, ist sie fertig?«, fragte Geizkofler.
Der alte Leib nickte und zog eine Hülle von einer alten Tischuhr mit reich verziertem Silbergehäuse. Geizkofler nahm eine Lupe zur Hand, klemmte sie sich ins Auge, beugte sich über die Uhr und mit leisen Kommentaren begutachtete er fachmännisch die Reparaturen. Inzwischen hatte der Großvater Gläser hervorgeholt und behutsam die Flasche geöffnet, und so ging es denn bald los mit epizyklischen Getrieben, Spindelhemmung, Isochronie, Zeitnormal und anderem mehr, was in Antons Ohren klang wie alle spanischen Dörfer der Welt zusammen. Eine Weile hörte Anton dem Gespräch der beiden zu, dann verzog er sich nach oben.
Draußen hatte es wieder zu regnen begonnen. Diesmal aber hatte der Himmel seine Schleusen geöffnet und es goss in Strömen. Die Tropfen trommelten an die Scheiben und dieses Geräusch vermischte sich mit dem Ticken der Uhren, das leise, aber hörbar von unten heraufklang. An-

ton sah auf die Armbanduhr, die ihm der Großvater geschenkt hatte. Halb fünf erst, dabei war es draußen so dunkel wie am späten Abend. Abendbrot gab's erst um sieben. Kurz entschlossen kramte Anton seine Taschenlampe hervor und öffnete die kleine Tür, die das Schlafzimmer mit der Rumpelkammer verband.

Beide Räume lagen direkt unter dem Dach. Der Großvater hatte einfach den Dachboden etwas ausbauen und eine Wand einziehen lassen, die das Schlafzimmer vom Rest des Dachbodens trennte. Doch während das Fenster des Schlafzimmers vergrößert worden war, hatte man im hinteren Teil das kleine Dachfenster unverändert belassen. Ohne Taschenlampe hätte Anton kaum etwas erkennen können, denn das Dachfenster war so verstaubt und voll dichter Spinngewebe, dass nur ein ganz schwaches, fahles Licht hindurchdrang. Er war schon ein paarmal hier gewesen und hatte herumgestöbert. Alte Möbel, von denen sich der Großvater beim Umzug ins Hinterhaus nicht hatte trennen können, standen hier. Große Koffer, zum Teil noch mit den Kleidern der Großmutter, die so früh gestorben war, Kinderspielzeug von Antons Vater und Schachteln über Schachteln mit alten Fachzeitschriften, Büchern und allen möglichen Erinnerungsstücken. Er war gerne hier. Es machte ihm großen Spaß, in der Vergangenheit herumzustöbern. Es gab immer wieder etwas Neues zu entdecken. Anton sah sich um. Wo sollte er heute beginnen?

Da fiel das Licht der Taschenlampe auf ein hohes Regal, das ganz hinten an der Abschlusswand stand. Bis dahin war er noch nie vorgedrungen, denn allzu viel versperrte den Weg. Vorsichtig begann er, über die Koffer und Schachteln zu klettern. Es war eine wacklige Angelegenheit. Ein paarmal brach ein Zeitungsbündel auf, die Zeitungen flatterten durcheinander und Anton setzte sich unsanft auf den Ho-

senboden oder landete mit Armen und Beinen in irgendwelchen Zwischenräumen. Nach kurzer Zeit war er über und über mit Staub bedeckt und musste mehr als einmal niesen. Wenigstens verlor er die Taschenlampe nicht dabei. Plötzlich, als er das Regal fast erreicht hatte, stolperte er über einen alten Besenstiel und fiel vornüber. Im Fallen griff er nach dem Regal und brachte es gefährlich ins Schwanken. Doch zum Glück hielt es stand und nur eine dunkle, flache Schachtel rutschte ganz oben vom Regal und landete mit der spitzen Kante auf seinem Rücken. Anton zog die Luft zwischen den Zähnen ein und rieb sich leise fluchend die schmerzende Stelle. Dann machte er es sich auf ein paar Zeitungsstapeln bequem und zog die Schachtel zu sich heran.
Die Schachtel war nicht sehr hoch, dafür erstaunlich lang und breit. Anton konnte sie gerade noch mit den Händen auf den gekreuzten Beinen halten. Zwei breite Stoffbänder verschlossen sie an der Seite mit einer doppelten Schleife. Er löste die Schleife und öffnete die Schachtel. Ein Stoffstreifen hielt den Deckel fest, sodass sich die Schachtel wie ein großes Buch aufklappen ließ. In der Schachtel lagen alte Dokumente, Meisterbriefe, Geburtsurkunden, ein paar vergilbte Fotos mit Gruppen von Männern in steifen Anzügen und ein großer Pergamentbogen, auf dem ein Baum mit vielen Kreisen abgebildet war, in denen Namen und Daten standen. »Ein Stammbaum«, flüsterte Anton erstaunt, »ein Stammbaum der Familie Leib.« Ehrfürchtig und scheu fuhr er mit dem Finger vorsichtig über das alte Pergament. Wieso lag all das hier oben und verstaubte in einer Ecke? Vielleicht wusste der Großvater gar nicht, dass es hier oben war. Wahrscheinlich war es beim Umzug nur aus Versehen hier gelandet.
Anton folgte mit dem Finger den Linien, die die Kreise

verbanden. Manchmal verzweigten sich die Linien bis weit zur Seite und dann verschwand der Name Leib. Aber in der Mitte zog sich eine gewundene Linie vom Stamm bis zur Krone und überall hatte sich der Name Leib erhalten. Leise murmelte Anton die Namen vor sich hin, Hans Melchior Leib, Johan Adam Leib, Hans Georg Leib, Jakob Emanuel Leib, Caspar David Leib und daneben die Namen der Frauen, Maria Berchthold, Judith Eichler, Regina Kreuzer und andere mehr. Und unter all den Namen der Melchiors, Johans, Conrads, Jakobs und wie sie auch immer hießen fand sich neben dem Geburtsjahr und dem Todesjahr die Eintragung »Uhrmacher«. Ununterbrochen setzte sich diese Tradition durch die Jahrhunderte fort. Bis fast zum Wipfel. Fast, denn dort fand Anton zwar die Namen seiner Großeltern und auch unter dem Namen des Großvaters war als Beruf Uhrmacher angegeben, aber darüber, unter dem Namen seines Vaters, stand überhaupt kein Beruf. Hier endete die Tradition wohl. Vielleicht war dies der Grund, warum dieser Stammbaum nicht in einem Rahmen für alle sichtbar an einer Wand hing, sondern hier oben versteckt war. Schmerzte es den Großvater, dass Antons Vater einen anderen Beruf gewählt hatte?
Zögernd legte Anton das Pergament in die Schachtel zurück. Da stutzte er plötzlich. So ein Zufall! Ganz unten, am Fuße des Baumes, war der Name Anton Emanuel Leib zu lesen, so wie ganz oben, wo sein Name im Kreis über seinen Eltern eingetragen war, eben auch Anton Emanuel Leib stand. Anton verzog das Gesicht. Er mochte seinen zweiten Namen nicht besonders. Emanuel klang doch viel zu geschraubt. Anton oder Toni war ihm lieber. Aber schließlich hieß er so. Ob noch andere Leibs diesen Namen getragen hatten? Anton suchte den Stammbaum ab. Einmal fand er noch den Namen Anton und zweimal Emanuel,

aber nie zusammen. Anton Emanuel Leib hießen nur er und dieser eine Urahn. Anton beugte sich tiefer über das Pergament und leuchtete den Namen am Fuße des Baumes an. Anton Emanuel Leib und daneben Bernadette Langenbucher. Und unter Anton Emanuel Leib stand als Beruf natürlich Uhrmacher, aber die Lebensdaten waren sonderbar. Für das Geburtsjahr stand »um 1560« und statt des Todesjahres las Anton keine Zahl, sondern nur die Eintragung »verschollen«. Was das wohl heißen mochte? Vielleicht wusste der Großvater etwas darüber.

Anton klappte die Schachtel zu, knüpfte die Stoffbänder wieder zu einer doppelten Schleife und nahm die Schachtel ins Schlafzimmer mit. Dort versteckte er sie hinter einem hohen Wäschestapel. Wer wusste, ob sich der Großvater nicht ärgern würde, wenn er die Schachtel bei Anton entdeckte. Nachdem er sich sorgfältig abgestaubt hatte, ging Anton hinunter in die Werkstatt. Der Großvater hatte den kleinen Küchentisch in die Mitte der Werkstatt gerückt, sodass drei Personen an ihm Platz fanden, und Anton half ihm, den Tisch zu decken. Es kam öfter vor, dass Geizkofler beim alten Leib zum Abendessen blieb. Zuhause wartete niemand auf ihn. Wie der alte Leib war Geizkofler schon seit längerem Witwer. Und so hatten sie bald über den alten Uhren zueinander gefunden und leisteten einer dem anderen Gesellschaft.

Wieder drehte sich das Gespräch nur um Uhren und alles, was damit zu tun hatte. Anton hörte schweigend zu. Der Großvater hatte eine Kerze auf den Tisch gestellt. Sonst brannte kein Licht und Anton genoss die Stimmung, trotz des Tickens der Uhren, das aus dem Halbschatten zu ihnen drang. Die flackernde Kerze warf wandernde Lichter auf die Gesichter der beiden sprechenden Alten, das ruhige und bedächtige des Großvaters und das bewegliche, quick-

lebendige von Zacharias Geizkofler, der all seine Reden mit fließenden Gebärden begleitete. Plötzlich fiel Anton die Radionachricht vom Morgen wieder ein. Ob Geizkofler die Verunglückten kannte? Das Stadtmuseum hatte doch sicher mit der Münsterbauhütte zu tun. Und als eine Gesprächspause entstand, platzte es aus Anton, ohne dass er es eigentlich gewollt hatte, heraus: »Was ist eigentlich im Münsterturm passiert? Was waren denn das für Dämpfe?«
Ein Schatten fiel über Zacharias Geizkoflers Gesicht, ein Schatten, der nicht vom Licht der Kerze herrührte. Er griff nach dem Flaschenkorken, der vor ihm auf dem Tisch lag, und spielte nervös damit.
»Ja, das ist eine sonderbare und ernste Sache«, meinte er. Dann wandte er sich an den Großvater: »Du kennst doch den Keller und den Münch, die bei der Bauhütte arbeiten. Das sind leider die beiden, die jetzt im Krankenhaus liegen. Ich hab mit dem Lemberg gesprochen, dem neuen Leiter der Bauhütte. Er steht genauso vor einem Rätsel wie alle.«
»Wie ist es denn passiert?«, fragte Anton.
Zacharias Geizkofler zuckte mit den Schultern: »Genaues weiß man nicht. Der Keller und der Münch wollten das alte Uhrwerk überholen. Und gestern, als sie eben die Holzverschalung um das Uhrwerk entfernt hatten, standen sie plötzlich bis zu den Knöcheln in einem dunklen Nebel. Einer der Assistenten von der Bauhütte, der gerade in die Uhrenstube hereinkam, hat es gesehen.«
»Und vom Einatmen der Dämpfe sind sie bewusstlos geworden«, meinte Anton.
Geizkofler schüttelte den Kopf: »Nein, sie haben diesen Nebel nicht einmal eingeatmet. Er hat sie nur berührt und sie sind auch nicht gleich bewusstlos geworden. Erst wollten sie den Nebel untersuchen und nachsehen, woher er kam. Doch nach kurzer Zeit hatte er sich aufgelöst und war

verschwunden. Erst dann wurde beiden schwindlig und sie sind zusammengebrochen.«
»Und noch immer nicht zu sich gekommen?«, fragte der Großvater.
»Nein«, antwortete Geizkofler. »Man hat natürlich sogleich Nachforschungen angestellt. Sogar ein paar Probebohrungen im Gestein wurden gemacht und einige Mauersteine herausgenommen. Aber es war nichts zu finden.«
»Man hat die beiden doch sicher untersucht«, meinte der Großvater.
»Ja, natürlich«, antwortete Geizkofler, »aber ergebnislos. Keine Spur einer Vergiftung, überhaupt kein Anhaltspunkt. Einfach nichts. Und doch wachen sie nicht auf.«
Zacharias Geizkofler fuhr sich mit der Hand über die Glatze und fuhr leise fort: »Das ist aber noch nicht alles. Die Sache hat mich nämlich an irgendetwas erinnert. An etwas, was ich mal in den Annalen der Stadt gelesen hatte. Ich habe nachgesehen und die Stelle wiedergefunden. Es ist nicht das erste Mal, dass so etwas im Münsterturm passiert. Auf den Tag genau vor sechsundsiebzig Jahren ist es schon mal vorgekommen. Auch damals ist dieser Nebel erschienen und ein Mitarbeiter der Bauhütte hat das Bewusstsein verloren.«
»Und?«, fragte der alte Leib.
»Und«, sagte Geizkofler zögernd, »und er ist nie wieder erwacht.«
Einen Augenblick herrschte betroffenes Schweigen. Dann räusperte sich der Großvater und meinte: »Vielleicht ist es diesmal ja nicht so schlimm. Die Medizin ist heute schließlich viel weiter als damals. Sicher findet man einen Weg, den beiden zu helfen.«
»Hoffen wir es«, seufzte Geizkofler.
Anton dachte einen Augenblick über das Gehörte nach.

Dann fragte er: »Hat es vielleicht etwas mit der Uhr zu tun?«
»Wie kommst du darauf?«, fragte Geizkofler verwundert.
»Ach, nur so«, meinte Anton verlegen. »Ohne besonderen Grund. Ich dachte an die Zeit, die vergangen ist, und die sechsundsiebzig Jahre und dann an die Uhr und deshalb ...«
Anton verstummte. Er wusste nicht mehr weiter. Wahrscheinlich hatte er bloß Blödsinn geredet.
Aber Geizkofler nickte nur und meinte: »Schon möglich. Alles ist möglich. Leider.«
Doch Anton gab sich noch nicht zufrieden. »Wie alt ist die Uhr eigentlich? Ich meine, wann ist sie gebaut worden?«
Nun war Zacharias Geizkofler in seinem Element. In der Geschichte der Stadt und des Münsters kannte er sich aus und gerne ließ er sich von seinen Sorgen ablenken. »Erbaut worden ist die Uhr Ende des sechzehnten Jahrhunderts. Und sie ist etwas ganz Besonderes. Ich will versuchen, dir möglichst einfach zu erklären, warum. Üblicherweise befanden sich solche Uhrwerke damals in einem eisernen Rahmen, der aussah wie eine große Truhe ohne Wände. Sie standen fest verschraubt auf einem Sockel hinter dem eigentlichen Zifferblatt, das in die Turmwand eingepasst ist. Aber das Uhrwerk der Hochmünsteruhr wird von zwei eisernen Kreisrahmen gehalten und hängt direkt hinter dem Zifferblatt. Das war für die damalige Zeit nicht nur ungewöhnlich, sondern auch technisch eine große Leistung.«
»Und warum wurde es so gemacht?«, fragte Anton.
»Du wirst es mir nicht glauben«, antwortete Geizkofler und kratzte sich wie entschuldigend hinter dem rechten Ohr, »aber man weiß es nicht. Es gibt keine Aufzeichnungen aus dieser Zeit, die erklären, warum dieses Uhrwerk so sehr von allen anderen Werken seiner Zeit abweicht.«

»Und läuft die Uhr noch?«, fragte Anton.
»Ja«, antwortete Geizkofler, »und zwar als einziges Uhrwerk aus dieser Zeit überhaupt. Alle anderen sind, vor allem im achtzehnten und neunzehnten Jahrhundert, längst gegen neuere ausgetauscht worden. Natürlich wurden kleine Veränderungen vorgenommen. Anfang des achtzehnten Jahrhunderts hat man, wie bei vielen Uhren, auch dieses Uhrwerk durch ein Pendel ergänzt, damit es genauer lief. Aber sonst ist das Uhrwerk so erhalten geblieben, wie es erbaut wurde, und funktioniert tadellos. Tja, es ist sogar so«, fuhr Geizkofler fort und schien etwas verlegen zu sein, »also eigentlich klingt es ja verrückt, aber tatsächlich hat man einmal versucht, das alte Werk durch ein neues zu ersetzen.«
»Und?«, fragte Anton gespannt.
»Und die Uhr funktionierte nicht mehr«, sagte Geizkofler. »Sie drehte sich einfach nicht mehr, blockierte oder was auch immer. Obwohl das neue Uhrwerk keinen Fehler aufwies, lief nichts mehr. Also hat man das alte Werk wieder aufgebaut und siehe da, alles war wieder in Ordnung. Und so ist es geblieben, bis heute. Richtig unheimlich, nicht wahr?«
»Nun erzähl dem Jungen doch nicht solche Schauergeschichten«, meinte der Großvater. »Sicher hat man damals irgendetwas falsch gemacht. Das neue Werk wird nicht zur alten Uhr gepasst haben. Punktum.«
»Sicher«, gab ihm Geizkofler zögernd Recht und wiederholte noch einmal, so als müsse er sich selbst überzeugen: »Sicher.« Doch nach einem kurzen Schweigen sagte er noch: »Obwohl du ja auch genau weißt, Johann, dass um diese Uhr viel Seltsames geschehen ist. Denk nur an Anton Emanuel Leib.«
»Oh, was hat der denn mit der Uhr zu tun?«, rief Anton. »Das ist doch der Mann, der so heißt wie ich!«

»Woher kennst du denn den?«, fragte der Großvater streng.
Anton zuckte zusammen. Jetzt hatte er sich doch verplappert. »Aus dem Stammbaum«, antwortete er kleinlaut. »Ich habe ihn oben auf dem Dachboden gefunden. Entschuldige.«
»Schon gut«, brummte sein Großvater.
Da fasste Anton Mut und fragte leise: »Großvater, warum heiße ich auch so?«
»Dein Vater hat es so gewollt«, antwortete der alte Leib mürrisch. »Er kannte den Namen auch aus dem Stammbaum. Er fand, dass es so richtig sei. Als eine Art Neuanfang.«
Dann erhob sich der alte Leib und brühte für sich und Geizkofler einen starken Kaffee auf.
Eine Zeit lang herrschte Schweigen. Nur das Sprudeln und Zischen des kochenden Wassers und das Ticken der Uhren waren zu hören. Aber Anton war zu neugierig geworden, um lange zu schweigen. »Was ist denn mit Anton Emanuel Leib geschehen? Im Stammbaum stand nur, dass er verschollen sei.«
»Viel mehr weiß man auch nicht«, meinte Zacharias Geizkofler. »Überhaupt kann ich dir nur wenig von deinem Vorfahr erzählen. Wann er genau geboren worden ist und wo, ist unbekannt. Sicher ist nur, dass Baldewein ihn aus Prag mitgebracht hat und dass er von da an für Baldewein gearbeitet hat.«
»Baldewein? Wer war denn das?«, fragte Anton.
»Wenn du so willst, ein Tausendsassa, ein Hansdampf in allen Gassen, vielleicht sogar ein Genie. Lazarus Baldewein, gelernter Schneider, dann Lichtkämmerer am Hofe des Landgrafen Wilhelm, dann Instrumentenbauer und schließlich auch noch Baumeister. Es scheint, als wäre damals kaum etwas ohne ihn organisiert, gebaut oder ver-

anstaltet worden. Bei allem hatte er seine Hände im Spiel, alles lief über ihn, durch ihn, mit ihm. Und mit der Magie hat er es wohl sicher auch gehabt. Astrologie, Alchimie, Nekromantie ...«

»Und er hat auch die Uhr gebaut?«, fragte Anton.

»Ja, auch das«, meinte Geizkofler kopfschüttelnd. »Wer sonst? Ja, die Uhr hat er auch gebaut. Zusammen mit unserem Anton Emanuel Leib, der wohl auch kein unbeschriebenes Blatt gewesen ist.«

»Wieso?«, fragte Anton.

»Nun, in Prag, am Hofe Kaiser Rudolf II., war damals allerhand los«, antwortete Geizkofler und strich sich dabei fast genüsslich über seinen Spitzbauch, wobei er das Kopfschütteln des Großvaters großzügig übersah, »da sollen sich die größten Magier und Geheimwissenschaftler der Zeit herumgetrieben haben. Und der Kaiser selbst war auch nicht untätig. Perpetuum mobile, Stein der Weisen, die Kunst der Goldmacherei und was sonst so gesucht und ausgekocht wurde. Und eben dort muss Baldewein Leib getroffen haben. Sicher hat er ihn nicht ohne Grund mit sich nach Hochmünster genommen. Kein Wunder, dass die beiden eine so außergewöhnliche Uhr gebaut haben.«

»Aber«, meinte Anton nachdenklich, »wenn Baldewein und Leib sich so gut kannten, hat denn Baldewein nicht gewusst, warum und wohin Leib verschwunden ist?«

»Aber das ist es ja gerade«, rief Zacharias Geizkofler und schlug mit der flachen Hand klatschend auf den Tisch, »Lazarus Baldewein ist genau zur selben Zeit wie Anton Emanuel Leib verschwunden. Und niemand weiß, wohin.«

Anton sah Geizkofler sprachlos an. Toll! dachte er. Was für eine Geschichte! Dann fragte er: »Aber steht denn nichts in den ... in den ...?«

»In den Annalen, den Jahrbüchern der Stadt, meinst du wohl?«

Anton nickte.

»Nein, sonderbarerweise nicht«, meinte Geizkofler nachdenklich. »Erstaunlicherweise verschwindet der Name Baldewein innerhalb einer Woche völlig aus den Akten. Das muss man sich mal vorstellen! Einer der wichtigsten Männer der Stadt, der erste Baumeister, ein enger Vertrauter des Landgrafen Wilhelm, ein geachteter und reicher Bürger, und doch findet sich nichts über seinen Verbleib, auch keine Todesursache, kein Todesdatum, einfach nichts.«

»Aber wie ist denn das möglich?«, fragte Anton.

»Tja, wer weiß«, erwiderte Geizkofler. »Vielleicht ist er einer Intrige, einer Verschwörung zum Opfer gefallen. Er hat sich im Laufe seines Lebens mit Sicherheit viele Feinde gemacht. Mächtige Feinde. Oder er hat irgendetwas angestellt, was die Öffentlichkeit nicht erfahren sollte. Vielleicht hat der Landgraf selbst den Mantel des Schweigens darüber gedeckt. Das würde auch erklären, warum der Name Baldewein quasi von einem Tag auf den anderen nicht mehr in den Akten steht. Wer sonst außer dem Landgrafen könnte so viel Einfluss gehabt haben? Möglich, dass Wilhelm selber kein reines Gewissen hatte. Aber genug jetzt von diesen alten Geschichten. Es ist schon spät und wenn ich noch mehr erzähle, kannst du am Ende nicht einmal mehr einschlafen.«

»Endlich ein vernünftiges Wort, Zacharias«, brummte der alte Leib. »Du hast dem Jungen schon genug Flausen in den Kopf gesetzt. Ab in die Falle, junger Mann.«

Anton verabschiedete sich bedauernd von Zacharias Geizkofler und ging nach oben. Bald lag er im Bett und lauschte auf die leisen Stimmen der beiden Alten und das Geflüster der Uhren. Der Mond tauchte das Zimmer in sein helles, kühles Licht. Ich hätte zu gern noch mehr gehört, dachte Anton. Warum muss ich bloß so früh ins Bett? Ich bin doch noch gar nicht müde. Dann war er auch schon eingeschlafen.

*****

Anton erwachte. Einen Augenblick lang wusste er nicht, wo er sich befand. Dann hörte er das vertraute Ticken der Uhren. Das Ticken schien von überall her zu kommen, aus den Mauern, dem Boden, durch die Türe. War er davon erwacht? Anton setzte sich im Bett auf und blickte sich verwirrt um. Alles kam ihm seltsam fremd vor. Als wäre er weit weg gewesen und erst nach langer Zeit wieder zurückgekehrt. Die Uhr im Turm! durchfuhr es ihn plötzlich und er blickte erschrocken um sich. Aber nein, das war doch nur ein Traum gewesen. Jetzt erinnerte er sich wieder. Er hatte die Uhr gesehen, aber sie war gar nicht im Turm gewesen, sondern hing vor der hellen Scheibe des Mondes, so groß, dass sie den Mond ganz bedeckte. Und plötzlich war dieser Mond mit der Uhr weit unter ihm gewesen und er war wie durch einen endlosen dunklen Schacht auf dieses helle Licht hinabgestürzt. Und das Uhrwerk unter ihm hatte sich immer rascher und wilder bewegt. Wie rasend hatten sich die Zahnräder gedreht und schienen nur darauf zu warten, ihn zu zermalmen und zu zerreißen. Dann aber war über dem Uhrwerk ein mächtiger Baum erschienen und Anton hatte sich in den obersten Zweigen verfangen. Schon glaubte er sich gerettet, da sah er unten am Fuße des Baumes zwei Gestalten in altertümlichen Gewändern, die ihm drohend zuwinkten. Baldewein und Leib! hatte er gedacht und »Nein, ich will nicht!« gerufen. Da hatten die beiden den Stamm gepackt und herabgezogen und Anton konnte deutlich sehen, wie der Baum zwischen den Rädern des Uhrwerks in Fetzen gerissen wurde. Er hatte versucht zu fliehen, aber unbarmherzig hatten die Zweige ihn festgehalten und er war dem Werk immer näher und näher gekommen. Da, kurz bevor er das Werk erreichte, hatte er noch einmal geschrien und war erwacht. Anton schüttelte sich. Was für ein Traum! Und irgendwie hatte er das Gefühl, noch nicht so richtig wach zu sein. Noch immer sah er das helle Licht, dem er entgegengestürzt war. Dann musste er plötzlich über sich selber lachen. Schafskopf, schalt er sich, das ist doch der Mond, der durchs Fenster scheint.

Er schlüpfte aus dem Bett, ging zum Fenster und sah hinaus. Wie hell der Mond schien! Er war ganz rund und voll und es kam Anton so vor, als wäre die Mondscheibe noch nie so groß gewesen. Sie schien ihn magisch anzuziehen. Wie benommen lehnte Anton die Stirn gegen die kühle Fensterscheibe und konnte sich nicht losreißen vom Anblick des Mondes. Da fror er wieder und in seinem Bauch machte sich ein seltsam leeres, ziehendes Gefühl breit. Dann wuchs es an, stieg ihm bis in die Kehle, schnürte sie zu und Anton wusste, dass er Angst hatte. Aber warum? Und wovor? Er trat einen Schritt zurück und holte mehrmals tief Luft. Jetzt geht's wieder besser, dachte er. So was Blödes! Und er wandte sich um und ging zum Bett zurück. Doch auf halbem Weg blieb er stehen. Was war nur los? Warum dachte er, dass er nicht wieder schlafen durfte, dass er hinausgehen sollte, hinaus und zum Turm? Warum zum Turm? »Ich weiß nicht«, flüsterte Anton. »Aber ich muss hin. Ich muss einfach.« Und erst langsam, dann immer rascher zog er den Schlafanzug aus und schlüpfte in die

Kleider und Schuhe. Als er die Armbanduhr in die Hand nahm, schlug die Münsterglocke zwei kurze, helle Schläge. Viertel nach, dachte Anton und blickte auf seine Uhr. Viertel nach elf. Dann legte er die Armbanduhr an und schlich sich leise aus dem Schlafzimmer und die Treppe hinab. Die Treppe knarrte etwas. Unten angekommen blieb Anton einen Augenblick in der Werkstatt stehen und horchte. Durch die geschlossene Tür des Lagers hörte er das Schnarchen des Großvaters. Beruhigt öffnete er die Tür der Werkstatt und trat in den Garten hinaus. Behutsam zog er die Tür ins Schloss.

Jetzt erst, als er im Garten stand, merkte er, dass es aufgehört hatte, zu regnen. Das Mondlicht spiegelte sich schimmernd in den Pfützen und brach sich in den Regentropfen, die auf den Gräsern und Blättern lagen. Wie unwirklich alles aussah! Die Farben waren nicht mehr zu erkennen. Alles wirkte gleich bläulich oder silbern im Licht oder ging im Schwarz der Schatten unter. Und doch waren die Farben nicht verschwunden. Sie waren da, weil Anton wusste, dass es sie gab, dass die Blätter grün sein mussten, der Baumstamm braun und rot die große Blüte über der Gartenbank, mit einem leuchtend gelben Inneren. Es war, als gäbe es die Welt zweimal, vor Antons Augen im Licht des Mondes und dahinter, in seiner Erinnerung. Die Welt hätte ein Traum sein können und wie im Traum ging er die Treppe hinunter, tastete sich durch den dunklen Hausgang und trat hinaus auf die Pfälzergasse. Das Straßenpflaster schimmerte wie ein Bach und es kam Anton so vor, als folge er einem Fluss aus Licht und ginge wie durch flüssiges Silber, durch die Gassen und über die Plätze einer fremden Stadt, einer anderen Welt. Plötzlich erhob sich vor ihm das Münster. Er war ohne nachzudenken in diese Richtung gegangen. Doch jetzt blieb er stehen. Etwas hielt ihn zu-

rück und er zögerte, weiterzugehen. Dunkel ragte die wuchtige Gestalt der Kirche vor ihm auf, ein Schattenriss, hoch wie ein Berg. Hinter dem Hauptturm schwebte der Mond, so hell, dass kein Stern in seiner Nähe zu sehen war, und so hell auch, dass die Linien des Turmes sich aufzulösen schienen, als hätte das Mondlicht eine Gewalt, die imstande war, selbst das Mauerwerk zu durchdringen.
Noch ein letztes Mal drehte Anton sich um, so als wollte er zurückgehen. Doch es war nicht möglich. Das Münster, der Turm zogen ihn magisch an. Er musste weiter. Wieder ging er zu der kleinen eisernen Seitenpforte. Sie wird sicher verschlossen sein, dachte er und wirklich, als er die schwere Klinke herabdrückte, ließ sich die Tür nicht öffnen. Anton trat einen Schritt zurück und sah sich suchend um. War vielleicht eine andere Tür offen? Aber warum sollte es so sein? Warum sollte jemand ausgerechnet heute Nacht nicht alle Türen abgeschlossen haben? Da hörte er ein seltsames Geräusch. Ein metallenes Klicken. Wie das Öffnen eines Türschlosses! Und es kam von der eisernen Tür. Jetzt ist sie offen, dachte Anton. Er war sich ganz sicher und drückte nach einem letzten Zögern die Klinke herab. Und diesmal ließ sie sich öffnen. Vorsichtig betrat er den dunklen Kirchenraum und erwartete, dass jemand hinter der Tür stand. Wer auch immer. Irgendjemand musste die Tür ja aufgeschlossen haben. Aber da war niemand. Das Kirchenschiff war leer und Anton hörte auch keine Schritte, die sich davonschlichen. Warum wundere ich mich nicht darüber? dachte Anton. Warum scheint es mir ganz normal zu sein, dass sich die Tür von selbst geöffnet hat?
Durch die Kirchenfenster leuchtete der Mond und tauchte den gewaltigen Raum in ein sonderbares, metallenes Licht. Teile von Säulen tauchten aus dem Dunkel auf, steinerne Gesichter und Hände schwebten wie losgelöst zwischen

den Schatten, die kein Licht erreichte und die unergründlich tief zu sein schienen. Die Glaskabine vor dem Hauptportal erschien Anton wie ein gläserner Sarg oder wie ein Aquarium, durch das das Mondlicht silberne Schleier trieb. Anton ging auf die Glaswand zu, schlüpfte in die Kabine, schob den dicken Samtvorhang zur Seite und öffnete die hohe, schwere Holztür. Auch diese war unverschlossen und es schien Anton, als ließe sie sich diesmal viel leichter öffnen, so als hätte sie im Licht des Mondes an Gewicht eingebüßt. Dann stand er in der Vorhalle. Das Gitter zeichnete sich mit scharfen Schatten auf dem Boden ab. Die blanken Steinplatten widerspiegelten das Mondlicht und warfen es auf die Seitenwände. Deutlich traten die Steinfiguren hervor. Ohne zu zögern wandte sich Anton zur rechten Seitenwand und blickte zum Nasentrompeter empor.

»Ich weiß doch, dass du mich siehst«, flüsterte er mit heiserer Stimme. »Sag doch was! Was soll ich tun? Warum rufst du mich?«

Die Steinfigur blieb stumm. Und doch glaubte Anton zu erkennen, dass die Augen nicht leblos waren, nicht wirklich aus Stein. Es war, als würden sie aus dem Inneren der Figur heraus von einem sonderbaren Glühen erhellt. Und deutlich fühlte Anton wieder, dass ihn diese Augen starr anblickten.

»Du kannst nicht sprechen, nicht in dieser Gestalt«, hörte Anton sich sagen. »Aber ich kann für dich sprechen. Ich soll in den Turm, zur Uhr hinauf. Nicht wahr?« Dann fühlte er, wie er nickte. Aber es war nicht wirklich er, der sprach und mit dem Kopf nickte. Es war, als würde er sich selbst nur zusehen. Aber ohne Furcht. Die Angst war verschwunden. Ohne sagen zu können warum, spürte er, dass der Nasentrompeter es gut mit ihm meinte. Was auch

immer geschah, es war schon richtig so und musste sein. »Es ist gut«, sagte Anton. »Ich geh ja schon.«
Er wandte sich um, kehrte ins Kirchenschiff zurück und ging zu der kleinen Tür, die zum Turm hinaufführte. Kaum war er unter den gelbschwarzen Absperrbändern hindurchgeschlüpft, da hörte er, wie sich das Türschloss öffnete. Er schwang die Tür auf und begann, die enge Wendeltreppe hinaufzusteigen. Es war dunkel. Durch die nur handbreiten Fensterschächte drang kaum Licht herein. Anton tastete sich mit den Händen die schmalen, steinernen Stufen hinauf. Ein paarmal hielt er an, um zu verschnaufen, und blickte durch die schießschartenähnlichen Fenster hinaus. Je höher er stieg, desto weiter sah er über die Dächer, die unter dem Mond wie eine unbekannte Landschaft erschienen. Auf den nahen Giebeln des Münsters erhoben sich steinerne Monster, Engel und Heilige und schienen den nächtlichen Eindringling mit argwöhnischen Blicken zu beobachten. Anton schauderte vor den harten Augen zurück und setzte umso rascher seinen Weg fort, vorbei an dunklen Öffnungen, in denen verschlossene Türen ins Ungewisse führten. Endlich hatte er die Zwischenempore erreicht. Von hier aus schwang sich eine eiserne Wendeltreppe durch den weiten offenen Raum unter der Uhrenstube. Glaswände schützten ihn vor dem tiefen Turmschacht. Im fahlen Licht erkannte er die großen Gewichte des Uhrwerks, die an langen Ketten in der bedrohlichen Leere schwebten. Einen Augenblick presste er das Gesicht gegen die Glasscheibe und starrte auf die schweren Gewichte. In der bedrückenden Stille schien er das langsame Steigen und Sinken der Gewichte fühlen zu können. Wie aus der Ferne hörte er das Klicken der Kettenbewegung, das Geräusch von Metall auf Metall, und zwischen jedem Geräusch schien sich ein nicht enden wol-

lender Abgrund zu öffnen, der den Atem stocken ließ. Nur mühsam riss er sich von diesem Schauspiel los. Allzu verlockend war es, sich ganz diesem beklemmenden Warten hinzugeben, in dem die Zeit wie ein gewaltiger Mühlstein erschien, der sich unerträglich langsam und doch unaufhaltsam zugleich weiterdrehte, als wäre kaum noch ein Unterschied zwischen Stillstand und unmerklicher Vorwärtsbewegung.

Eine letzte Tür endlich und Anton stand in der Uhrenstube. Licht, das durch kleine Fenster fiel, erhellte den niedrigen Raum. Vor sich sah Anton das große Uhrwerk, so wie Zacharias Geizkofler es beschrieben hatte. Zwischen gewaltigen eisernen, mit Querstreben verbundenen Reifen, die mit klobigen Schrauben direkt hinter dem Zifferblatt befestigt waren, drehten sich die großen Räder des alten Werks. An den Wänden lehnten breite Holzbretter. Das musste die Verschalung gewesen sein, die entfernt worden war. Ein paar Mauersteine lagen daneben. Anton dachte an die beiden Mitarbeiter der Bauhütte, die jetzt im Krankenhaus lagen und nicht mehr erwachten, vielleicht nie wieder erwachen würden. Ängstlich sah er sich um und erwartete jeden Augenblick, dass schwarzer Nebel aus den Mauerritzen oder zwischen den Rädern der Uhr hervordringen würde. Aber nichts dergleichen geschah. Nur das gleichmäßige und eintönige Geräusch des Uhrwerks war zu hören. Warum hatte er überhaupt hinaufsteigen müssen? Wo war die Stimme geblieben, die in ihm so deutlich gesprochen hatte?

Da löste sich auf einmal etwas von der steinernen Decke, fiel wie ein blitzender Tropfen herab und blieb als leuchtender Fleck auf dem Boden liegen. Ohne nachzudenken ging Anton zu der Stelle, an der es lag, und hob es auf. Es war ein flacher, runder, silberfarbener Gegenstand, ähnlich einer Münze. Er schien aus Metall, ja vielleicht sogar aus Silber zu sein. Doch plötzlich, während Anton noch rätselte, was es sein mochte, hörte er aus der Richtung des Uhrwerks ein metallenes Knirschen. Erschrocken drehte er sich um. Was war das? Das Zifferblatt öffnete sich! Lange, schmale Dreiecke, geformt wie die Zwischenräume eines Wagenrades, drehten sich auf ihrer ganzen Länge um die Mittelachse, von ihrer Spitze in der Mitte des Zifferblatts bis zum stumpfen Ende am Rand der Uhr. Drei in jedem Viertel der Uhr, für jede der zwölf Stunden ein Dreieck. Welcher verborgene Mechanismus bewegte diese Teile? Warum hatte Anton noch nie etwas davon gehört? Der geheimnisvolle Mechanismus schien lange geruht zu haben, denn anfangs quietschte und kreischte es entsetzlich. Doch dann gab es einen Ruck und mit donnerndem Krachen sprangen die zwölf Stundenklappen auf.

Auf einen Schlag drang das Licht des Vollmondes herein und schien gleißend hell durch das Räderwerk. Anton schrie auf und schlug die Hände vor die geblendeten Augen. Er wollte sich schnell herumwerfen, um diesem schmerzhaft hellen Licht zu entgehen, doch was war mit ihm? All seine Bewegungen wurden langsamer und langsamer. Bald kam es ihm so vor, als würde er sich nur noch wie in Zeitlupe bewegen. Es dauerte unendlich lange, bis er sich umgedreht hatte. Doch auch hier schlug ihm ein kaltes, blendendes Licht entgegen. Etwas um ihn herum hatte sich verändert. Da war nicht mehr der Steinboden der Turmstube unter ihm. Jetzt stand er auf einer mächtigen silbernen Scheibe. Es schien eine Uhr zu sein. Deutlich sah Anton die Stundenzahlen. Aber es war noch viel mehr auf dem Zifferblatt zu sehen. Geheimnisvolle Schriften, Zahlen und Zeichen bedeckten die schimmernde Fläche. Und das Sonderbarste zeigte sich in der Mitte der Scheibe. Aus

einer handtellergroßen Öffnung traten Hunderte von feinen, silbernen Stäben hervor, die wie ein silberner Arm ein Uhrwerk trugen, das die getreue verkleinerte Wiedergabe des großen Uhrwerks hinter ihm war, zwei mit Querstreben verbundene, silberne Reifen, zwischen denen die ebenfalls silbernen Zahnräder zu sehen waren. Doch das durchbrochene Zifferblatt, das auf diesem Uhrwerk ruhte, war anders als alles, was Anton je gesehen hatte. Er sah einen Außenring mit Stundenzahlen, einen zweiten, kleineren, aus der Mitte gerückten Ring, auf dem er die Sternzeichen des Tierkreises erkannte. Dazwischen verbanden viele seltsam gewundene Teile die beiden Ringe und über allem lag ein einziger Zeiger, der die langgestreckte Gestalt eines Drachen hatte. Zweimal zwölf feine Arme standen wie silberne Strahlen um den Stundenring und trugen einen kleineren und einen größeren silbernen Reif, auf deren schimmernder Oberseite wieder geheimnisvolle Zeichen zu sehen waren. Was hat das zu bedeuten? dachte Anton und seine Gedanken waren zähflüssig und langsam wie geschmolzenes Blei. Und warum steht die Uhr still? Denn sie bewegte sich nicht. Weder die Zahnräder noch der Drachenzeiger rührten sich.
Da fühlte Anton plötzlich, wie die große silberne Scheibe zu beben begann. Er hatte wohl die ganze Zeit schon ein feines Zittern unter seinen Füßen gespürt, wie von einem sanft laufenden, großen Uhrwerk. Doch jetzt gingen von diesem Uhrwerk heftige Erschütterungen aus. Es war, als würde sich etwas dem Ablauf des Werks entgegenstellen und als würde sich die große Uhr gegen dieses Hindernis mit all ihrer Kraft auflehnen. Auf einmal bäumte sich das Werk noch ein letztes Mal auf, dann stand es still. Es war Anton, als würden die Luft um ihn und das Licht des Mondes erzittern und dann, als würde sich dieses Zittern

sammeln und zu dem kleineren Uhrwerk hin zusammenziehen. Jetzt begann das kleine Werk zu laufen. Die Räder drehten sich und der Drachenzeiger bewegte sich im Gegenuhrzeigersinn. Doch während der Zeiger sich bewegte, spürte Anton, dass eine Spannung entstand, die sich immer mehr verdichtete und bald unerträglich wurde. Er fühlte, dass etwas Unvorstellbares bevorstand, etwas, was mit dem Licht des Mondes, den Uhrwerken und dem Lauf des Drachenzeigers zu tun hatte. Langsam kroch der Drachenzeiger über das durchbrochene Zifferblatt. Und es schien Anton, dass der Zeiger immer langsamer wurde. Als er sich der zwölften Stunde näherte, schien er ganz zum Stillstand kommen zu wollen. Endlich, endlich hatte er sein Ziel erreicht. Der Kopf des Drachen schob sich über die Zwölf. In diesem Augenblick schlugen die Glocken des Münsterturmes. Viermal zwei helle Schläge für die volle Stunde und dann zwölfmal dumpf und dröhnend. Mitternacht. Der Hall der Schläge dehnte sich. Der Drachenzeiger rührte sich nicht mehr und die Zahnräder standen still. Da ging ein Beben durch die beiden schmalen, silbernen Reifen, die um den Stundenring lagen. Langsam richteten sie sich auf und begannen sich, über dem Uhrwerk schwebend und ohne es zu berühren, zu drehen, der größere im Uhrzeigersinn, der kleinere in der entgegengesetzten Richtung.

Nun ging auf einmal alles sehr schnell. Zwei Männer in altertümlichen Gewändern, die um die beiden schwingenden Kreise standen, erschienen vor Anton. Auf ihren Gesichtern sah er eine große Freude, wie über etwas, was endlich nach langer Mühe gelungen ist. Doch plötzlich verwandelte sich diese Freude in Entsetzen. Die Männer versuchten, sich von den Kreisen abzuwenden und zu fliehen, doch eine unheimliche Kraft packte sie, zog sie dichter und dichter gegen die Mitte hin und sog sie schließlich in das Zentrum des seltsamen Kreisels. Anton sah, wie die beiden Gestalten sich streckten und mit verzerrten Gesichtern im Inneren des Kreisels verschwanden. Doch nicht nur sie, auch die silberne Scheibe, auf der Anton stand, wurde durchscheinend, sodass das Uhrwerk unter ihr sichtbar wurde, und dieselbe Kraft sog sie in das Innere des Kreisels. Und der großen Uhr folgten zuletzt selbst das kleine Uhrwerk, der Stundenring, der Tierkreis und der Drachenzeiger und die beiden schwingenden, sich drehenden, silbernen Reifen. Nichts blieb übrig als ein schwebender, unendlich kleiner Punkt, der mehr zu ahnen als zu sehen war, und von dem ein unsichtbares, aber fühlbares Leuchten ausging. Bloß weg hier! dachte Anton entsetzt, doch bevor er noch irgendeine Bewegung machen konnte, explodierte der Punkt in einem Feuerball aus gleißenden, blendend hellen, weißglühenden Strahlen, und alles um Anton herum versank in diesem Licht, die Uhr, der Turm, die Häuser, die Stadt. Nur der Mond blieb, riesengroß, hell und vollkommen rund. Und Anton fühlte, dass er auf hartem Boden lag, mit offenen Augen, die blicklos in das Licht des Mondes sahen, irgendwo, an einem Ort, der dunkel und fremd war und unglaublich still und fern. Und mit der Rechten hielt er die silberne Münze so fest umklammert, dass sie schmerzhaft in seine Handfläche schnitt.

*****

Es war alles nur ein Traum. Es konnte nur ein Traum sein. Derselbe Traum mit demselben großen Mond, der den Himmel auszufüllen schien. Warum sich bewegen? Warum aufstehen? Alles würde auch ohne sein Zutun geschehen, sich verändern und dann zu Ende gehen, sobald er erwachte. Noch aber geschah nichts, veränderte sich nichts, blieb alles starr und reglos. Der Mond hing unbeweglich an der immer gleichen Stelle des sternenübersäten Himmels. Das einzig Lebendige in diesem Traum war sein Herz, das so heftig schlug, dass Anton es bis in den Hals hinauf spürte. Unbarmherzig, regelmäßig und hart wie ein Uhrwerk. Was für ein seltsamer Traum, dachte Anton. Ich komme mir so wirklich vor.

Schritte näherten sich, kaum hörbare, leichte Schritte. Anton wandte den Kopf zur Seite und lächelte. Natürlich, warum auch nicht? Der Nasentrompeter. Das hatte schon alles seine Richtigkeit. Das gehörte schließlich zu diesem Mond und diesem Traum. Er scheint gewachsen zu sein, dachte Anton. An der Kirchenwand war er kleiner. Aber sonst war alles gleich, die Kutte mit dem einfachen Kragen, die bis zu den Füßen reichte, die Kappe, die wie ein umgedrehter Suppenteller aussah, die lange Trompetennase und sogar das fehlende letzte Glied am kleinen Finger der linken Hand.

Der Nasentrompeter trat dicht neben Anton und blickte ihm prüfend ins Gesicht. Er hielt einen Zeigefinger vor die Lippe, die weit vorgestülpt unter die Nase ragte, so als wollte er Anton auffordern zu schweigen. Dann holte er unter seiner Kutte eine kleine Dose hervor. Er öffnete sie, tauchte einen Finger hinein und als er ihn wieder herauszog, hatte er eine helle Salbe darauf. Er beugte sich über Anton und strich ihm die Salbe auf Ohren und Lippen. Anton fuhr mit der Zunge darüber. Es schmeckte nach Moos, Tannennadeln und duftendem Wald. Aber er spürte noch anderes, Lebendigeres. Das Trippeln feiner Spinnenbeine, das Gleiten einer Schlange, das Flattern von Fledermausflügeln und anderes mehr, was in ihm wie in Bildern

aufstieg, sich in seinem Kopf ausbreitete und sein Gehör schärfer und seine Zunge beweglicher zu machen schien.
Der Nasentrompeter steckte die Dose wieder weg, trat einen Schritt zurück und sagte: »Willkommen in Leibs Kreisel. Wie ich sehe, hast du die Reise gut überstanden. Ich bin froh, dass alles so geschehen ist, wie wir erwartet und gehofft haben.«
Doch während der Nasentrompeter dies sagte, spürte Anton eine seltsame Verwirrung. Etwas stimmte nicht mit den Worten und nicht mit dem, was mit diesen Worten in seinem Kopf geschah. Er verstand sie, ja, doch, das schon, aber eigentlich waren sie ihm fremd. Nicht seine Sprache, wenn auch sehr ähnlich, irgendwie älter, wie eine untergegangene Sprache, die von niemandem mehr gesprochen wurde. Und doch kam ihm diese Sprache auch vertraut vor, wie eine ferne Erinnerung.
Seine Verwirrung musste ihm anzusehen sein, denn der Nasentrompeter nickte und meinte: »Das wird sich schon geben. Bald hast du dich daran gewöhnt und wirst es gar nicht mehr bemerken. Das mit der Salbe ist ein alter Trick, du weißt schon, ein bisschen Zauberei, Hokuspokus, Magie. Ganz praktisch, wenn man bedenkt, dass wir hier eine Sprache sprechen, die man bei euch vor vierhundert Jahren gesprochen hat.«
Wovon redet er bloß? dachte Anton. Was meint er mit vierhundert Jahren und mit Hokuspokus? Langsam wurde ihm alles zu viel, dieser Traum, der nicht enden wollte, der starre Mond, das seltsame Treiben des Nasentrompeters. »Ich will wieder aufwachen«, flüsterte er. »Der Traum soll aufhören.«
Der Nasentrompeter schüttelte überrascht den Kopf: »Aber was redest du denn da? Du bist doch wach. Das ist kein Traum.«

Anton wandte sich ab und blickte wieder in den Mond. Es konnte nicht sein. All das hier konnte doch nicht wirklich sein. Er musste träumen. Er musste nur liegen bleiben und wenn er wieder aufwachte, würde dieser ganze Spuk vorbei sein. Aber wann hatte dieser Traum begonnen? Und womit? Mit dem Mond, in den er stürzte, und dem Baum, in dem er gefangen war? Mit Baldewein und Leib, die ihn herabziehen wollten? Oder war er danach noch einmal wach gewesen? Doch was waren dann der Münsterturm, die drei Uhren, der seltsame Kreisel und das explodierende Licht, in dem alles um ihn herum versunken war? War er wieder eingeschlafen? Aber wann und wo? Anton schloss die Augen und fühlte, wie sich wieder dieser Abgrund auftat, wie nirgendwo mehr Halt war und er endlos zu fallen schien. Alles drehte sich, wirbelte umher, in seinem Kopf zersplitterte jeder Gedanke. Er wusste nicht mehr, was Traum war und was Wirklichkeit. Musste er es denn wissen? War es wichtig, einen Unterschied zu machen? »Ja, es ist wichtig«, schrie Anton und setzte sich auf. Da spürte er, dass er immer noch die Silbermünze umklammert hielt. Er öffnete die Faust und blickte auf das schimmernde Metall, das wie ein Spiegel des Mondes in seiner Handfläche lag. In seinem Handballen war ein tiefer Eindruck zu sehen, so fest hatte er die Münze gehalten. Seine Hand tat weh. Und es war ein wirklicher, lebendiger Schmerz, an dem Anton nicht zweifeln konnte.

»Wo bin ich?«, flüsterte er. »Was ist mit mir geschehen?«

»Nun ja«, sagte eine Stimme, »es ist einfacher zu erklären, was mit dir geschehen ist, als, wo du bist.«

Anton sah sich überrascht um. Es war der Nasentrompeter, der gesprochen hatte. Er stand immer noch da. Also war er wirklich, kein Traum. Anton musste es glauben. Was blieb ihm auch anderes übrig?

»Gut«, sagte Anton, »ich glaube, dass es dich gibt, dass alles hier wirklich ist. Also erkläre mir, was los ist.«
Der Nasentrompeter lächelte und antwortete: »Besten Dank für deinen Glauben. Gestatte, dass ich mich vorstelle. Ich heiße Krox.«
»Und ich ...«, wollte Anton sagen, doch der Nasentrompeter unterbrach ihn: »Anton Emanuel Leib, ich weiß schon. Und ob ich es weiß, denn wenn du es nicht wärest, wärest du nicht hier.«
»Wieso das?«, fragte Anton erstaunt.
»Tja«, seufzte Krox, »das ist eine lange Geschichte. Aber es ist besser, wenn ich sie dir unterwegs erzähle. Wir haben noch einen weiten Weg vor uns.«
»Wohin gehen wir denn?«, fragte Anton.
»Nach Nettesheim«, antwortete Krox. »Die Infantin wartet schon auf uns.«
Nettesheim? Die Infantin? dachte Anton erstaunt und sein Gesicht musste dabei wohl nicht sehr intelligent ausgesehen haben, denn Krox, der Nasentrompeter, lachte laut auf: »Du siehst ja zum Erbarmen aus. Es ist wohl besser, wenn du mir vorläufig keine Fragen mehr stellst, denn ich fürchte, jede Antwort von mir wird dir nur neue Rätsel aufgeben.«
Da musste auch Anton lachen. Dann sahen sie sich einen Augenblick lang still an und Anton spürte, dass eine sonderbare Freundschaft sie verband, so als hätten sie sich schon lange gekannt. In Krox' Augen, die uralt zu sein schienen und ihn doch zugleich jung und lebendig ansahen, strahlten Wärme und eine Weisheit, die über eine sehr lange Zeit gewachsen sein musste. Da lächelte Krox und nickte erfreut. Dann reichte er Anton die Hand und sagte: »Komm. Lass uns gehen.«
Anton stand auf und blickte sich um. Um sie her erstreckte

sich eine weite flache Ebene, die sich endlos auszubreiten schien. Nirgends erhob sich ein Berg oder auch nur ein Hügel, nirgends war etwas zu sehen, was sich bewegte, kein Tier, kein Strauch, nichts außer dieser endlosen Leere. Es war, als wären sie beide die einzigen Lebewesen in dieser Welt. Doch plötzlich glaubte Anton, etwas in der Ferne zu entdecken. Ein fahles Flackern, als würde dort ein Feuer brennen, ein Feuer, das so gewaltig sein musste, dass es einen weit sichtbaren, schwelenden Widerschein auf den nächtlichen Himmel warf. Aber es schien unerreichbar weit weg zu sein. Dorthin? dachte Anton. Das kann lange dauern. Und er sah Krox fragend an.
Doch Krox schüttelte den Kopf, wies mit der Hand in die entgegengesetzte Richtung und sagte: »Nein, da lang. Da drüben liegt Nettesheim. Das andere kann warten.«
Anton drehte sich um. Auch in dieser Richtung sah er ein schwaches Licht, weniger hell und brennend wie das Feuer, das nun hinter ihnen lag, ja sogar irgendwie freundlicher und einladender und es schien vor allem nicht so unerreichbar weit entfernt zu sein. Krox ging voraus. Anton zögerte einen Augenblick, dann folgte er Krox und hatte ihn bald eingeholt. Und gemeinsam wanderten sie unter diesem geheimnisvollen und doch so wirklichen Mond.
Warum habe ich keine Angst? dachte Anton. Nach allem, was geschehen ist, und obwohl hier alles so anders ist? War es die Nähe dieser kleinen Gestalt, die an seiner Seite ging, die ihm selbst in dieser fremden Welt Mut machte? Krox war ihm so vertraut, als würde er ihn schon lange kennen. Und er erschien ihm wie ein Teil seiner eigenen Welt, wie etwas, das ein Band knüpfte zu dem, was er bei seinem Sturz in diese dunkle Welt zurückgelassen hatte. Solange Krox an seiner Seite war, würde er nicht allein sein.
Anton ging langsam, damit Krox, der ihm gerade mal bis

zum Gürtel reichte, mit ihm Schritt halten konnte. Krox schwieg. Vielleicht überlegte er, wie er Anton alles am besten erklären sollte? Macht nichts, dachte Anton, wir haben ja Zeit. Zeit? Das ist irgendwie nicht richtig. Aber warum er dies dachte, verstand er nicht. Es schien ihm nur so, als ob das Wort Zeit nicht hierher passte, als wäre ihm das Gefühl für die Zeit verloren gegangen. Verwirrt sah er auf seine Uhr, um nachzusehen, wie viel Zeit vergangen war, seit er den Münsterturm verlassen hatte und in dieser Welt gelandet war. Verblüfft blieb er stehen. Seine Uhr zeigte immer noch auf zwölf. Als wäre seit den Mitternachtsschlägen der Münsterglocken nicht eine einzige Minute verstrichen. Das konnte doch nicht sein? Anton hielt die Uhr ans Ohr. Sie tickte nicht mehr. Vielleicht war sie einfach stehen geblieben? Er musste vergessen haben, sie aufzuziehen, und sie war genau um Mitternacht stehen geblieben. So ein Zufall! Oder hatte es etwas mit dem zu tun, was er erlebt hatte? War die Uhr kaputt? Anton drehte an der Uhrkrone, um die Uhr aufzuziehen. Dann zog er die Krone ein Stück heraus, um die Zeiger neu zu richten. Seltsam, die Krone drehte sich, Anton konnte deutlich fühlen, wie sie griff, aber die Zeiger bewegten sich nicht. Und als er die Uhr wieder ans Ohr hielt, tickte sie auch nicht.

»Gib dir keine Mühe«, sagte Krox. »Sie wird nicht laufen.«

»Wahrscheinlich ist sie kaputtgegangen«, meinte Anton. »Schade.«

»Nein«, sagte Krox. »Sie ist sicher nicht kaputt. Aber sie kann nicht funktionieren. In Leibs Kreisel stehen alle Uhren still. Wenn du meine Geschichte gehört hast, wirst du verstehen, warum das so ist.«

Sie gingen weiter und Krox fragte: »Was weißt du von deinem Vorfahren Anton Emanuel Leib?«

»Nicht viel«, antwortete Anton. »Nur dass er um fünfzehnhundertsechzig geboren wurde, dass er verschollen ist und dass ihn ein Mann namens Lazarus Baldewein, der jede Menge Berufe hatte, aus Prag mit nach Hochmünster genommen hat. Anton Emanuel Leib soll in Prag am Hofe Kaiser Rudolf II. gelebt haben. Und ich habe gehört, dass dort Magie betrieben wurde. Mehr weiß ich nicht. Ach doch, noch eins. Baldewein ist anscheinend zur selben Zeit verschwunden wie Leib. Eine ziemlich seltsame Geschichte, findest du nicht auch?«

Krox lachte und meinte: »Eine ziemlich seltsame Frage für jemanden, der in Leibs Kreisel gestrandet ist, findest du nicht auch?«

»Da hast du Recht«, antwortete Anton und seufzte. »Also, schieß los.«

»Damit du unsere Welt kennen und verstehen lernst, musst du erst einmal mehr über Baldewein und Leib erfahren. Über ihr Leben und ihre Unternehmungen. Am besten fangen wir mit Baldewein an«, sagte Krox. »Du hast Recht, Lazarus Baldewein war ein Mann mit vielen Berufen. Bevor er nach Hochmünster kam und in die Dienste des Landgrafen Wilhelm trat, hatte er das Schneiderhandwerk erlernt. Doch bei Landgraf Wilhelm stieg er schnell zu höheren Ehren auf. Bald war er für alles im Schloss verantwortlich und bekleidete rasch die Stellung des Lichtkämmerers. Baldewein hatte eine schnelle Auffassungsgabe, alles fiel ihm leicht, ging ihm leicht von der Hand, gelang ihm. Und außerdem verstand er es, sich unentbehrlich zu machen und sich in allem die Gunst des Landgrafen zu erwerben. Wilhelm beschäftigte sich mit den Sternen. Er beobachtete die Sterne, fertigte Sternkarten an und war dabei nicht nur ein nüchterner Astronom, nicht nur ein Wissenschaftler, sondern interessierte sich auch für Sterndeuterei.

Baldewein, dessen Begabung Wilhelm erkannt hatte, wurde sein Gehilfe. Bald hatte Baldewein sich auch hier große Kenntnisse angeeignet, ja er überflügelte rasch den Landgrafen und fertigte neue, genauere Messinstrumente für Wilhelm an. Daneben baute er auch Uhren, Astrolabien und Planetarien für Wilhelm und erwarb sich darin einen Ruf, der bis nach Paris und sogar bis nach Prag drang. Allerorten lobte man seine Werke und sein Talent. Aber selbst dies war ihm noch nicht genug. Neben seinem Amt im Schloss und dem Bau solcher Instrumente wurde er sogar noch erster Baumeister bei Landgraf Wilhelm und in der ganzen Grafschaft geschah bald nichts mehr, bei dem Baldewein nicht seine Hände im Spiel gehabt hätte. Er heiratete, hatte Kinder, besorgte den Alltag im Schloss, reiste durch die Grafschaft, um alle Bauten zu überwachen, von der kleinsten Reparatur an einer Mühle über den Bau des neuen Rathauses bis zum Handel mit Baumaterial, half Wilhelm bei seinen Forschungen, baute Instrumente, wofür ihm Wilhelm eine eigene Werkstatt eingerichtet hatte, in der Baldewein einen Uhrmachermeister und mehrere Gesellen beschäftigte, kurzum, er war ein viel beschäftigter Mann und hatte ein wahrhaft ausgefülltes Leben.«
Wieder kam sich Anton vor, als ginge er durch einen Traum. Nicht durch den Traum dieser nur vom Licht des Mondes erhellten Landschaft, in der eine seltsame und doch so wirkliche, kleine Gestalt neben ihm schritt, sondern durch einen Traum, den er in dieser Welt träumte. Ein Traum, der ihn in eine Zeit entführte, die weit zurücklag, in der Menschen, von denen er bisher nur gehört hatte, lebendig waren und das, was sie taten, so nah erschien, dass er glaubte, dabei zu sein, jetzt in diesem Augenblick. Gebannt und wie gefangen hörte er dem ungewöhnlichen, kleinen Erzähler an seiner Seite schweigend zu.

»Da bricht im Jahre fünfzehnhundertdreiundsechzig die Pest aus und erreicht auch Hochmünster. Baldewein erkrankt, doch als eines der wenigen Opfer überlebt er die Ansteckung. Aber danach ist er nicht mehr derselbe. Zu viele Menschen hat er sterben sehen, Arme und Reiche, Alte und Junge, der schwarze Tod macht keinen Unterschied, fragt nicht nach Herkunft, Stand und Lebensjahren. Was nützt ein großes Vermögen, Macht, eine hohe Stellung, wenn der schwarze Tod an die Tür klopft? Nichts. Als die Pest endet, geht Baldewein wieder all seinen Arbeiten nach, aber ist er vorher ein Mann gewesen, der nur an das glaubte, was er sehen und anfassen konnte und der insgeheim über die Sterndeuterei seines Brotherrn, des Landgrafen Wilhelm, lachte, so verschreibt er sich jetzt mit der ganzen ihm eigenen Willenskraft der Magie. Warum? Nun, vielleicht hofft er dort etwas zu finden, das stärker ist als der schwarze Tod, das ein Halt ist in der vergänglichen, sterblichen Welt, in der alles aus Staub geboren wird, um wieder zu Staub zu werden. Wilhelm unterstützt Baldewein in jeder Weise. Er gibt ihm Geld, richtet ihm ein Laboratorium im Schloss ein, verschafft ihm die seltensten Mineralien, Pulver und was sonst alles jemals in den Kolben und Tiegeln eines alchimistischen Labors über dem Feuer gebrodelt hat. Vielleicht verspricht sich der Landgraf viel von der Begabung Baldeweins. Vielleicht glaubt er, dass es Baldewein gelingen kann, den Stein der Weisen herzustellen oder gar Gold zu machen. Was Baldewein auch immer beginnt, Wilhelm hält seine schützende Hand über ihn, gegen alle Widersacher, Neider und Feinde, von denen Baldewein sich im Laufe seines Lebens viele gemacht hat. Dann kommt das Jahr fünfzehnhundertachtundsiebzig. Kaiser Rudolf II. wendet sich an Landgraf Wilhelm mit der Bitte, Baldewein möge doch für ihn eines seiner berühmten

Uhrwerke bauen, von denen der Kaiser schon so viel gehört hat. Natürlich ist dies für Wilhelm wie für Baldewein eine große Ehre und Baldewein macht sich sogleich an die Arbeit. Nach einem Jahr ist das Werk fertig und da es am besten ist, wenn der Erbauer es dem Kaiser selber vorführen und erklären kann, reist Baldewein nach Prag. Er wird ehrenvoll empfangen und verbringt fast ein Vierteljahr am kaiserlichen Hof. Und dort, im Kreise der größten Magier und Geheimwissenschaftler seiner Zeit, lernt er Anton Emanuel Leib kennen. Dass Leib um fünfzehnhundertsechzig herum geboren sein soll, ist wohl nicht ganz richtig, denn er ist damals an die dreißig Jahre alt. Leib, ein gelernter Uhrmacher, stammt aus dem Böhmischen. Während seiner Mutjahre, den Wanderjahren der Gernmeister, die ein Geselle zu machen hatte, bevor er sich als Meister niederlassen durfte, war er nach Prag an den kaiserlichen Hof gekommen. Dort hatte er erst bei einem der berühmtesten Uhrmacher seiner Zeit gelernt, dem Schweizer Jost Bürgi, und war dann Gehilfe des Alchimisten und Leibarztes Kaiser Rudolf II., Michael Maier, geworden. Anton Emanuel Leib ist ein stiller, in sich gekehrter Mann, ganz das Gegenteil des weltgewandten, erfolgsgewohnten Baldewein, aber das gemeinsame Interesse für die Alchimie verbindet sie und sie verstehen sich auf Anhieb. Und da Leibs Jahre in Prag gerade zu Ende gehen, nimmt er Baldeweins Angebot, mit ihm nach Hochmünster zu gehen, gerne an.

Für beide beginnt nun eine aufregende Zeit. Leib arbeitet in Baldeweins alchimistischem Labor und bald zeigt es sich, dass er hochbegabt ist und auf seine stille, nachdenkliche Art Dinge durchschaut, für die lautere und klügere Gelehrte blind sind. Es ist, als würde er mit dem Gefühl mehr erkennen können als andere mit dem umfassendsten Wissen. Um daneben auch ein normales Leben zu führen und um Aufsehen und Verdächtigungen zu vermeiden, heiratet Leib nach einem Jahr Bernadette Langenbucher und übernimmt von seinem Schwiegervater die Schmiedegerechtigkeit, die es ihm, nach Fertigstellung des Meisterstückes, erlaubt, eine eigene Werkstatt zu führen. Alles läuft zum Besten. Nach wie vor hält Landgraf Wilhelm seine schützende Hand über die Arbeit der beiden und zügelt sogar seine Ungeduld, als Jahr um Jahr vergeht, in denen es Baldewein und Leib ein ums andere Mal nicht gelingt, den Stein der Weisen herzustellen.

Da tritt ein Ereignis ein, das alles verändern soll. Ein Blitzschlag zerstört das alte Uhrwerk im Münsterturm und Baldewein erhält den Auftrag, ein neues zu bauen. Als er und Leib die Pläne der neuen Uhr entwerfen, trifft Leib die Erkenntnis wie ein Schlag. Plötzlich glaubt er zu wissen, wie der Stein der Weisen herzustellen und warum es ihnen bisher nie gelungen ist. In diesem Augenblick, als die Pläne für die neue Uhr vor ihm liegen, verbinden sich sein Wissen als Alchimist und seine Kenntnisse als Uhrmacher, das Magische und das Technische. Er begreift, dass der Stein der Weisen, und mögen sie seiner Herstellung auch noch so nahe gewesen sein und mag auch nicht die geringste Zutat gefehlt haben, dennoch nie entstehen kann, solange der Stein der Vergänglichkeit, dem Wandel der Zeit unterworfen ist. Es gilt also, einen Zustand zu schaffen, in dem die Zeit keine Macht mehr hat und die Magie Bestand. Baldewein ist begeistert und Leib macht sich an die Ausarbeitung der Pläne. Er entwirft die neue Münsteruhr mit dem ungewöhnlichen Aufbau des Uhrwerks in den kreisrunden Rahmen, die direkt hinter dem Zifferblatt angebracht werden. Dann baut er das kleine Uhrwerk mit dem Astrolabzifferblatt, das du ja sicher im Turm gesehen hast.

Weißt du, ein Astrolab ist ein Messinstrument, mit dem anhand der Winkel, in denen die Sterne zum Beobachter stehen, die Zeit berechnet werden kann. Stell dir eine Kerze vor, die die Schatten aller Planeten, Sterne und Himmelskreise auf eine flache Scheibe wirft. Diese Schatten sind die Linien und Punkte auf dem Astrolab. Das ist alles ziemlich kompliziert, aber es genügt, wenn ich dir erzähle, welche Gedanken hinter Leibs Idee steckten.
Wenn das Astrolab der Schattenriss des Weltgebäudes ist, dann müsste, wenn du eine Kerze nimmst und die Linien und Punkte dieses Astrolabs nun selber wieder zu Schatten machst, dann müsste aus diesen Schatten wieder ein Abglanz des ursprünglichen Weltgebäudes werden. Das Astrolab würde zu einer Weltmaschine. Doch galt es noch, die Zeit in dieser Welt zum Stillstand zu bringen und einen Raum zu schaffen, in dem die Vergänglichkeit nicht existiert und also der Stein der Weisen entstehen kann. Dazu entwirft Leib den Plan der drei Uhren. Durch die erste Uhr, die große Münsteruhr, die mit einem Öffnungsmechanismus versehen ist, fällt kurz vor Mitternacht das magische Licht des Vollmonds. Dieses trifft auf eine große Scheibe, die einen Durchmesser von neun Fuß aufweist, wie es bei einem magischen Kreis üblich ist. Auch unter dieser Scheibe befindet sich ein Uhrwerk und auf der Scheibe selbst sind magische Sprüche und die Zeichen und Symbole aller Elemente und Planeten eingraviert. Dieses zweite Uhrwerk ist so gebaut, dass es ebenfalls kurz vor Mitternacht zum Stillstand kommt, indem sich ein Widerstand der gewaltigen Antriebskraft und der Bewegung aller ihrer Teile entgegenstellt.
Und nun kommt die dritte Uhr, das Astrolab, ins Spiel. Im Gegensatz zu den üblichen Astrolabien hat es nur einen einzigen Zeiger, den Mondzeiger, auch Drachenzeiger ge-

nannt und wie ein solcher geformt. Über dünne Stangen, die sich in der Mitte der großen zweiten Uhr bündeln und auf denen das Astrolab wie auf einem Arm getragen wird, über diese dünnen Stangen werden die Kraft des gewaltsam aufgehaltenen Laufs aller Teile und das magische Licht des Vollmonds auf das Astrolab übertragen. Das Astrolab wird in Gang gesetzt, der Mondzeiger verlangsamt sich zunehmend, hält Schlag Mitternacht über der Zwölf an, die Kraft des Astrolabwerks geht in die beiden Ringe über, die auf feinen Armen um den Stundenkreis frei aufliegen, die Ringe richten sich auf, schweben, sich drehend, über dem Astrolab und in diesem Augenblick, so hofft Leib, wird die Zeit im Inneren dieses Kreisels zum Stillstand kommen und der Stein der Weisen entstehen.«

Krox blieb stehen und sah Anton an: »Kannst du mir folgen?«

»Ja«, meinte Anton zögernd. »Ich glaube schon. So ungefähr jedenfalls.«

»Nun, es ist auch nicht nötig, dass du verstehst, wie alles funktioniert«, meinte Krox. »Viel wichtiger ist, dass du begreifst, was die beiden vorhatten und dass sie dafür einen komplizierten magischen Apparat schufen. Doch nun noch zu einem letzten Punkt dieser Weltmaschine.«

Krox wanderte weiter und fuhr fort: »Es heißt, wer den Stein der Weisen hat, der kann damit Gold, das edelste der sieben alchimistischen Metalle, herstellen. Sieben Himmelskörper stehen für diese sieben Metalle. Saturn für Blei, Jupiter für Zinn, Mars für Eisen, Venus für Kupfer, Merkur für Quecksilber, bis zum Mond für Silber und zur Sonne für Gold. Auf dem Weg zum Stein der Weisen muss der Alchimist diese sieben Stufen vom unedelsten Metall, dem Blei, bis zum edelsten Metall, dem Gold, durchschreiten. Doch wozu diesen langen Weg wählen? sagt sich Leib.

Warum nicht mit Hilfe der Magie den kurzen letzten Schritt von Silber zu Gold gehen? Und so ist Silber das Metall, das Baldewein und Leib verwenden, um ihre Weltmaschine zu bauen. Natürlich würde eine Uhr aus Silber nicht lange standhalten, dazu ist Silber zu weich, aber die beiden letzten Uhren, das Uhrwerk mit der magischen Scheibe und die Astrolabuhr würden ja nie länger als die kurze Zeit bis zum Gelingen des Experiments zu laufen haben.

Im Jahre fünfzehnhundertdreiundneunzig ist die Weltmaschine fertiggestellt. Die Zeit drängt. Landgraf Wilhelm, dem die beiden den Plan von der Weltmaschine verheimlicht haben, ist misstrauisch geworden. Wozu brauchen die beiden das viele Silber? Wilhelm will sehen, was aus seinem Geld, das er den beiden gegeben hat, geworden ist. Auch die vielen Neider und Feinde Baldeweins haben Verdacht geschöpft. Was treiben die beiden so oft in der Uhrenstube des Münsterturms? Drohende Schatten überziehen das Land und greifen nach Baldewein und Leib. Um fünfzehnhundertachtzig haben die großen Hexenverfolgungen begonnen und es ist gefährlich geworden, sich mit Alchimie und Magie zu beschäftigen. Baldewein und Leib werden der Zauberei und Hexerei verdächtigt. Ein Prozess droht. Lange wird Landgraf Wilhelm sie nicht mehr schützen können. Aber noch bleibt ein wenig Zeit. Baldewein und Leib beschließen, die Weltmaschine in Gang zu setzen. Der Stein der Weisen wird sie reich und mächtig machen und sie vor allen Anfeindungen schützen. Der nächste Vollmond naht. In einer Sommernacht des Jahres fünfzehnhundertdreiundneunzig ist es so weit. Baldewein und Leib betreten den magischen Kreis der zweiten Uhr und das Experiment beginnt. Kurz vor Mitternacht öffnet sich das Zifferblatt der Turmuhr, der Lauf der zweiten Uhr wird aufgehalten, das Astrolab setzt sich in Bewegung und der Mondzeiger schiebt sich Schlag Mitternacht über die Zwölf, die äußeren Ringe erheben sich und beginnen sich, über dem Astrolab schwebend, zu drehen.«

»Und?«, fragte Anton gespannt. »Hat es geklappt?«

»Ja und nein«, antwortete Krox. »Es hat, wie du sagst, geklappt, aber das Ergebnis war nicht das erwartete.«

»Darum also haben sie zu fliehen versucht«, meinte Anton. »Und dann diese Gesichter. Als würden sie was ganz Entsetzliches sehen. Was ist denn passiert?«

»Ich weiß es nicht genau«, sagte Krox. »Ich meine, ich weiß nicht genau, wie und warum es passiert ist, sondern nur, was dabei herausgekommen ist und was wahrscheinlich mit ein Grund dafür gewesen ist, dass es nicht der Stein der Weisen war, was entstand, sondern etwas anderes, Unerwartetes. Es ist etwas, was auch mit mir zu tun hat. Du hast mich ja gesehen, in deiner Welt. Als Figur an der Wand. Aus Stein wie alle anderen Figuren, wie der Turm und das ganze Münster. Mit diesem Stein hat es aber eine besondere Bewandtnis. All die Steine, aus denen der Westturm und auch die Figuren des Westturms erbaut und gemeißelt worden sind, stammen aus einem alten, stillgelegten, nicht weit von Hochmünster entfernten Silberbergwerk. Viele der Steine waren aus dem Berg gebrochen worden, als man die Minengänge grub, und nun wurden sie für den Bau des Münsters verwendet, vor allem des Westturms und seiner Figuren. Durch all diese Steine ziehen sich feine Silberadern. Dort, wo die Steine beim Bau zusammengefügt wurden, berühren sich viele der Adern und so wurde mit dem Bau des Turms zugleich ein Netz aus Silberfäden gewoben. Und als Baldewein und Leib ihr Experiment durchführten, kam das Silber der großen Uhr mit dem Silber des Turmes im Boden der Uhrenstube in Berührung, verband sich mit diesem Netz

und der ganze gewaltige Westturm verstärkte die magische Kraft der Maschine um ein Vielfaches.
Das hatten Baldewein und Leib nicht bedacht. Woher hätten sie es auch wissen sollen? Nun, das Experiment geriet außer Kontrolle. Etwas Größeres entstand. Nicht nur der Stein der Weisen, nicht nur ein Haufen Gold, nein, die Weltmaschine erschuf wirklich eine andere Welt, anders als eure Welt und mit eigenen Gesetzen. Der Kreisel setzte sich in Bewegung und die Kraft in ihm suchte nach dem Material, die sie benötigte, um aus ihm eine Welt zu erschaffen. Und diese Kraft wurde zu einem unentrinnbaren Sog, der Baldewein, Leib und den ganzen Weltapparat in sich riss. Ja und wenn die große Uhr mit dem Turm fest verbunden gewesen wäre, ich denke, dann wäre auch der Turm verschluckt worden und wer weiß, was noch. Aber so musste sich die Kraft mit dem begnügen, was sie verschlingen und woraus sie die neue Welt formen konnte. Und das Verschlungene sammelte sich zu einem Punkt ohne Ausdehnung, der erst unendlich klein war, sich dann aufblähte und zur Welt wurde.«
Anton blieb stehen und sah sich schaudernd um. Er hatte die Gesichter Baldeweins und Leibs im Turm gesehen und das Entsetzen auf diesen Gesichtern schien sich nun auch auf ihn zu übertragen. Was war mit den beiden geschehen?
»Sind sie tot?«, fragte Anton leise.
»Nein«, antwortete Krox. »Sie sind nicht tot. Aber wahrscheinlich auch nicht das, was man lebendig nennt. Und ganz sicher sind sie nicht mehr die Menschen, die sie vor diesem Ereignis waren. Versuch es dir vorzustellen. Sie und der Weltapparat wurden eins, eine Ewigkeit oder vielleicht nicht mal einen Herzschlag lang, was macht es für einen Unterschied? Sie waren eins, auf dichtestem Raum, ineinander verschmolzen. Kein Entrinnen voreinander war

möglich, nichts, was der Mensch bedarf, um er selbst zu sein mit Raum zwischen sich und anderen Menschen. Nur langsam, quälend langsam, trennten sie sich voneinander und nahmen wieder Gestalt an. Dagegen muss selbst die Hölle mit all ihren Teufeln und Plagen wie ein Paradies erscheinen. Ein Wunder, dass sie dabei nicht ganz den Verstand verloren. Und als sie sich voneinander trennten, entstand zugleich mit ihnen diese Welt, die ein Teil ist von ihnen, wie sie beide ein Teil von ihr sind, denn alles, sie und die Welt, wurde auseinander geschaffen und dabei entstand so manches, was in ihnen war. Die Welt formte sich nach ihrem Bilde oder anders gesagt, nach dem Bild, dass sie von dieser Welt in sich trugen. Du wirst es ja kennen lernen. Fürs Erste habe ich genug gesagt.«

Anton fand gar nicht, dass Krox schon genug gesagt und erklärt hatte. Er hätte noch Dutzende von Fragen stellen können, die ihm wie ein Feuerwerk durch den Kopf schossen. Was erwartete ihn in Nettesheim? Wo waren Baldewein und Leib? Warum war er hier? Und wie war er hierher gelangt? Aber eine Frage brannte ihm vor allem auf den Lippen und so fragte er: »Wer bist du, Krox? Wieso bist du hier? Du warst doch auch in meiner Welt!«

Krox nickte. »Darauf sollst du eine Antwort haben. Ich sagte ja schon, dass der Turm mit Silberfäden wie von einem Netz durchzogen ist. Und was nun mich betrifft, so ist der Rest ein Zufall. Die Steinfigur, die ich in deiner Welt bin, birgt mehr Silber in sich als jeder andere Teil des Westturms und eine starke Silberader führt von der Figur bis zum Boden der Uhrenstube. Dort berührte sie das große Uhrwerk, als der Kreisel seine Kraft entfaltete. Was dann geschah, kann ich nicht erklären, sondern nur sagen, wie es ist. Ich erwachte zum Leben, ich wurde ein Teil dieser neuen Welt. Aber ich blieb dabei doch ein Wanderer zwischen den Welten. Wann immer ich will, kann ich in meine Steinhaut zurückkehren und die alte Welt, deine Welt, besuchen und beobachten. Aber dennoch gehöre auch ich zu Leibs Kreisel. Ohne ihn und seine Magie würde ich nichts anderes sein als eine leblose Steinfigur. Ich bin vom Anfang dieser Welt an hier gewesen und werde erst aufhören zu sein, wenn diese Welt vergeht. Aber genug jetzt, nun warte, bis wir in Nettesheim sind. Dort wirst du vieles von dieser Welt kennenlernen. Später dann kann ich dir noch mehr erklären und dann wirst du auch erfahren, warum du hier bist.«

*****

Während Krox erzählt hatte, waren sie ein gutes Stück weit gegangen. Anton glaubte schon die Dächer und Turmspitzen von Nettesheim erkennen zu können. Aber es lag noch ein weiter Weg vor ihnen. Plötzlich spürte Anton, wie müde und schwach er war. All das Erlebte und Gehörte machte ihn schwindlig. Er schwankte und konnte sich kaum noch auf den Beinen halten.
Krox bemerkte seinen Zustand und versuchte, ihn zu stützen. »Setz dich hin«, sagte er besorgt. »Ich hätte daran denken sollen. Der Schreck ist dir sicher in die Glieder gefahren.«
»Schon gut«, sagte Anton. »Nur ein bisschen ausruhen, dann geht's wieder.«
Sie setzten sich auf den harten Boden und jeder hing seinen Gedanken nach. Nach einer Weile legte sich Anton hin, verschränkte die Arme unter dem Kopf und sah in den Himmel hinauf. Wenn ich es nicht besser wüsste, könnte

ich meinen, dass dieser Himmel ein ganz normaler Himmel ist, dachte Anton. Es ist alles da. Der Mond, die Sterne, ein paar Wolken. Alles wäre ganz normal. Wenn nicht alles so still stehen würde. Nicht einmal die Wolken rühren sich vom Fleck. Aber ich bewege mich doch. Und Krox auch. Was heißt dann Stillstand der Zeit? Was für eine seltsame, unerklärliche Welt ist dies. Krox hat es ja gesagt, eine andere Welt mit ganz eigenen Gesetzen. Ich will ihn später danach fragen. Jetzt nur noch ein wenig ausruhen. Nur ein klein wenig ausruhen.

Antons Augen schlossen sich. Er schlief, ohne zu träumen. Nur eine Melodie und ein seltsames Prasseln begleiteten ihn durch den Schlaf, erst wie von ferne, dann immer näher und näher. Anton erwachte, setzte sich auf und blickte sich erschrocken um. Neben ihm brannte ein kleines Feuer. Anton beruhigte sich wieder. Im flackernden Schein des Feuers entdeckte er Krox, der auf seiner Nase wie auf einer Blockflöte spielte. Erst jetzt bemerkte Anton die feinen Löcher, auf denen Krox die Töne griff. Es waren Töne mit einem süßen, einschmeichelnden, ein wenig gequetschten Klang.

»Es klingt ja gar nicht wie eine Trompete«, sagte Anton laut.

Krox brummte, ohne sein Spiel zu unterbrechen: »Natürlich nicht. Das ist auch keine Trompete, sondern eine Schalmei. Trompete, ha!«

»Das sollte keine Beleidigung sein«, meinte Anton entschuldigend. »Hab ich lange geschlafen?«

»Na ja, lange«, antwortete Krox. »Wie man's nimmt. Lang, kurz, wer kann das in Leibs Kreisel schon sagen?«

Plötzlich hörte Anton, dass sich ihnen etwas aus der Dunkelheit näherte. Ein aufgeregtes Schnauben, Zischen, Spucken und Pfeifen, Laute, die nicht nur völlig unerwartet

waren in dieser weiten Leere, sondern auch absonderlicher als alles, was Anton je gehört hatte. Wer oder was mochte da kommen? Eine Gefahr? Anton sprang auf die Beine und blickte besorgt zu Krox hinab. Doch der blieb seelenruhig sitzen und ließ sich nicht in seinem Spiel stören. Anton starrte in die Dunkelheit. Da tauchte ein unglaubliches Wesen im Feuerschein auf und Anton stand der Mund offen vor Verblüffung. Es war ein richtiger Drache, wenn auch kleiner als jeder Drache, den Anton sich je hätte vorstellen können. Vom Scheitel bis zur Sohle maß er kaum drei Handspannen. Und wie er aussah! Sein Rumpf ähnelte einer zu dick geratenen Biene. Er war oben mit Schuppen bedeckt und unten völlig nackt, bis auf ein paar struppige Federn, die aus dem Hinterteil ragten. Auf dem Rumpf saß ein Hals, der eher krumm als geschwungen war, und wieder darauf ein Kopf mit einem breiten, flachgedrückten Entenschnabel, knopfgroßen Augen und einem Federbusch, der sich wild nach hinten sträubte, als hätte ein Sturm ihn umgeknickt. Das ganze Geschöpf wurde von zwei dünnen Beinen getragen, die seitlich aus dem Körper ragten und den Eindruck einer fetten Biene noch verstärkten. Der rechte Fuß sah aus wie die Kreuzung aus einem Entenfuß und einer Hühnerkralle, während der linke Fuß in einem abgeschabten Stiefel steckte. Zwei kurze Stummelarme hielten einen langen Speer in den kräftigen Händen, nein, nicht in den Pfoten, sondern wahrhaftig in Händen mit Fingern, an denen etliche Ringe glitzerten. Das ganze Geschöpf war so unglaublich hässlich und zugleich so lächerlich ausstaffiert, dass Anton nicht wusste, ob er davonlaufen oder vor Lachen platzen sollte.
Der Drache stürzte sich sogleich, ohne Anton auch nur eines Blickes zu würdigen, auf Krox und zerrte so lange aufgeregt, keuchend, spuckend und pfeifend an seiner Kut-

te, bis Krox sich endlich erbarmte, ihm zärtlich über den wilden Federbusch strich und lachend sagte: »Na, mein kleiner Hieronymus, du freust dich wohl, mich wiederzusehen. Beruhige dich, sei artig und begrüße unseren Gast.«
Hieronymus wandte sich zu Anton um, begutachtete ihn einen Augenblick und machte dann das, was man wohl einen Kratzfuß nennt, eine elegante Verbeugung. Jedenfalls sollte es so aussehen, aber es war leider alles andere als elegant und machte dafür dem Namen Kratzfuß alle Ehre. Da hielt es Anton nicht länger aus und er lachte schallend los. Hieronymus fuhr mit zornfunkelnden Augen empor, schnaubte und spuckte wie ein Wilder, ging in Angriffsstellung und fuchtelte mit seinem spitzen Speer gefährlich vor Anton herum.
»Langsam, langsam«, rief Krox. »Lass das, Hieronymus! Und du, Anton, solltest dich schämen. Was ist denn das für eine Art, einen höflichen Drachen so auszulachen?«
Anton verging das Lachen und es tat ihm auf einmal furchtbar Leid. »Entschuldige«, sagte er. »Es war nicht bös gemeint. Ich war nur so überrascht.« Und zu Hieronymus gewandt fuhr er fort: »Verzeih. Es tut mir wirklich Leid. Es soll nicht wieder vorkommen.«
Doch Hieronymus konnte sich so schnell nicht wieder beruhigen. Er schoss wütende Blicke gegen Anton und sabberte und blubberte vor sich hin. Immerhin bedrohte er Anton nicht mehr mit seinem Speer.
»Nu, nu. Ist ja gut«, sagte Krox. »Er hat sich doch bei dir entschuldigt. Na, Hieronymus, hast du Lust, was zu essen? Es gibt deine Leibspeise.«
Sogleich vergaß Hieronymus Anton und seinen Ärger und sprang aufgeregt um Krox herum. Dabei streckte er sich nach Krox' Kappe und schnupperte gierig daran.
»Sabber nicht so«, schimpfte Krox. »Du machst mich ja

ganz nass.« Dann nahm er seine Kappe ab, drehte sie um, zog einen hölzernen Löffel unter der Kutte hervor und schlug mit dem Löffel dreimal an den Rand der Kappe. Sogleich breitete sich ein wunderbarer Duft aus und die Kappe war bis zum Rand mit saftigen Fleischstücken, Pilzen und einer dickflüssigen Soße angefüllt.

»Warte«, sagte Krox streng, als Hieronymus sich sogleich auf die Mahlzeit stürzen wollte, »erst kommt unser Gast dran.«

Hieronymus knurrte unglücklich und wand sich schrecklich, als er Anton mit einer gequälten Handbewegung einlud, sich von dem Essen zu nehmen.

»Oh, danke«, sagte Anton höflich. »Nach dir, Hieronymus.«

Dafür erntete er doch tatsächlich einen freundlichen Blick von Hieronymus, der sich sogleich auf das Essen stürzte und mit dem Kopf bis zu den Federn darin verschwand.

»Du musst entschuldigen«, sagte Krox, »ich fürchte, er wird nie lernen, sich richtig zu benehmen.«

»Na, dann ist er ja bei mir in bester Gesellschaft«, meinte Anton, »ich habe mich ja vorhin auch gewaltig danebenbenommen.«

Hieronymus tauchte aus dem Essen auf und sah Anton schmatzend an. Dann grinste er plötzlich so sehr, dass es ihm schier den Kopf zerriss, machte noch einen Kratzfuß und verschwand dann wieder in seiner Leibspeise.

»Ich glaube, das sollte heißen, dass du willkommen bist«, flüsterte Krox, zwinkerte Anton zu und fragte: »Wenn Hieronymus noch was übrig lässt, möchtest du dann auch was essen?«

Anton sah auf Hieronymus, der ungehemmt im Essen herumwühlte, was alles andere als appetitlich aussah.

»Beleidige ihn bloß nicht wieder«, flüsterte Krox, der An-

ton verstand. »Aber keine Sorge, er ist sauberer, als er aussieht.«
Endlich war Hieronymus fertig und reichte Anton die Kappe und den Löffel, wobei er breit und einladend grinste. Anton schluckte mühsam ein paar Bissen runter. Dann stutzte er. Die Kappe war ja noch genauso voll wie am Anfang! Aber Hieronymus hatte doch so viel in sich hineingeschlungen, dass man fürchten musste, er würde gleich platzen. Anton sah Krox verwirrt an. Krox, der ihn beobachtet hatte, lächelte verlegen: »Ach, das ist nichts. Ein bisschen Hokuspokus. Nicht der Rede wert. Wenn du satt bist, können wir ja weitergehen.«
Anton schluckte seine Fragen hinunter und reichte Krox die Kappe, die dieser sich sogleich aufstülpte, als wäre nie etwas in ihr drin gewesen. Dann beugte sich Krox über das Feuer, pustete einmal kurz und das Feuer erlosch. Aber nichts blieb zurück. Kein verkohltes Stück Holz, kein Glimmen, keine Asche. Als wäre da nie ein Feuer gewesen und nichts, was gebrannt hätte.
»Hokuspokus?«, fragte Anton.
Krox kratzte sich an der Nase, nickte verlegen und ohne ein weiteres Wort zu verlieren setzten sie ihren Weg fort. Die Türme von Nettesheim rückten näher. Und doch mussten sie noch recht weit entfernt sein, denn die Türme wurden zwar immer deutlicher sichtbar, aber immer noch waren die Gebäude nicht zu sehen. Plötzlich hielt Krox an und wies auf den Boden vor ihnen. Anton erblickte ein breites Band aus schimmerndem Silber, auf dem er sonderbare Zeichen sah, die ihm irgendwie bekannt vorkamen. Aber natürlich, solche Zeichen hatte er auf der Scheibe des großen zweiten Uhrwerks gesehen, auf der er im Münsterturm gestanden war! Er blickte Krox fragend an.
»Es ist ein magischer Kreis. Ein Schutzwall für Nettes-

heim«, erklärte dieser. »Niemand, der sich Nettesheim mit bösen Absichten nähert, kann diesen schützenden Kreis überschreiten. Versuche es. Denke dir, du wolltest Nettesheim angreifen. Stell dir vor, du würdest ein feindliches Heer zum Angriff führen.«

Anton zuckte mit den Schultern. »Meinetwegen«, sagte er. »Ich bin ja gespannt, was passiert. Attacke!«, rief er dann, zückte ein imaginäres Schwert und rannte los.

Doch weit kam er nicht. In dem Augenblick, als er den magischen Kreis überschreiten wollte, stieß er an eine unsichtbare Wand und wurde so heftig zurückgeworfen, dass er rücklings zu Boden fiel. »Autsch!«, rief er und rieb sich die Stirn, auf der eine ansehnliche Beule wuchs. »So ein Quatsch! Hättest du mich nicht warnen können?«

Krox schmunzelte und antwortete: »So eine kleine Beule schadet nichts. Auf jeden Fall weißt du jetzt, was dieser magische Kreis wert ist. Merke es dir. Später, wenn du mehr über Leibs Kreisel weißt, wirst du dich in seinem Schutz sicherer fühlen.«

Am liebsten hätte ihn Anton sogleich mit Fragen überschüttet, aber er verkniff sie sich wieder und folgte Krox und Hieronymus, die den magischen Kreis überschritten, wobei er sich hütete, in Gedanken irgendetwas Böses im Schilde zu führen. Was bedeutet dieser magische Kreis? dachte er. Gibt es Gefahren in dieser Welt? Und ängstlich spähte er über die weite Ebene, die der Mond in ein fahles unwirkliches Licht tauchte. Aber ungefährdet setzten sie ihren Weg durch die Dunkelheit fort.

Wann wir Nettesheim wohl endlich erreichen? dachte Anton. Wir müssten doch längst da sein. Die Türme von Nettesheim sind doch schon zum Greifen nah. Ob die Stadt in einer Senke liegt, dass die Häuser immer noch nicht zu sehen sind?

Da breitete Krox plötzlich die Arme aus und rief: »Wir sind da!«, und Anton begriff, warum keine Häuser zu sehen gewesen waren. Es gab sie nicht. Es gab nur Turmspitzen. Die ganze Stadt war nichts anderes als eine Turmspitze neben der anderen. Kirchtürme, Rathaustürme, Schulhaustürme, Schlosstürme, Wachtürme, Glockentürme und vieles andere Turmartige mehr, auf dem nicht selten ein Wetterhahn oder eine eiserne Fahne saßen. Es sah aus, als wäre eine ganze Stadt, von der nur noch das Oberste ihrer Türme zu sehen war, im Erdboden versunken. Und alle Türme waren nach dem gleichen Muster erbaut. Zuunterst gab es zwei kleine Türen, darüber eine Uhr, deren Zeiger sich natürlich nicht bewegten, und den Abschluss bildete ein Dach oder eine zinnenbekrönte Plattform. Und doch war jeder Turm verschieden. Es gab Türme in allen nur denkbaren Formen und Größen. Das alles wirkte wie ein bunt und zufällig zusammengewürfelter Haufen, bei dessen Anblick an eine Stadt kaum zu denken war.
»Das ist Nettesheim?«, stammelte Anton. Und bei sich dachte er: Wenn das Nettesheim ist, wie sehen dann erst seine Bewohner aus? Denn noch war niemand zu sehen. Die Straßen waren wie leergefegt. Weit und breit war kein lebendiges Wesen zu entdecken.
Sie erreichten einen weiten Platz, der etwa in der Mitte der Stadt lag. Da trat Krox vor, klatschte in die Hände und rief laut: »Kommt hervor! Fürchtet euch nicht! Leib ist hier!«
Auf einen Schlag sprangen alle Türen auf und Nettesheim verwandelte sich in ein Tollhaus. Sonderbare Gestalten, ganz und gar aus Metall, schossen zu den Türen heraus und hinein, warfen einen raschen Blick auf Anton, liefen wie eine aufgescheuchte Hühnerschar von Turm zu Turm, schrien einander die Ohren voll und vollführten einen solchen Lärm, dass Anton sich erschrocken die Ohren

zuhielt. Ein paar Satzfetzen drangen durch das wilde Geschrei und Anton verstand: »Leib ist da!« – »Sie hat es gewusst!« – »Hoch lebe die Infantin!« – »Krox ist zurück!« Der Aufruhr wollte kein Ende nehmen und das Ganze erschien Anton wie ein großer Spielzeugautomat, der zu stark aufgezogen worden war und nun wild abschnurrte.

»Was sind das für Leute?«, rief er durch den Lärm Krox fragend zu.

»Die Atzmänner!«, antwortete Krox und lachte dabei über das tolle Spektakel.

»Atzmänner?«, brüllte Anton. »Was sind Atzmänner?«

»Schlupfmännlein«, brüllte Krox zurück. »Du kennst sie doch sicher. Die in den Türmen wohnen und rauskommen, wenn die Uhren und Glockenspiele schlagen.«

Starr vor Staunen sah Anton auf das wilde Treiben der unglaublichen Blechgestalten. Natürlich erinnerte er sich. Er kannte ja die automatischen Figuren, die beim großen Glockenspiel am Rathaus zu Hochmünster aus ihren Türchen auftauchten und wieder verschwanden und dabei Verbeugungen und abgehackte Tanzbewegungen machten. Aber so viele auf einen Haufen hatte er noch nie gesehen. Und diese hier waren lebendig und konnten sich frei bewegen, keine Automaten, die immer nur dieselben Bewegungen machten. Aber so fantastisch das Durcheinander auch war und so verrückt und irgendwie komisch, langsam wurde es Anton doch zu viel und begann ihm auf die Nerven zu gehen. Und da es einfach nicht aufhören wollte, hielt er es endlich nicht mehr aus und er rief, so laut er konnte: »Genug! Steht doch mal still!«

Augenblicklich erstarrte das Bild. Keiner der Nettesheimer rührte sich mehr, mochten sie auch gerade eine noch so unbequeme Stellung halten, mit einem Bein in der Luft, ausgestreckten Armen, weit aufgerissenem Mund. Eine

gespenstische Ruhe breitete sich aus, die nach dem Lärm, der gerade noch getobt hatte, unheimlich und erschreckend wirkte.
»Was ist denn jetzt los?«, stammelte Anton.
Krox sah ihn seltsam an und meinte nach kurzem Schweigen: »Das ist dein Werk. Nur wenn du es willst, werden sie sich wieder bewegen können.«
Verwirrt blickte Anton auf die starren Gestalten. Er sollte dies bewirkt haben? Wie denn? War das wieder das, was Krox Hokuspokus nannte? Ihm war nicht wohl in seiner Haut.
»Nun, was ist?«, fragte Krox. »Willst du sie nicht befreien?«
»Wie denn?«, rief Anton.
»Nichts einfacher als das«, meinte Krox. »Sag es!«
Anton hatte plötzlich einen ganz trockenen Mund. Seine Zunge schien festzukleben und er konnte kaum ein Wort sprechen. »Ich will, dass es vorbei ist«, flüsterte er heiser. »Ihr sollt euch wieder bewegen.«
Da kam wieder Leben in die Blechgestalten. Die Arme senkten sich, die aufgerissenen Münder wurden geschlossen, die Füße fanden Halt auf dem Boden und alle Nettesheimer näherten sich ihnen langsam und furchtsam. Anton hörte, wie sie einander aufgeregt zuflüsterten. Er bekam es mit der Angst zu tun.
»Ich wollte doch nichts Böses«, sagte er. »Ich hatte doch keine Ahnung, dass so was passieren kann. Überhaupt, was ist es denn gewesen, Krox?«
»Nicht jetzt«, antwortete Krox. »Später.« Dann wandte er sich an die herandrängende Schar und rief: »Seid gegrüßt. Es ist nichts geschehen. Es war nur ein kleiner Scherz, der euch zeigen sollte, dass dies der wahre Anton Emanuel Leib ist, der zu uns gekommen ist.«
Ein Aufatmen ging durch die Menge und ein ohrenbetäu-

bender Jubel brach aus. Alle drängten noch näher heran, Männlein und Weiblein, und Dutzende von Händen streckten sich Anton entgegen und versuchten, seine Hände zu fassen und zu schütteln. Jetzt erst, während jeder ihm seinen Namen zurief, hatte Anton Zeit, die Nettesheimer zu betrachten.

Es waren wirklich Schlupfmännlein, Gestalten ganz und gar aus Metall. Aber so sorgfältig und geschickt aus unzähligen kleinen und kleinsten Teilen gebaut, dass sie beweglicher waren als die komplizierteste Automatenfigur, die Anton je zu Gesicht bekommen hatte. Es schien, als wären sie nicht von menschlicher Hand erschaffen worden, sondern wie von selbst gewachsen und, so seltsam sie mitunter auch aussehen mochten, den Menschen doch denkbar ähnlich. Männlein wie Weiblein waren bis ins kleinste Detail nachgebildet und wirkten so natürlich und lebendig, dass Anton kaum seinen Augen traute. Keines glich dem anderen; jedes hatte seine eigene, unverwechselbare Gestalt.

Und was für Namen ihm entgegenflogen! Kunkel, Ellnbogen, Weckherlin, Euphrosina, Hornbassel, Ottilie, Schnatterl, Pantoffel, Fröschel, Rosina, Pfeffersack, Steinmeißel, Kipspane, Schnurr und noch viele andere erstaunliche, lustige und unglaubliche mehr. Anton schwirrten die Namen im Kopf herum und er kam aus dem Lachen und Staunen nicht mehr heraus.

Plötzlich drängte sich der Atzmann mit Namen Pfeffersack, der auch wirklich dick und rund war wie ein prall gefüllter Gewürzsack, durch die dichten Reihen, pflanzte sich wichtigtuerisch neben Anton auf, wobei er sich fast noch mehr aufblähte, und rief laut: »Ein Fest! Ein Fest zu Ehren unseres hohen Gastes!«

Ein begeisterter Aufschrei antwortete dem Vorschlag und alle schrien durcheinander: »Ja, ein Fest!« – »Rasch, holt

alles her!« – »Tummelt euch!« – »Lasst den hochedlen Gast nicht warten!« – »Ein Fest!« – »Hurra!« Und im Nu stoben alle auseinander.
»Wieso ein Fest?«, fragte Anton.
»Ach, lass sie nur machen«, antwortete Krox. »Es macht sie glücklich. Und das ist hier sehr viel wert. O ja, sehr viel wert.«
Anton wunderte sich über diese sonderbare Antwort, aber allmählich hatte er sich an Krox' Rätsel gewöhnt und so ließ er es dabei bewenden und wartete gespannt, was kommen mochte. Und wieder bot sich Anton ein Schauspiel, das selbst seine fantastischsten und wildesten Träume übertraf.
In Windeseile wurden von allen Seiten einfache Tische und Holzbänke herbeigeschleppt. Podeste wurden errichtet, Marktstände um den weiten Platz herum aufgestellt. Und alles wurde über und über mit Wimpeln, Girlanden und wehenden Fahnen geschmückt. Große Feuer loderten auf, Fackeln und Laternen brannten und tauchten alles in ein helles, warmes und lebendiges Licht, in dem auch wieder Farben erschienen. Ein buntes, bewegtes und von sprühendem Leben erfülltes Treiben erfüllte die Straßen. Die Marktstände quollen über vor Waren und die Tische bogen sich unter Speisen und Getränken.
Bald war alles bereit. Anton und Krox, der Hieronymus auf seinem Schoß sitzen ließ, wurden als Ehrengäste auf eine hohe Tribüne gebeten und dann bildeten die Nettesheimer einen festlichen Umzug, der sich mit Trommeln und Pauken, lauten Blasinstrumenten aller Arten und wild geschwungenen Rasseln und Klappern durch die Straßen und über den Platz wälzte. Auf großen Wagen, die sie mit sich zogen, wurden derbe Maskenspiele aufgeführt, dazwischen erschienen seltsame, aus wehenden Tüchern und

hölzernen Stangen rasch zusammengeflickte Fabelgestalten, Gaukler zeigten ihre Kunststücke, jonglierten, balancierten, schluckten Feuer und Schwerter, schlugen die abenteuerlichsten Purzelbäume und Kapriolen, zeigten sonderbare Tänze mit verschlungenen Verrenkungen und all dies wirbelte, wogte und brauste um Anton herum, dass ihm Hören und Sehen verging und er Mühe hatte, nichts zu verpassen von all dem, was ihm so herrlich, so aufregend und einmalig erschien, dass er am liebsten alles gleichzeitig und immer und immer wieder bestaunt hätte. Und je größer seine Begeisterung wurde und je mehr er vor Aufregung glühte, desto mehr steigerte sich das wilde Treiben und schien die Stadt mit einer gewaltigen bunten Woge zu überschwemmen.
Plötzlich schossen feurige Punkte heulend in den nächtlichen Himmel und ein Feuerwerk explodierte über Nettesheim, wie Anton noch keins gesehen hatte. Nichts, was nicht zu sehen gewesen wäre an Pflanzen, Tieren oder Fantasiegestalten, die am Himmel erstrahlten, sich kreuzten, dann in leuchtenden Garben zu Boden sanken und vergingen. Wieder und wieder schossen Feuerwerkskörper empor, Pulverdampf zog in dichten Schwaden über den Platz und das Krachen und der beißende Geruch machten Anton benommen und berauscht zugleich. Er war wie im Fieber und konnte sich nicht sattsehen an all den Herrlichkeiten.
Doch auf einmal war das Feuerwerk zu Ende. Völlig unerwartet senkte sich eine große, lastende Stille über den Platz. Noch leuchtete in allen Augen der Widerschein der letzten Feuergarben, noch standen die Münder vor Staunen offen und die Pulverschwaden glühten im Licht der Fackeln und Laternen. Doch das Fest war zum Stillstand gekommen, nichts geschah mehr, nichts Neues gab dem Fest Schwung

und Leben. Es endete so plötzlich, als hätte ein Fallbeil es abgeschnitten, und dahinter lag nur die Nacht, die schwarze Leere, ein kalter, dunkler Abgrund.
Anton blickte betroffen um sich. Was war geschehen? Warum ging es nicht weiter? Einer nach dem anderen schlichen sich die Nettesheimer davon, verschwanden in ihren Türmen und hinter ihnen schlossen sich die Türen. Bald waren der Platz und die Straßen verlassen und nur noch die leeren Tische und Stände, die müde herabhängenden Fahnen und Wimpel und die verlöschenden Fackeln, Feuer und Laternen erinnerten an das rauschende Fest. Irgendwo schlug eine Glocke und eine Stimme rief über die Dächer hinweg: »Hört ihr Leute, lasst euch sagen, Nachttag End hat es geschlagen.« Dann blieb es still, entsetzlich still. Und das kalte Licht des Mondes trat wieder an die Stelle des festlichen Scheins.
»So ist es immer«, sagte Krox leise. »Du darfst es ihnen nicht übel nehmen. So ein Fest in Nettesheim flammt auf wie eine wiedererwachte Hoffnung und erlischt wie ein zu kurzes Schwefelholz.«
»Aber warum?«, fragte Anton und fühlte eine seltsame Traurigkeit in sich aufsteigen.
»Du wirst es weniger begreifen, wenn ich dir auf alles eine Antwort gebe, als wenn du es selber zu verstehen versuchst«, antwortete Krox. »Ich habe dir erklärt, wie diese Welt entstanden ist. Nun lerne erst noch mehr von ihr kennen. Nur so kannst du verstehen, wie wichtig es ist, dass du hier bist, und wie wichtig deine Aufgabe ist. Nein, frag mich nicht«, wehrte Krox ab. »Hab Geduld. Und nun lass uns schlafen gehen.«

*****

Als Anton die Augen aufschlug, wunderte er sich, dass er überhaupt hatte schlafen können. Lange noch war er wachgelegen, hatte auf den Atem von Krox und das Raunzen und Schniefen von Hieronymus gelauscht und in seinem Kopf hatten sich die Gedanken im Kreis gedreht, sodass er nicht einschlafen konnte. Dann hatte wohl doch die Müdigkeit gesiegt und die Augen waren ihm zugefallen. Jetzt sah er über sich die Balkendecke der Turmstube, in der sie die Nacht verbracht hatten. Die Nacht? Anton hörte wieder die Glocke schlagen. Viermal zwei kurze Schläge für die volle Stunde. Er wartete auf die tiefen, dröhnenden Glockenschläge, die ihm verraten würden, wie spät es war. Doch diese Schläge blieben aus. Er hörte schwach eine Stimme rufen, konnte die Worte aber nicht recht verstehen. Was hatte das zu bedeuten? Gab es keine Stunden? Warum schlug dann aber die Glocke? Zeigte sie den Tag an? Welchen Tag? Konnte es denn Tage unter dem Mond geben? Anton sah sich nach Krox und Hieronymus um. Doch sie waren nicht mehr da. Da öffnete er die Tür des Turmes und trat zögernd und etwas ängstlich hinaus.
Die Spuren des großen Festes waren beseitigt worden. Alles war sauber und aufgeräumt. Die Türen der Türme standen weit offen und während Anton ziellos durch die Straßen ging, sah er überall die Nettesheimer beim Essen sitzen. Er blieb stehen und blickte sich suchend um. Eigentlich hatte er auch Hunger. Wo er wohl etwas zu essen bekommen würde? Da winkte ihm einer der Atzmänner, der mit zwei anderen zusammen speiste, sich doch an ihren Tisch zu setzen. Anton trat ein. Die Atzmänner rückten auf den Bänken zur Seite und Anton erkannte Pfeffersack. »Hallo, Pfeffersack«, sagte er, glücklich darüber, ein bekanntes Gesicht zu sehen.
Pfeffersack strahlte vor Stolz und überschüttete »Meister

Leib«, wie er und die anderen Anton nannten, mit Höflichkeiten und Komplimenten und wurde nicht müde, ihm eine Speise nach der anderen aufzudrängen. Besorgt achtete er darauf, dass es dem Meister auch ja an nichts fehlte. Bald fühlte sich Anton unter seinen lachenden und scherzenden Gastgebern wie zu Hause und er griff herzhaft zu. Von seinen neuen Freunden, Pfeffersack, Flicker und Bübeke, erfuhr er, dass die Glocke, die er gehört hatte, in einem Turm hing, der, größer als alle anderen, am Ende der Straße stand, die vom Marktplatz in Richtung Weltende führte. Und dort in dem Turm wären die Zeiter. Was denn das sei, die Zeiter und Weltende? fragte er. Doch die Atzmänner sahen sich nur ratlos an und meinten, na ja, die Zeiter seien die Zeiter und Weltende, das sei eben Weltende, mehr wüssten sie darüber nicht zu sagen. Anton musste sich damit zufrieden geben und er beschloss, sich die Zeiter und dieses Weltende bei nächster Gelegenheit anzuschauen. Was für Überraschungen mochten ihn noch erwarten?

Da schlug die Glocke dieselben vier kurzen Doppelschläge, die Anton schon kannte. Jetzt hörte er auch wieder die Stimme des Ausrufers: »Hört ihr Leute, lasst euch sagen, Zeit der Geschenke hat's geschlagen.« Sogleich ließen die Atzmänner alles stehen und liegen, das angebissene Brot auf dem Teller, die noch halbvollen Becher, nickten Anton kurz zu und machten sich mit einem Feuereifer an die Arbeit, als hinge ihr Leben davon ab. Pfeffersack machte sich am Backherd zu schaffen, Flicker werkte an einer Hobelbank und Bübeke hämmerte an einem schimmernden Pokal, den er mit Edelsteinen verzierte. Verdutzt schluckte Anton hinunter, was er noch im Mund hatte, und wollte Pfeffersack fragen, was denn das für Geschenke seien und für wen sie gedacht waren. Doch da die drei Atzmänner so in ihre Arbeit vertieft waren, dass sie kein

Wort mehr für ihn übrig zu haben schienen, trat er zum Turm hinaus und ging langsam durch die Straßen.
In allen Türmen sah er die Nettesheimer bei der Arbeit. Erlesene Stoffe und Schmuckstücke wurden hergestellt, Teppiche und Wandbehänge geknüpft, auf denen ein großer Garten zu sehen war, silberne Schalen, Leuchter und Laternen geschmiedet, Perlen auf weite Gewänder genäht, Kostbarkeiten aller Arten entstanden unter den geschickten Händen der metallenen Männer und Frauen. Von Turm zu Turm ließ Anton sich treiben, blieb oft stehen und schaute den Nettesheimern bei der Arbeit zu. Dann schlug die Glocke wieder und Anton hörte die Stimme rufen: »Hört ihr Leute, lasst euch sagen, Zeit für Besuche hat's geschlagen.«
Wieder ließen die Atzmänner alles stehen und liegen und sogleich begann ein aufgescheuchtes Kommen und Gehen, das Anton wieder sehr an einen Hühnerhof erinnerte. Unzählige Nettesheimer machten sich auf den Weg zu ihrer Nachbarschaft, klopften an die Türen, wurden stürmisch begrüßt, so als hätte man sich schon allzu lange nicht mehr gesehen, tratschten und klatschten miteinander, als müssten sie sich die Neuigkeiten eines ganzen Jahres berichten, kurzum, es war eine allgemeine Besucherei im Gange, und inmitten dieser wirbelnden Geschäftigkeit stand Anton, sah dem bunten Treiben sprachlos zu und wurde von den eiligen Nettesheimern weiter und weiter durch die verwinkelten Straßen gedrängt.
Plötzlich erhob sich über ihm der große Glockenturm. Hier mussten die Zeiter zu finden sein, von denen Pfeffersack, Flicker und Bübeke erzählt hatten. Anton trat durch die Pforte ein und blieb erstaunt stehen. Vor ihm saßen drei Atzmänner im Kreis und lasen aus einem großen Buch, das sie sich reihum weiterreichten. Jeder las laut einen Spruch

vor, dann gab er das Buch an seinen Nachbarn weiter. Was soll denn das bedeuten? dachte Anton. Die reden doch bloß Unsinn! Gerade begann wieder einer der Atzmänner zu lesen und Anton hörte ihn sagen: »Unentwegt sich bewegt, Ehre, wen der Hafer sticht, Küchenboden aufgefegt, bis der Krug am Brunnen bricht.« Dann gab der Atzmann das Buch weiter und der nächste las vor: »Katze lässt das Mausen sein, geht mit Hund ein Bündnis ein, beide tragen graue Kleider, leben wie die Hungerleider.« Und dann folgte: »Hinterm Mond, hinterm Mond, wohnen alle Rübenzähler, schwindt der Mond, schwindt der Mond, werden auch die Zähler schmäler.«
Und so weiter und so fort, ein Unsinnsspruch folgte dem anderen. Doch die Atzmänner lasen diese Sprüche mit einem tiefen Ernst vor, als wären es die größten Weisheiten und Wahrheiten, sodass Anton der Drang zu lachen rasch verging. Er setzte sich neben dem Eingang auf den Boden, lehnte sich mit dem Rücken ans Mauerwerk und hörte diesem seltsamen Rundgesang zu, der ihn irgendwie an das Rosenkranzbeten in der Kirche erinnerte. Da fiel sein Blick auf ein großes Zifferblatt, das über den Vorlesern an der Wand hing. Es hatte nur einen Zeiger und statt der Stundenzahlen standen Worte rings um den Rand der Uhr. Anton las sie sich flüsternd vor: »Morgenmahl, Geschenkezeit, Besuchezeit, Mittagsmahl, Ruhezeit, Waschtag, Vesper, Verstecken, Hasenjagd, Abendmahl, Sternzeit, Nachttag End.« Und über Nachttag End stand als letztes noch Nachttag Anfang geschrieben. Nun legte einer der Atzmänner das Buch zur Seite, trat zum Zifferblatt, schob den großen Zeiger um ein Wort weiter und rief durch eine Luke in der Decke nach oben: »Mittagsmahl!« Sogleich erklangen die vier kurzen Doppelschläge der Turmglocke und Anton hörte eine laute Stimme rufen: »Hört ihr Leute,

lasst euch sagen, Mittagsmahl hat es geschlagen.« Und im Nu war das Klappern von Tellern und Töpfen durch die offene Türe zu hören. Dann setzten die drei Atzmänner ihr Lesen fort und das Buch wanderte weiter Spruch für Spruch im Kreis herum.

In diesem Augenblick kam Krox zur Tür herein. »Ah, ich dachte mir schon, dass ich dich hier finde«, sagte er leise, setzte sich neben Anton und gemeinsam hörten sie den Zeitern zu. Dann begann Krox zu sprechen:

»So geht es Stunde um Stunde, Tag für Tag und es gibt Stunde und Tag nur, weil dies so geht. Die Zeiter geben dem Leben sein Maß, teilen den Tag in Stunden, die es im unentwegten Einerlei unserer Welt nicht geben kann. Denn hier gibt es keinen Wechsel von Tag und Nacht, kein Maß und keine Zeit, nur dieses endlose, immer gleiche Licht des unbewegten Mondes. Als Leib noch bei uns war, gab er uns Zeit und Maß und bestimmte, was wir taten und wie wir lebten. Doch als Leib von uns ging, blieb nur die endlose Leere zurück. Und ein lähmendes Nichts, eine dumpfe Krankheit erfasste Nettesheim und die Atzmänner erstarrten.

Doch die Infantin rettete sie und gab ihnen eine neue Zeit und ein neues Maß. Es war ihr Rat, der das Werk der Zeiter schuf. Auf ihren Rat hin gaben sich die Atzmänner selber eine eigene Zeit und ein eigenes Maß und schrieben das große Stundenbuch. So gibt es einen Tag mit Anfang und Ende, und auch in der Nacht dieser Nacht setzen die Zeiter ihr Werk fort und der Zeiger wird in dieser Welt, in der keine Uhr laufen kann, Stunde um Stunde weitergerückt. Und in der Nacht dieser Nacht schlägt nur die Glocke und keine Rufe ertönen, bis wieder Nachttag Anfang ist. Selbst wenn die Atzmänner von dieser Regel abweichen, wenn sie wie für dich ein großes Fest feiern, gleich zu welcher

Stunde, das Werk der Zeiter zeigt ihnen immer wieder den Platz an, an dem sie in diesen Kreislauf zurückkehren können.«

»Aber wenn sie es tun und das Fest endet, sind sie einen Augenblick lang verloren, nicht wahr?«, flüsterte Anton und Krox nickte. »Ohne die Schläge der Glocke werden sie wieder krank, stimmt's?«

Wieder nickte Krox und meinte: »Ich sehe, dass du unsere Welt zu verstehen beginnst.«

»Aber warum ist das so?«, fragte Anton. »Ich wollte es dich schon mal fragen. Was heißt Stillstand der Zeit? Wir bewegen uns doch. Das kann doch nicht möglich sein ohne Zeit.«

Krox erhob sich und sagte: »Nicht hier. Komm, lass uns nach draußen gehen.«

Sie verließen den Turm. Vor der Türe schloss sich ihnen Hieronymus an und sie wandten sich in die Richtung, in der das zu finden sein musste, was die Atzmänner Weltende genannt hatten. Während sie an den Türmen vorbeigingen, in denen die Atzmänner beim Mittagsmahl saßen, sagte Krox: »Du erinnerst dich doch sicher noch daran, was ich dir über die Weltmaschine, über Leibs Kreisel erzählt habe.«

Anton nickte.

»Nun«, fuhr Krox fort. »Schlag zwölf Uhr Mitternacht endete der Lauf des Mondzeigers und Schlag zwölf Uhr Mitternacht erhoben sich die Reifen des Kreisels und die Welt von Leibs Kreisel entstand. In diesem einen Augenblick formte sich eine ganze Welt aus einem einzigen Punkt ohne Ausdehnung. Und als sich dieser Punkt ausdehnte, dehnte sich auch dieser Augenblick, denn er hatte keine andere Zeit in sich, als den Stillstand des Mondzeigers über der Zwölf. Und der Augenblick dehnt sich immer noch und in dieser Dehnung des Augenblicks bewegen wir uns. Es gibt ein Vorher und ein Nachher und noch immer erscheint uns manches kurz und manches lang. Aber es gibt keine wirkliche Zeit, es ist immer noch derselbe magische Augenblick, der sich endlos weiterstreckt. Wenn du so willst, bis in alle Ewigkeit, denn was sollte dies aufhalten können?«

Anton blieb stehen und hatte ein seltsam hohles Gefühl im Bauch. Sein Herz schlug wild und er glaubte, nicht mehr weiteratmen zu können. Er hielt die Luft an, bis ihm schwarz vor den Augen wurde, dann atmete er keuchend ein.

»Ruhig«, sagte Krox und fasste seine Hand. »Ich weiß, es klingt entsetzlich und unvorstellbar. Versuche, dieser Vorstellung nicht zu erliegen. Sprich mit mir.«

Anton nickte und leckte sich über die trockenen Lippen. Dass Krox seine Hand hielt, tat ihm wohl und gab ihm Halt. »Schon gut«, sagte er mit heiserer Stimme und drückte Krox' Hand fest. »Es geht schon wieder.«

Krox ließ ihn nicht los und Hand in Hand gingen sie weiter. Bald hatten sie die letzten Türme von Nettesheim erreicht. Krox beugte sich zu Hieronymus hinab und flüsterte ihm etwas ins Ohr. Hieronymus rannte davon und sie gingen langsam weiter. Als der kleine Drache sie wieder eingeholt hatte, reichte er Krox ein kurzes Seil.

»Wozu brauchen wir denn ein Seil?«, fragte Anton.

»Du willst doch nicht am Ende der Welt hinunterfallen?«, sagte Krox und lachte.

Was soll denn das wieder heißen? dachte Anton. Am Ende der Welt hinunterfallen! Die Welt hat doch keinen Rand, über den man fallen könnte. Wahrscheinlich will Krox mich bloß foppen.

Sie ließen die Stadt hinter sich zurück und wanderten

wieder über dieselbe leere Ebene wie vor Antons Ankunft in Nettesheim. Nachdem sie ein rechtes Stück weit gegangen waren, sah Anton, wie sich von beiden Seiten her der silbern schimmernde magische Kreis näherte. Bald musste er sich vor ihnen schließen.

»Erinnerst du dich noch an den Stundenkreis der großen silbernen Scheibe und des Astrolabzifferblatts?«, fragte Krox plötzlich.

»Ja, natürlich«, antwortete Anton. »Was ist damit?«

»Dieser Stundenkreis bildet die äußerste Grenze von Leibs Kreisel und der magische Kreis, der Nettesheim schützt, endet an dieser Grenze.«

»Aber die Welt ist doch keine Scheibe«, rief Anton. »Sie ist doch eine Kugel. Es gibt doch keinen Weltenrand. Das ist doch nur ein alter Aberglaube. Früher dachten die Seefahrer, dass sie am Rand der Welt hinabstürzen würden, aber heute glaubt doch kein Kind mehr an solche Märchen.«

»So, so«, brummte Krox. »Märchen nennst du das. Und was ist dann das?«, fuhr er fort und wies mit der Hand vor sich.

Anton blieb verblüfft stehen. Er sah einen breiten Silberring, bei dem der magische Kreis, der sich um Nettesheim zog, endete. Und genau an dieser Stelle war eine gewaltige römische Sechs, ein großes V und ein I, in den Stundenring graviert. Und hinter dem Stundenring sah Anton ... Nein, er konnte nicht sagen, was es war. Es war dunkel und erhob sich wie eine gewaltige schwarze Wand hinter dem silbernen Ring, spannte sich von dort wie ein riesiges Zelt über ihnen bis hinauf zu den Sternen und dem weiten Rund des reglosen Mondes.

»Wo sind wir?«, flüsterte Anton.

Krox lachte und antwortete: »Ich glaube, jetzt begreifst du langsam. Willkommen in Leibs Kreisel. Denk doch an die

silberne Scheibe, auf der du im Münsterturm gestanden bist. Das ist der Boden unter dir.«
»Aber, aber«, stammelte Anton, »wenn das die Scheibe der großen Uhr ist, dann müsste sich darunter doch auch das Uhrwerk befinden und es müsste ungeheuerlich groß sein.«
»Genau«, sagte Krox, kurz und knapp.
»Und was kommt hinter dem Rand der Scheibe?«, fragte Anton und schauderte vor der dunklen Grenze zurück.
»Geh hin und du weißt es«, antwortete Krox vergnügt.
»Über den Rand der Welt hinaus?«, rief Anton entsetzt. »Du spinnst wohl. Ich will doch nicht hinunterfallen.« Und er verstand überhaupt nicht, wieso Krox plötzlich zu lachen begann.
»Aha, also glaubst du plötzlich wieder an Märchen. Aber, wer sagt dir denn, dass du hinunterfallen wirst?«, fuhr Krox fort und wurde wieder ernst. »Findest du nicht, dass das ein viel zu einfacher Gedanke ist?«
Anton wusste nicht, was er darauf antworten sollte. Da schlang ihm Krox das Ende des Seils um den Bauch, knotete es hinter Antons Rücken zusammen und sagte: »So, jetzt brauchst du keine Angst mehr zu haben, dass du hinunterfällst. Wenn es wirklich so sein sollte, halte ich dich ja am Seil fest.«
»Und wie glaubst du, willst du mich halten?«, war das Einzige, was Anton zu fragen einfiel. »Ich bin doch viel zu groß und zu schwer für dich.«
»Wenn das alles ist, was dich beunruhigt, kann ich leicht Abhilfe schaffen«, sagte Krox schmunzelnd, packte Anton am Gürtel und hob ihn mit Leichtigkeit über sich.
»He!«, rief Anton. »Lass mich sofort wieder runter!«
Krox stellte ihn wieder auf die Füße und fragte: »Nun, bist du zufrieden?«
»Ja doch«, antwortete Anton und staunte nicht schlecht

über Krox' Kräfte. Aber dann sagte er ärgerlich: »Das heißt, nein, ich bin nicht zufrieden. Wer weiß, was hinter dem Rand auf mich wartet und ob ich je wieder zurückkehren kann.«
»Glaubst du wirklich, ich würde dich dorthin schicken, wenn es gefährlich wäre?«, erwiderte Krox. »Keine Sorge, ich war auch schon drüben und bin wieder zurückgekommen.«
Anton starrte zweifelnd in das Dunkel hinter dem Stundenring. Sollte er es versuchen? Er vertraute Krox doch und außerdem war er plötzlich schrecklich neugierig. Wann würde er jemals wieder die Gelegenheit haben, über den Rand der Welt hinaus zu gehen?
»Gut«, sagte er schließlich. »Ich will es versuchen. Aber halte mich ja gut fest.«
»Natürlich«, antwortete Krox. »Aber du wirst sehen, dass es nicht nötig sein wird.«
Anton biss sich auf die Lippen und betrat zögernd den Stundenring. Vor dem äußeren Rand des silbernen Streifens atmete er tief ein, dann schloss er die Augen und überschritt die Grenze, hinein in das dunkle Unbekannte. Dort blieb er stehen und öffnete vorsichtig die Augen. Doch was war das? Vor ihm standen Krox und Hieronymus. Aber er hatte sie doch hinter sich gelassen. Die beiden sahen ihn gespannt an und Krox hielt das Seil straff in den Händen. Anton blickte auf das Seil hinab und starrte verdutzt auf den Knoten, der nicht mehr in seinem Rücken saß, sondern vor seinem Bauch. »Was, was«, stammelte er.
»Willkommen in Leibs Kreisel«, sagte Krox. »Auf der anderen Seite.«
»Auf der anderen Seite? Was meinst du damit?«, fragte Anton.
Da zog Krox einen Handspiegel unter der Kutte hervor, reichte ihn Anton und sagte: »Betrachte dein Gesicht.«

Anton hielt den Spiegel vor sein Gesicht und sah hinein. Was sollte mit seinem Gesicht sein? Es war dasselbe wie immer. Doch plötzlich stutzte Anton. Nein, etwas war anders. Irgendwie erschien ihm sein Gesicht auf einmal fremd, irgendwie verkehrt. Er sah Krox ratlos an.
»Es ist spiegelverkehrt«, sagte Krox. »Du bist über den Rand von Leibs Kreisel gegangen und wieder in Leibs Kreisel angekommen. Aber seitenverkehrt.«
»Und jetzt?«, fragte Anton.
»Jetzt komm wieder zurück, aber rückwärts«, antwortete Krox.
Verwirrt und sprachlos schritt Anton rückwärts über die silberne Grenze des Stundenrings. Und sogleich fand er sich in Leibs Kreisel wieder, doch diesmal standen Krox und Hieronymus hinter ihm und der Knoten des Seils saß in seinem Rücken. Krox löste das Seil und sagte: »So, genug der Spielereien. Es ist auch nicht gut, diesen Versuch zu oft zu wiederholen, sonst weißt du am Schluss nicht mehr, ob du richtig oder falsch rum bist.«
»Bloß nicht«, rief Anton. »Mir reicht's.« Dann blickte er noch einmal auf die dunkle Grenze und fragte leise: »Krox, wo sind wir? Was ist das für eine Welt?«
»Was soll ich dir darauf antworten?«, sagte Krox seufzend. »Was wissen wir denn schon über die wahre Gestalt der Welt. Ist eure Welt wirklich eine Kugel oder bildet ihr euch das nur ein, weil ihr euch nichts anderes vorstellen könnt? Ist unsere Welt eine Scheibe oder sind wir nur zu blind, um die Welt so zu sehen, wie sie wirklich ist? Manchmal denke ich, dass diese ganze Welt vielleicht nichts anderes ist, als ein Punkt ohne Ausdehnung, der heftig träumt.«

*****

Als sie nach Nettesheim zurückkehrten, bot sich ihnen ein absonderliches Schauspiel. Vor allen Türmen standen große Waschzuber, in denen die Atzmänner und Atzweiber ihre Kleider mit einem solchen Eifer wuschen, dass hohe Schaumberge aus den Zubern wuchsen und sich in großen, schimmernden Flocken auf den Türmen und Straßen niederließen. Und inmitten all dieser grenzenlosen Sauberkeit stand ein seltsamer, alter Mann. Er war hochgewachsen und trug ein fließendes, goldenes, über und über mit kostbaren Stickereien verziertes Gewand mit langen, wehenden Ärmeln. Auf seinem Kopf saß eine trichterartige Kappe, mit einer großen Perle am vorderen Rand und einer kleinen goldenen Spitze. Der Mann hatte ein würdevolles, von unzähligen feinen Falten durchzogenes Gesicht. Ein dünner, weißer Bart hing ihm bis auf die Brust herab. Das Gesicht und die feinen Hände waren aus Elfenbein geschnitten und hatten die Farbe von altem Meerschaum.
»Wer ist denn das?«, flüsterte Anton Krox zu.
»Oh, ein lieber Bekannter«, antwortete Krox.
In diesem Augenblick hatte auch Hieronymus den alten Mann erspäht. Wie ein Blitz schoss er auf ihn zu und sprang ihm glücklich schnaubend und pfeifend in die Arme. Der alte Mann streichelte Hieronymus liebevoll und rief: »Welch eine Freude, Euch zu sehen, edler und glücksverheißender Sohn des großen Drachen. Ihr gleicht einer Wolke der Güte und Schönheit der Seele. Wie erfreut und stärkt es mein altes Herz, Euch wiederzusehen. Sagt, ist etwa auch Euer verehrter Begleiter und Führer, der große Meister der holden Musik, in der Nähe? Wie würde dies meine Freude noch verdoppeln.«
Hieronymus, der die Worte des Alten sichtlich genossen hatte, sprang übermütig aus seinen Armen und zog und zerrte ihn an seinem weiten Gewand zu Krox und Anton.

Als er Krox erblickte, verbeugte sich der Alte so tief, dass er mit der Stirne den Boden berührte, und verharrte schweigend und ehrfurchtsvoll in dieser Stellung.
»Nein, nein«, rief Krox. »Erhebt Euch, mein Freund. Erlaubt mir, dass ich Euch unseren Gast vorstelle. Dies ist Anton Emanuel Leib, der zu uns gekommen ist, wie wir es gehofft haben.« Und als der alte Mann sich aufrichtete und Anton aus seinen weisen Augen freundlich anblickte, fuhr Krox fort: »Und dies ist Hsü, Großkanzler von Nanking, treuer Minister und Diener von K'ang-hsi, dem Kaiser von China. Was führt Euch hierher, Hsü?«
Anton blickte den alten Mann erstaunt und voll Ehrfurcht an. Der Großkanzler von Nanking, Diener des Kaisers von China! Er versuchte, sich so tief zu verbeugen, wie es ihm nur möglich war, ohne dabei gleich auf die Nase zu fallen.
Doch da rief Hsü: »Im Namen aller Himmelsdrachen, ich bitte Euch, beschämt nicht einen alten Mann, der Euch so viel Achtung schuldet.« Dann richtete er Anton mit seinen schmalen Händen auf und verbeugte sich selbst vor ihm bis zur Erde.
»Aber, Herr Hsü«, stotterte Anton. »ich ... das ist doch nicht richtig ... Bitte.«
Da lachte Krox und sagte: »Nun, Hsü, Eure Höflichkeit in Ehren, aber ich glaube, Ihr bringt unseren jungen Freund in Verlegenheit.«
Rasch richtete Hsü sich wieder auf und beteuerte: »Verzeiht, das war nicht meine Absicht. Eure Bescheidenheit, hochverehrter Meister Leib, macht Euch Ehre. Ich will mich bemühen, diese Bescheidenheit mit größerer Einfachheit der Worte zu achten.«
»Gut so«, meinte Krox schmunzelnd, »ich glaube, das wird für alle weniger anstrengend sein.«

Da warf Hsü Krox aus seinen alten Augen einen Blick zu, der sternhell leuchtete, und Anton wusste, dass Hsü Krox' Spott durchschaut hatte und dass dieser alte Mann alles durchschauen konnte. Mit einem feinen Lächeln und nur einer ganz kleinen Verneigung des Kopfes sagte Hsü: »Nun, wenn Ihr wissen wollt, was mich nach Nettesheim, dieser herrlichsten Stadt unter dem Mond, geführt hat, so will ich es gerne sagen. K'ang-hsi, Kaiser von China, Sohn des Himmelsdrachen, Leuchte des Mondes, schickt mich her, damit ich der Infantin, diesem schönsten Stern aller nur denkbaren Himmelszelte, in seinem Namen meine Aufwartung mache, um ihr ein unwürdiges kleines Geschenk zu überreichen und zugleich eine Botschaft zu überbringen.«

»Ein Geschenk für die Infantin!«, rief da plötzlich einer der Atzmänner, der die letzten Worte Hsüs gehört haben musste. Wie ein Lauffeuer breitete sich die Nachricht in Nettesheim aus und nahm bald eine neue, wunderliche Gestalt an.

»Ein Geschenk für die Infantin!« – »Sicher ein Geburtstagsgeschenk!« – »Ja, hat sie denn Geburtstag?« – »Klar, warum sollte er ihr sonst ein Geschenk bringen?« – »Hört doch, die Infantin hat Geburtstag!« – »Wieso ist es denn schon so weit? Ich bin mit meinem Geschenk doch noch gar nicht fertig!« – »Selber schuld, alter Faulpelz!«

Und so riefen alle durcheinander und auf einmal ließen sie ihre nassen Kleider stehen und liegen, rannten aufgeregt umher, um ihre Geschenke zu suchen, stolperten fluchend übereinander und nicht wenige warfen dabei ihre Waschzuber um, die ihren schaumigen Inhalt über die Straßen ergossen.

»Was ist denn jetzt schon wieder los?«, rief Anton, der sich wunderte, wie wenig wieder einmal genügt hatte, um das

eben noch so ruhige und beschauliche Nettesheim in ein Tollhaus zu verwandeln.
»Lass sie nur machen«, antwortete Krox und sah mit verständnisvollen Blicken auf das aufgeregte Treiben. »Wenn es sie glücklich macht.«
»Ja«, pflichtete ihm Hsü bei, »wenn sie meinen, dass die Infantin Geburtstag hat, dann soll es auch so sein. Das Glück ist eine starke Flamme, die das Leben erwärmt.«
Inzwischen hatten alle Atzmänner ihre Geschenke gefunden und bildeten einen langen Festzug. Krox stellte sich mit Hieronymus an die Spitze des Zuges, dahinter folgten Anton und Hsü und hinter diesen zog sich die lange Schlange der aufgeregt tuschelnden Nettesheimer hin, die ihre Ungeduld kaum zu zügeln vermochten. Ein Fest! Und auch noch der Geburtstag der Infantin! Etwas Schöneres schien es für sie nicht zu geben. Der lange Zug wand sich durch die Straßen und Krox führte ihn in Richtung neun Uhr, wie er Anton erklärt hatte. In Leibs Kreisel gab es keine Himmelsrichtungen und so richtete man sich nach den Ziffern des Stundenrings.
Nicht weit vor den Türmen von Nettesheim sah Anton unzählige Lichter, die wie Glühwürmchen in der Dunkelheit schwebten. Je näher sie kamen, desto mehr erhellten diese Lichter ihr Ziel, und Anton erkannte, dass die Lichter Hunderte, vielleicht Tausende von Lampen waren, die an einer unübersehbaren Zahl von Bäumen hingen, von Bäumen, wie er sie noch nie gesehen hatte. Als sie den Rand des lichten Waldes erreichten, hielt Krox an, drehte sich um und sagte: »Lasst uns der Infantin eine Überraschung bereiten. Seid alle still und wartet hier. Anton soll den Garten der Infantin alleine betreten. Stellt euch nur vor, wie sie staunen wird, wenn plötzlich derjenige vor ihr steht, den wir alle erwartet haben.«

Die Atzmänner nickten und gaben Krox' Vorschlag flüsternd bis zum Ende des langen Festzuges weiter. Auch Hsü fand dies eine gute Idee.
»Also, geh vor«, sagte Krox zu Anton. »Und wenn die Infantin wünscht, dass wir nachkommen, soll sie uns ein Zeichen geben.«
Obwohl er sehr begierig gewesen war, endlich die Infantin zu Gesicht zu bekommen, war Anton gar nicht wohl in seiner Haut bei dem Gedanken, den Garten der Infantin allein betreten zu müssen. Sie schien ja etwas ganz Besonderes zu sein und Anton spürte sein Herz bis in den Hals hinauf schlagen. Schon lange war er nicht mehr so nervös und aufgeregt gewesen.
»Geh nur«, ermutigte ihn Krox.
»Ja, geht nur«, sagte auch Hsü. »Seid gewiss, dass es eine Freude ist, der Infantin zu begegnen, eine Freude, um die selbst K'ang-hsi, der Kaiser von China, Euch beneiden würde.«
»Wie heißt sie eigentlich?«, fragte Anton.
»Anna«, antwortete Krox. »Anna von Spanien.«
Da gab sich Anton einen Ruck und betrat den Wald, der den Garten der Infantin umschloss. Schon nach wenigen Schritten war er wie verzaubert. Alle diese Bäume waren künstlich geformt, doch mit solchem Geschick bis in die kleinste Einzelheit, dass sie ihn verzückten. Jedes Blatt, jeder Zweig, jedes Stück Rinde, jede Wurzel erschienen wie eine erlesene Kostbarkeit, wie ein Schmuckstück. Vorsichtig streifte Anton die Blätter eines herabhängenden Zweiges. Auch wenn sie aus Metall waren, so waren sie doch nicht starr, sondern gaben sanft und geschmeidig seiner Berührung nach. Wenn jetzt ein Wind wehen würde, dachte Anton, ich würde meinen, durch einen wirklichen, lebendigen Wald zu gehen. Wie viel Zeit muss es gekostet

haben, diese Bäume zu erschaffen? Zeit? Spielte dies in Leibs Kreisel überhaupt eine Rolle? Anton dachte an Krox' Warnung und versuchte, dieser Vorstellung nicht zu erliegen. Auch wenn ihm Krox alles immer und immer wieder erklären würde, es war und blieb doch unvorstellbar.
Anton erreichte den inneren Saum des Waldes und betrat den Garten der Infantin. Wie der Wald wurde auch der Garten von unzähligen Lampen erhellt. Und wenn Anton die Bäume des Waldes schon wie Wunderwerke erschienen waren, um wie viel mehr mussten es die Gräser, Blumen und Sträucher dieses Gartens sein. Staunend schritt Anton über einen schmalen Weg mit silbernen Kieseln und ging wie im Traum durch den Garten, vorbei an feinen, metallenen Gräsern, die durch die Erschütterungen seiner Schritte erzitterten, vorbei an Beeten voller Rosen, Narzissen, Lilien, Vergissmeinnicht und anderen Blumen mehr, von denen jede sich von den Blumen ihrer Art in jedem Blatt, jeder Blüte, ja selbst in jedem Dorn unterschied, jede einzigartig und unverwechselbar. Sträucher säumten die Beete, Sträucher, die ein unbekannter Gärtner zu den wunderlichsten Formen geschnitten hatte. Und Anton entdeckte einen Bach, der silberhell vorüberfloss und sich, von kleinen Brücken überspannt, bis zum Rand des Waldes schlängelte, wo er plätschernd zwischen den Bäumen verschwand. Statuen tauchten hinter den Büschen und Sträuchern auf und Fontänen, die aus zierlichen Brunnenbecken emporsprudelten und in Kaskaden herabsanken, die wie flüssiges Mondlicht erschienen. Aber das Schönste von allem waren die Vögel, die über den Garten flogen, sich auf schwankenden Zweigen niederließen oder im Fluge aus den Brunnen tranken. Sie übertrafen alles, was Anton je gesehen hatte. Und nie zuvor hatte er künstliche Vögel so wunderbare und immer neue Lieder singen hören.

Endlich erreichte er einen weiten Platz mit einem runden Becken in der Mitte, in dem Seerosen schwammen. Da hörte er Gesang und Schritte, die sich dem Platz näherten. Anton versteckte sich hinter einem dichten Busch und spähte dahinter hervor. Auf der gegenüberliegenden Seite betrat eine Gestalt in einem weiten Reifrock den Platz, setzte sich auf den Rand des Beckens und tauchte die Hand ins Wasser. Die Infantin! durchzuckte es Anton. Und er erinnerte sich an ein Gemälde, das er in einem Bildband seiner Mutter gesehen hatte. Das Gemälde eines spanischen Malers, der die Königsfamilie gemalt hatte. Auf einem dieser Bilder war eine junge Frau in solch einem weiten Reifrock zu sehen gewesen. Das also war Anna von Spanien! Warum eigentlich von Spanien? dachte Anton und seufzte. Nun ja, solche Fragen stellte man in Leibs Kreisel wohl nicht.

Da brach der Gesang ab. Die Infantin richtete sich auf und blickte in seine Richtung. Hatte sie ihn gehört? Sie winkte mit der Hand und Anton trat hinter dem Busch hervor und ging um das Becken herum. Dann stand er vor ihr und er begriff, warum Hsü gesagt hatte, selbst der Kaiser von China würde ihn darum beneiden, dass er der Infantin allein begegnen durfte. Sie war schön. Von einer Schönheit, die Anton stumm machte. Das weite Kleid umrahmte sie wie eine duftige Wolke. Bauschige Ärmel, die in langen Spitzen endeten, umhüllten ihre Arme bis zu den feingeformten Händen. Eine seidene Rose zierte ihre Brust. Ihr dunkles Haar lag in schweren Flechten um ihr Gesicht, das so hell, zart und lieblich war, dass Anton sie nur immer anblicken konnte, bis er plötzlich merkte, wie unhöflich dies sein musste. Er spürte, wie ihm das Blut ins Gesicht schoss und verwirrt und beschämt sah er auf den Boden. Doch die Infantin fasste ihn mit der Hand unterm Kinn und hob sein Gesicht zu sich empor. Ihre Augen sind wie Sterne, dachte Anton, und ihre Haut wie Alabaster. Noch nie im Leben hatte er solche Gedanken gehabt. Die Infantin lächelte und Anton hatte das Gefühl, dass sie seine Gedanken erriet.

»Du bist also Anton«, sagte sie mit einer Stimme, die Antons Herz berührte. »Ich freue mich, dass du den Weg zu uns gefunden hast.«

Woher wusste sie, wer er war? Schafskopf, dachte Anton, wer sollte ich sonst sein? Welcher Mensch außer mir sollte sich hierher verirren? Plötzlich glaubte er, das Gesicht der Infantin schon einmal gesehen zu haben. Aber wo und warum? Er konnte der Infantin doch nie zuvor begegnet sein. Und doch kam es ihm so vertraut vor wie das Gesicht einer nahen Verwandten. Am liebsten hätte er ihr irgendwas Nettes gesagt, aber er traute sich nicht so recht. Da fiel ihm der Geburtstag ein und zögernd sagte er: »Herzlichen Glückwunsch zum Geburtstag ... Hoheit.«

Anna lachte perlend. »Nicht Hoheit. Einfach nur Anna«, sagte sie. »Ich danke für deinen guten Wunsch. Ist es wieder so weit? Ich dachte, es sei noch gar nicht so lange her seit meinem letzten Geburtstag. Nun ja«, fuhr sie seufzend fort, »das kann passieren in Leibs Kreisel. Aber warum nicht? Sind noch andere Gäste mit dir gekommen?«

Anton schämte sich, dass er Krox, Hsü und die anderen vergessen hatte. Er beeilte sich, das Versäumte nachzuholen und erzählte Anna von dem wartenden Festzug und der Überraschung.

»Nun, die Überraschung ist euch gelungen«, sagte Anna lächelnd. »Ein schöneres Geschenk als deine Ankunft hätte man mir nicht machen können. Aber wir wollen die Gäste nicht länger warten lassen.«

Sie erhob sich, streckte eine Hand aus und sogleich ließ sich

ein schimmernder Vogel darauf nieder. Anna nahm die seidene Rose von ihrer Brust, der Vogel fasste sie mit seinem Schnabel und flog in Richtung der wartenden Geburtstagsgäste davon.
»Komm«, sagte Anna, »wir wollen doch nicht versäumen, meine Gäste gebührend zu bewirten.«
Dann klatschte sie in die Hände und Anton sah, wie die Statuen, die er über den Garten verteilt gesehen hatte, von ihren Sockeln stiegen, kurz zwischen den Bäumen verschwanden und als sie wieder zurückkamen, trugen sie alles mit sich, was für ein großes Fest benötigt wurde, und bauten es im Handumdrehen auf. Schneller als Anton ihnen mit den Augen folgen konnte, trugen sie festliche Tafeln, Speisen und Getränke herbei und schmückten den Park mit Girlanden und hellen, bunten Lichtern. Dann eilten sie auf ihre Sockel zurück und erstarrten wieder, als wäre nichts gewesen. Lautlos und wie von Zauberhand war dies alles geschehen. »Hokuspokus«, flüsterte Anton.
Anna lächelte und strich ihm über die Haare.
Da näherte sich lärmend und singend die Schar der Gäste. Allen voran Krox mit Hieronymus und Hsü. Sie erreichten die Infantin und Anton als erste und verbeugten sich, der kleine Drache mit seinem geliebten Kratzfuß und Hsü so tief, dass er wieder den Boden mit der Stirn berührte. Doch als sie gerade mit ihren Glückwünschen beginnen wollten, brach hinter ihnen ein wilder Streit aus. »Ich will sie ihr zurückgeben!« – »Nein, ich habe sie als erster aufgehoben!« – »Aber ich habe sie zuerst gesehen!« – »Stimmt ja gar nicht, das war ich!« Anton erkannte Bübeke, der die seidene Rose der Infantin hoch über den Kopf hielt, während fünf oder sechs andere Atzmänner versuchten, sie ihm aus der Hand zu reißen. Plötzlich begann eine wilde Rauferei und die Gruppe der Streitenden wogte hin und her,

rollte wie ein großer Ball aus ineinander verschlungenen Leibern, Gliedern und Köpfen vor die Füße der Infantin und platzte dort auseinander. Ächzend und wehklagend sanken die Streithähne zu Boden und mitten unter ihnen lag die seidene Rose, zerpflückt und zerrissen.

Bübeke schlug jammernd die Hände über dem Kopf zusammen, als er die Bescherung sah. »Ihr Tollpatsche!«, rief er wütend. »Ihr Hornochsen, Rabenaas, Galgenbrüder!«

»Holzkopf, Weinfass, Windbeutel«, tönte es zurück und schon stürzten sich die Zankäpfel erneut aufeinander und bildeten im Nu wieder ein unentwirrbares Knäuel.

Da klatschte Krox verärgert in die Hände, andere Atzmänner sprangen herbei und trennten die Kämpfenden, wobei Hieronymus kräftig mithalf, indem er die Streitenden mit seinem Speer in den Allerwertesten stach. Dann standen die Sündenböcke vor der Infantin, mit hängenden Köpfen und einem riesigen schlechten Gewissen.

»Solche Worte und ein solches Benehmen vor der Infantin!«, schimpfte Krox. »Was glaubt ihr eigentlich, wer ihr seid?«

»Lass es gut sein«, beschwichtigte ihn Anna. Sie wandte sich an die Schuldigen, wobei sie sich das Lachen verbiss, um nur ja recht streng auszusehen, und sagte: »Wie ich sehe, schämt ihr euch für euer schlechtes Benehmen.« Zerknirscht nickten die Streithähne. »Nun, für euch spricht, dass ihr es gut gemeint habt«, fuhr die Infantin fort. »Jeder von euch wollte mir meine Rose zurückgeben. Gegen euch spricht, dass jeder nur an seinen eigenen Dickkopf gedacht hat. Aber weil heute mein Geburtstag ist, mag eure Strafe nicht zu hart sein.« Hoffnungsvoll blickten die Übeltäter die Infantin an. »Darum lautet mein Spruch: Wenn das Geburtstagsfest vorbei ist, werdet ihr alles ganz alleine aufräumen und saubermachen.«

»Ach, du liebes bisschen!«, entfuhr es Bübeke, doch dann biss er sich rasch auf die Lippen.
»Du wolltest wohl sagen, dass das für euch eine Kleinigkeit und eine wahrhaft milde Strafe ist, nicht wahr?«, fragte Anna.
Bübeke nickte heftig und war froh, so glimpflich davongekommen zu sein.
Da entließ die Infantin die Verurteilten, die sich schnell davonschlichen, nicht ohne sich dabei grimmige Blicke zuzuwerfen und heimliche Knüffe auszuteilen. Anna sah ihnen lächelnd nach und meinte: »Nun, da alles wieder seine Ordnung hat, mag das Fest beginnen.«
Das Geburtstagsfest der Infantin, das nun folgte, fand stiller und nicht in einem solchen Fieberrausch statt wie das Fest, das Anton noch vor kurzem in Nettesheim erlebt hatte. Die Nähe der Infantin schien selbst die wildesten Raufbolde und hartgesottensten Taugenichtse unter den Atzmännern zu besänftigen. Die Maskenspiele waren weniger derb, die Bewegungen der Tänzer und Tänzerinnen nicht so grotesk und das Benehmen der Gäste höflich und gesittet, als wären sie zu einem Fest bei Hofe geladen und hätten sich an strenge Regeln zu halten. Aber dennoch war das Fest beschwingt, voller Freude und von einer Heiterkeit erfüllt, die sich um die Infantin wie um ein leuchtendes Zentrum drehte.
Lange hielt sich Anton an der Seite der Infantin und hatte das Gefühl, sich noch nie so wohl gefühlt zu haben. Dann aber schlich er sich davon, setzte sich an den Rand des Waldes und beobachtete das Fest von weitem. Nach einer Weile gesellte sich Krox zu ihm und gemeinsam sahen sie schweigend auf die ausgelassenen Gäste und die Lichter, die so viel wärmer strahlten als das kalte Silber des Mondes und der Sterne.

»Es will mir nicht aus dem Kopf gehen«, flüsterte Anton plötzlich. »Ich kenne die Infantin. Als hätte ich ihr Gesicht irgendwo schon mal gesehen. Aber ich komme einfach nicht darauf, wo und wann.«
Krox senkte den Kopf, spielte mit den Gräsern und gab lange keine Antwort. Dann nickte er und sagte: »Ich habe dir die Geschichte von Baldewein und Leib bis zu dem Zeitpunkt berichtet, in dem der Kreisel sie in diese andere Welt hinüberriss. Jetzt ist es Zeit, dass ich dir erzähle, was danach mit ihnen geschah. Dann wirst du auch verstehen, wieso du Anna zu kennen glaubst.«

*****

»Ich habe es dir ja schon einmal erzählt«, begann Krox, »der Kreisel riss Baldewein, Leib, die große und die kleine Uhr und sich selbst in sich und alles verschmolz zu einem einzigen, ausdehnungslosen Punkt, der sich nach unendlich langer oder unendlich kurzer Zeit aufblähte und die Welt erschuf, die wir Leibs Kreisel nennen, weil sie wohl nichts anderes ist als das Innere dieses Kreisels. Doch zugleich ist sie auch ein Abbild des ganzen magischen Apparats. Aus den Teilen der Weltmaschine, die Baldewein und Leib erschufen, formte sich diese Welt. Doch als diese magische Zusammenballung von Raum und Augenblick die Teile wieder entließ, waren sie nicht mehr dieselben, sondern hatten sich gewandelt und nahmen eine ganz eigene Gestalt an, jedes auf seine Weise. Doch nur die Dinge nahmen bei dieser Verwandlung keinen Schaden, nicht aber Baldewein und Leib. Als sie nicht mehr eins waren, als sie sich endlich trennten und ihre Gestalt wiedergewannen,

konnten sie die Qual der Zeit, in der sie unentrinnbar miteinander verschmolzen waren, nicht vergessen und sie hassten sich, wie nie zuvor zwei Menschen sich gehasst haben.
Sie fanden sich wieder in einer fremden Welt, in einer Welt, aus der es keine Rückkehr mehr gab in ihre alte Welt, in die Welt der Zeit, der Vergänglichkeit, der Veränderung. Sie konnten die schwingenden Reifen des Kreisels nicht mehr anhalten. Niemand in Leibs Kreisel vermag dies. Es war ein schwacher Trost, dass sie ihr Ziel erreicht hatten, dass sie eine Welt erschaffen hatten, in der nichts der Vergänglichkeit unterworfen war, auch nicht sie selbst. Denn sie waren unsterblich geworden, hatten aufgehört zu altern, und ... sie waren Meister der Magie. Ihr Wille geschah, ihr Wort hatte Macht und Gewalt in dieser Welt. Und das Erste, was sie mit dieser Macht anfingen, war, sich zu bekämpfen. Sie hatten nur noch eines im Sinn, den anderen, den sie so unendlich hassten, zu vernichten.
Der Kampf, der tobte, war entsetzlich. Sie fügten sich Schmerzen zu, denn sie waren nicht ohne Empfindungen, unversöhnlich quälten und verfolgten sie einander. Aber keiner konnte den anderen besiegen, keiner hatte mehr Macht als der andere. Es war ein sinnloser Kampf. Und irgendwann sahen sie es ein und ließen voneinander ab. Ich war dabei, ich habe alles mit angesehen. Und wenn du dich fragst, warum ich so viel von der Vergangenheit, den Gedanken und Wünschen von Baldewein und Leib weiß ... Nun, auch ich war im Anfang eins mit ihnen, denn wie sie bin ich eines der Wesen, die mit dieser Welt entstanden sind. Ich bin einer der Erstgeborenen, so wie es auch die Gernmeister sind.«
»Die Gernmeister?«, fragte Anton erstaunt. »Wer sind denn die schon wieder?«

»Drachen«, antwortete Krox. »Warte, ich erkläre es dir. Um zu verstehen, warum es im Anfang dieser Welt nicht nur Baldewein, Leib und mich gab, musst du wissen, dass es etwas gibt, was Baldewein und Leib schon immer unterschied. Baldewein wollte die Menschen beherrschen und war ihnen stets fern, Leib wollte sich nie über die Menschen erheben, sondern wollte ihnen nahe sein. Diese Wünsche, Baldeweins Gedanke an die Macht und Leibs Gedanke an die Nähe eines anderen Wesens, begleiteten sie, als der Kreisel sie in sich riss. Doch Baldeweins Machtgedanken gingen gestaltlos in den Kreisel über, Leibs Sehnsucht nach Nähe dagegen nahm Gestalt an und wurde lebendig.«

»Aber warum gerade Drachen?«, fragte Anton.

»Weil ein Drache das Letzte war, was Leib sah.«

»Der Drachenzeiger des Astrolabs«, entfuhr es Anton.

»Ja, der Drachenzeiger«, bestätigte Krox. »Leibs Sehnsucht vereinte sich mit diesem letzten Bild, zersplitterte in viele kleine Teile und als diese Welt entstand, entstanden mit ihr auch die Drachen, die die Gernmeister wurden, aber darauf komme ich später noch.«

»Ist Hieronymus auch einer dieser Drachen?«, fragte Anton.

»Ja«, antwortete Krox.

»Aber die Atzmänner, die Infantin, Hsü und der Kaiser von China«, rief Anton, »wie sind denn die entstanden?«

»Langsam, langsam«, brummte Krox. »Hübsch eins nach dem anderen. Nachdem der Kampf zwischen Baldewein und Leib vorbei war, blieben sie lange erschöpft liegen und starrten in den unbeweglichen Himmel. Dann erhob sich Baldewein und verschwand in Richtung zwölf Uhr und bis heute habe ich ihn nicht wiedergesehen, denn noch nie hat jemand Haus Nadir betreten.«

»Haus Nadir?«, fragte Anton.

»Geduld«, murrte Krox. »Das kommt ja noch alles. Bitte unterbrich mich nicht bei jedem neuen Namen, der in dieser Geschichte auftaucht.«

»Versprochen«, sagte Anton.

»Also, Baldewein war verschwunden«, setzte Krox seine Erzählung fort. »Irgendwann kam auch Leib wieder zu sich. Und seine Sehnsucht nach Gesellschaft wuchs. Doch Menschen zu schaffen gelang ihm nicht. Alles können Baldewein und Leib erschaffen, nur nicht ihresgleichen. Das verbieten die Gesetze dieser Welt. Leib gab seine vergeblichen Versuche bald auf, denn was dabei herauskam, waren bemitleidenswerte Kreaturen, monströse Missgeburten, die uns ihren Schmerz und Wahnsinn entgegenbrüllten. Leib erlöste sie von ihrem Dasein und zog Richtung sechs Uhr, so als wollte er die größtmögliche Entfernung zwischen sich und Baldewein legen.

Die Drachen, die sich ihm und nicht Baldewein verbunden fühlten, und ich folgten ihm und halfen ihm, als er sich eine neue Heimat erschuf. Doch dabei verwendete er keine Magie, außer bei der Beschaffung der Materialien, aus denen er sich Gesellschafter baute. Längst hatte er unter der endlosen Ausdehnung des Augenblicks zu leiden begonnen, hatte auch ihn die schlimmste Krankheit dieser Welt, Abstumpfung und schleichendes Vergessen, befallen. So war es wie eine Rettung für ihn, Nettesheim und seine Bewohner mit Hilfe der Drachen Stück für Stück zusammenzusetzen, wie ein Uhrmacher seine Figuren. Deshalb auch sind alle Lebewesen, die Leib erschaffen hat, einzigartig, jeder Atzmann, jeder Baum, jeder Strauch und jede Blume. Denn hätte er all das mit einem Wort auf leichte Weise hingezaubert, so wäre es ungenau und ein schlechtes, grobes Werk geworden, so hastig und oberflächlich, wie die Gedanken eines Menschen es sind.

Nachdem er Nettesheim und seine Bewohner erbaut hatte, begann Leib zu spielen. Er schuf K'ang-hsi, den Kaiser von China, und seinen Minister Hsü, Großkanzler von Nanking, denn er liebte es, seiner Fantasie freien Lauf zu lassen. Und neben all der Arbeit, in der er seine Freude fand, wurde in Nettesheim ein Fest nach dem anderen gefeiert, denn dafür hatte er die Stadt und ihre Bewohner erschaffen, um sich mit Festen und Gauklereien zu betäuben und seiner wachsenden Angst und Einsamkeit zu entfliehen. Das ist der Grund, warum die Atzmänner auch heute noch so gerne Feste feiern. Es ist ihr ganzer Lebensinhalt und als Leib sie verließ, verlor ihr Leben seinen Sinn.«

»Und warum hat er sie denn verlassen?«, fragte Anton. »Er war doch glücklich bei ihnen.«

»Ich komme gleich dazu. Aber zuerst lass mich noch die Geschichte mit der Infantin erzählen. Wie gesagt, Leibs Einsamkeit wuchs und er sehnte sich mehr und mehr nach den Menschen, die er verloren hatte, als er aus seiner Welt gerissen wurde. Vor allem nach seiner Frau und seinen Kindern. Er hatte Bernadette Langenbucher wirklich geliebt und nicht nur geheiratet, um ein Meister werden zu können, wie es vielleicht den Anschein hat. Darum schuf er die Infantin und ihren Garten und sie wurden sein Meisterwerk.«

»Sie ist sehr schön«, flüsterte Anton.

»Ja, das ist sie wahrhaftig«, meinte Krox. »Und sie ist dem Bild von Bernadette nachempfunden. Verstehst du nun, warum sie dir so bekannt vorgekommen ist? So unwahrscheinlich es klingen mag, aber in dir scheint sich über die Jahrhunderte und Generationen hinweg eine Erinnerung an deine Urahnin erhalten zu haben. Auf gewisse Weise ist die Infantin mit dir verwandt.«

»Seltsam«, meinte Anton, »daran habe ich auch schon gedacht.«
»Was das, was ich gesagt habe, nur bestätigt«, sagte Krox triumphierend.
»Gut, und wie ging es weiter?«, fragte Anton.
»Nicht lange, nachdem Leib die Infantin geschaffen hatte, bebte plötzlich der Boden unter unseren Füßen und wir entdeckten einen seltsamen dunklen Nebel, der sich nicht weit von Nettesheim entfernt als breiter Strom auf den Stundenkreis zu bewegte und hinter diesem verschwand. Und an vielen Stellen der Weltenscheibe zeigten sich große Sprünge und Risse, die sich nur langsam wieder schlossen. Leib stand lange am Ufer dieses Stromes und wir sahen, dass er erbleichte. Er schien sogleich zu verstehen, was das zu bedeuten hatte und traf eiligst seine Vorkehrungen. Rasch schloss er mit Hilfe der Drachen einen magischen Kreis um Nettesheim, das bei diesem ersten Beben zum Glück nicht beschädigt worden war. Der Kreis schützt seitdem Nettesheim vor den Beben, den Nebelströmen und allen Gefahren, die sich auch immer nähern sollten. Nettesheim ist in Leibs Kreisel zu einer Insel geworden, die frei ist von den Veränderungen dieser Welt. Denn die Beben wiederholten sich immer öfter und viele, immer breitere Nebelströme überzogen unsere Welt. Und Leibs Kreisel veränderte sich. Die Weltenscheibe dehnte sich aus und begann zu wachsen. Hatte die Drehung des Kreisels diese Welt bis dahin im Gleichgewicht gehalten, sodass sie ihre anfangs erreichte Größe beibehielt, so musste irgendetwas geschehen sein, was dieses Gleichgewicht zerstört hatte. Und so wie Leib es aufnahm, schien es eine große Gefahr zu bedeuten. Leib verließ Nettesheim, nachdem er es mit dem schützenden Kreis umgeben hatte, und die Drachen und ich zogen mit ihm.«

»Und er überließ Nettesheim und seine Bewohner einfach sich selber?«, fragte Anton.
»Ja, es musste wohl sein«, antwortete Krox. »Er hatte keine andere Wahl. Aber nun zu dem, was weiter geschah.
Wir wandten uns dem Mittelpunkt von Leibs Kreisel zu. Der Weg war weit, viel weiter als früher, denn die Weltenscheibe hatte sich schon beträchtlich vergrößert. Aber endlich erreichten wir unser Ziel. Vor uns ragte der silberne Arm auf, auf dem wir das Astrolab, den Kreisel, erwarteten. Doch er war nicht mehr da. Jemand hatte ihn fortgenommen.«
»Baldewein!«, stieß Anton hervor.
»Ja, Baldewein«, sagte Krox.
»Aber wie konnte denn diese Welt weiterbestehen, wenn der Kreisel nicht mehr an seinem Platz war?«, fragte Anton.
»Der Kreisel kann sich an jedem Ort dieser Welt befinden, ohne seine magische Kraft zu verlieren«, antwortete Krox. »Nachdem die vereinte Kraft des Vollmonds, des Westturms und des großen Werks sich über das Astrolab und den Mondzeiger auf die schwingenden Reifen übertragen hatte, war Leibs Kreisel unabhängig und konnte überallhin mitgenommen werden. Nur hatten Baldewein und Leib natürlich gehofft, dies in ihrer alten Welt tun zu können und in dem Kreisel ein Perpetuum mobile zu besitzen, mit dem sie den Stein der Weisen oder Gold oder was auch immer jederzeit und überall erschaffen könnten.«
»Aber warum hat Baldewein den Kreisel mitgenommen?«, fragte Anton. »Was wollte er damit?«
»Zurückkehren«, antwortete Krox.
»Zurückkehren? Wohin denn?«, fragte Anton.
»In die alte Welt«, sagte Krox. »Und das natürlich mit all der Macht, die ihm in dieser Welt gegeben ist.«
»Aber wie soll denn das möglich sein?«, rief Anton.

»Ich weiß nicht einmal wirklich, ob es möglich ist«, meinte Krox, »aber Leib schien die Gefahr ernst zu nehmen. Er hat versucht, es mir zu erklären. Leibs Kreisel, die Weltenscheibe, kann sich nicht endlos ausdehnen. Einmal wird der Punkt erreicht sein, an dem die Grenze des Möglichen erreicht ist und gesprengt wird. Und dann wird diese Welt eine Bresche in eure Welt reißen und Baldewein wird eure Welt als Eroberer betreten, als Mächtiger, als Herr des Kreisels. Keine schöne Vorstellung, nicht wahr?«

»Nein«, sagte Anton und schluckte schwer. »Aber glaubst du wirklich, dass es möglich ist?«, fragte er. »Also, ich kann es nicht glauben.«

Krox sah ihn nachdenklich an und sagte: »Ich werde dir diese Frage mit einer Gegenfrage beantworten. Ist im Münsterturm irgendwann etwas vorgefallen, was nicht mit rechten Dingen vor sich ging? Ich meine, außer dem, was du dort erlebt hast?« Anton riss die Augen auf und sah Krox erschrocken an.

»Also ja«, meinte Krox und nickte.

»Ja«, sagte Anton. »Zwei Mitarbeiter der Münsterbauhütte sind mit einem schwarzen Nebel in Berührung gekommen, als sie die Turmuhr überholen wollten. Und sie haben das Bewusstsein verloren und sind noch nicht wieder erwacht.«

»Ein schwarzer Nebel«, brummte Krox. »Hört, hört!«

»Aber das ist noch nicht alles«, sagte Anton. »Vor sechsundsiebzig Jahren ist es schon mal passiert. Auch damals ist ein Arbeiter der Bauhütte mit einem solchen Nebel in Berührung gekommen und er ist nie wieder erwacht.«

»Also?«, fragte Krox. »Hältst du es noch immer nicht für möglich, dass Baldeweins Plan gelingt?«

»Doch«, gab Anton zu.

»Und dass es eine große Gefahr für deine Welt ist?«

»Ja«, sagte Anton.

»Und dass etwas dagegen unternommen werden muss?«
»Ja, ja«, wiederholte Anton ungeduldig. »Aber was? Kann denn Leib Baldewein nicht aufhalten?«
»Es scheint nicht so«, meinte Krox und seufzte. »Jedenfalls hat er es nie versucht. Natürlich ist er nicht untätig geblieben. Er baute Haus Zenit und hat es nie mehr verlassen. Und die Drachen blieben bei ihm und wurden die Gernmeister. Leib lehrte sie alles, was er über die Kunst der Uhrmacherei weiß, und sie wurden seine Gehilfen, eben die Gernmeister, Gesellen, die die Meisterschaft noch nicht erlangt haben.«
»Was macht er denn dort in Haus Zenit?«, fragte Anton.
»Du wirst es mir nicht glauben«, stöhnte Krox. »Er baut Uhren.«
»Uhren?«, rief Anton verblüfft. »Aber warum denn? Die funktionieren hier doch gar nicht.«
»Ich weiß ja, ich weiß ja«, seufzte Krox. »Ich fürchte, er hat einfach den Verstand verloren.«
»Das sieht gar nicht gut aus«, murmelte Anton. »Dann ist alles verloren.«
»O nein«, sagte Krox voll Stolz. »Denn jetzt bist du ja hier.«
»Ich?«, stammelte Anton. »Wieso ich?«
»Ja, glaubst du denn, ich hätte dich nur zum Spaß und Zeitvertreib in Leibs Kreisel geholt?«, rief Krox ärgerlich. »Natürlich nicht. Du bist hier, weil nur du den Kreisel aufhalten kannst.«
Anton sah Krox sprachlos und mit entsetztem Blick an. Er? Er sollte sich in die Höhle des Löwen wagen und sich mit dem übermächtigen Baldewein anlegen? »Du musst verrückt geworden sein«, stammelte er. »Warst du denn schon mal in diesem Haus, in dem der Kreisel ist, in Haus ... wie heißt es schon wieder?«
»Haus Nadir«, antwortete Krox.

»Und, warst du dort?«, fragte Anton. Krox schüttelte den Kopf. »Weißt du überhaupt, wie man hineinkommt? Was dort mit dem Kreisel passiert? Was mich dort erwartet?«, rief Anton.
»Nein«, antwortete Krox leise.
»Aber ich soll meinen Kopf in die Schlinge stecken, was?«, wütete Anton weiter.
»Es ist die einzige Möglichkeit«, sagte Krox ruhig. »Und vergiss nicht, Anton, es geht auch um deine Welt, nicht nur um unsere. Deine Welt ist in Gefahr.«
Anton schämte sich. Es war ja gar nicht Krox' Schuld. Krox versuchte doch nur zu helfen, ihm und seiner Welt. Aber gab es denn wirklich keinen anderen Weg? Konnte denn nur er den Kreisel aufhalten? Konnte er es überhaupt? Hatte er sich bei seinem Übertritt in Leibs Kreisel nicht verändert? So wie Baldewein und Leib, die den Kreisel ja auch nicht anhalten konnten?
»Vielleicht kann ich es ja gar nicht«, sagte Anton. »Vielleicht bin ich nicht mehr derselbe.«
»Vielleicht«, meinte Krox. »Aber ich glaube es nicht, ja ich hoffe es nicht, denn sonst wäre wirklich alles verloren. Du bist anders in diese Welt gekommen als alle anderen und darum denke ich, dass du den Kreisel aufhalten kannst.«
»Wieso konnte ich überhaupt in Leibs Kreisel kommen? Und wie?«, fragte Anton.
»Es war Leib, der mir befahl, dich zu holen«, antwortete Krox nach einem kurzen Schweigen. »Als Haus Zenit stand, rief er mich zu sich, kurz bevor er mit dem Bau der Uhren begann und die Augen vor der Welt verschloss, die außerhalb von Haus Zenit liegt. Ich werde es nie vergessen. Er sah mich mit Augen an, die so krank und alt aussahen, dass ich erschrak. Sein Gesicht war eingefallen und bleich. Ich ahnte, dass wir den fröhlichen Leib, der so gerne Feste

feierte und lachte, bald verlieren würden. ›Geh, hol Leib!‹ stieß er hervor. ›Leib muss den Kreisel aufhalten!‹ Dann wandte er sich seiner Arbeit zu und war taub für meine Fragen. Was hatte er gemeint? Wo war dieser Leib, von dem er gesprochen hatte?

Ich verließ Haus Zenit, ging nach Nettesheim und bat die Infantin und Hsü um Rat. Gemeinsam begannen wir zu begreifen, was Leib gemeint hatte. Ich musste in meine alte Gestalt, die Steinfigur am Münsterturm, zurückkehren und dort auf einen Leib, einen Nachfahren Anton Emanuel Leibs warten. Natürlich war ich dazu bereit, auch wenn es hieß, vielleicht Jahrhunderte zu warten. Aber würde ich Leib erkennen? Gab es noch einen Nachkommen? Würde er überhaupt zu mir kommen? Ich würde mich nicht vom Fleck rühren können. Ich musste unbeweglich in dieser Steinhülle verharren und hoffen, dass der Zufall Leib vorüberführte.«

»Und musstest du lange warten?«, fragte Anton leise.

Krox sah ihn aus seinen alten, weisen Augen an und nickte mit einem wehmütigen Lächeln. »Ja«, antwortete er. »Mehr als ein Jahrhundert, in dem ich meinen Platz nie verließ. Denn wer weiß? Wenn ich nur ein einziges Mal in Leibs Kreisel zurückgekehrt wäre, vielleicht wäre gerade dann Leib vorbeigegangen und ich hätte ihn verpasst. Also blieb ich und wartete, hoffend und verzweifelnd. Und dazu wusste ich auch, dass, selbst wenn ich Leib fand, noch nicht gesagt war, dass er zu uns kommen konnte. Denn die Augenblicke, in denen sich ein Tor zu Leibs Kreisel öffnet, sind selten, sehr selten.«

»Wann ist es denn überhaupt möglich?«, fragte Anton.

»Nur dann, wenn der volle Mond und der Tag, an dem der Kreisel sich zu drehen begonnen hat, wieder zusammentreffen«, antwortete Krox. »Derselbe Vollmond und dasselbe Datum. Und dies kommt wahrhaft selten vor. Der Tag, an dem du zu uns kamst, war einer dieser seltenen Augenblicke. Das letzte Mal war dies ja immerhin vor sechsundsiebzig Jahren geschehen. Und auch damals hat sich dieses Ereignis durch das Erscheinen des schwarzen Nebels angekündigt.«

»Was für ein unglaublicher Zufall, dass ich genau zur rechten Zeit gekommen bin«, staunte Anton.

»Du magst es Zufall nennen, ich neige eher dazu, es Schicksal zu nennen«, erwiderte Krox. »Ich hatte die Hoffnung fast aufgegeben. Und dann warst du plötzlich da. Ich erkannte dich sofort. Aber es war ein knappes Rennen. Erinnere dich! Du bist in der Uhrenstube gewesen, erst kurz bevor der magische Augenblick sich wiederholte und das Zifferblatt der Turmuhr sich öffnete. Einen Augenblick später und es wäre zu spät gewesen.«

»Woher kam denn die silberne Münze?«, fragte Anton.

»Das war ein kleiner, notwendiger Trick von mir«, antwortete Krox. »Zum Glück bin ich in deiner Welt nicht ganz hilflos. Denn auch wenn ich dort in meiner Steinhülle feststecke, kann ich doch mit Hilfe des Silbernetzes, das den Westturm und große Teile der Münstermauern durchzieht, eine ganze Menge bewerkstelligen.«

»Wie zum Beispiel unsichtbare Türen öffnen?«, fragte Anton.

»Erraten«, sagte Krox schmunzelnd. »Doch zurück zur Münze. Ich habe dieses Silberstück aus einer der Adern in der Decke der Turmstube herausgedrückt und versucht, es so nahe wie möglich bei Nettesheim landen zu lassen. Und es klappte zum Glück. Als die Scheibe erschien und das Tor zu Leibs Kreisel sich öffnete, bist du nahe der Stadt aufgetaucht.«

»Aber warum war das denn so wichtig?«, fragte Anton.

»Nun«, meinte Krox, »ich glaube nicht, dass es eine angenehme Überraschung für dich gewesen wäre, dich mitten in Haus Nadir wiederzufinden.«
»Nein, sicher nicht«, rief Anton.
»So, genug jetzt«, sagte Krox und streckte sich. »Lass uns zum Geburtstagsfest der Infantin zurückkehren und alles Bedrückende für eine Weile vergessen.«
Anton zögerte, Krox zu folgen. Dann rief er ihm plötzlich nach: »Woher wusstest du eigentlich, dass ich wie euer Leib auch Anton Emanuel Leib heiße? Ich hätte ja Peter oder Fritz oder sonst wie heißen können.«
Krox drehte sich noch einmal um und sagte verschmitzt: »Hokuspokus.« Dann lachte er schallend und ging davon.

*****

Als sie sich über einen schmalen Kiesweg wieder dem Fest näherten, kam ihnen Hsü entgegen und sagte vorwurfsvoll: »Endlich seid ihr zurück. Die Infantin hat euch schon vermisst. Kommt, die Geschenke werden überreicht.«
Krox und Anton beeilten sich und nahmen bald wieder neben der Infantin Platz. Anton kam es vor, als würde er die Infantin mit anderen Augen sehen. Er hatte so viel gehört, über sie und alle anderen, die hier in so festlicher und ausgelassener Stimmung versammelt waren. Eine seltsame Traurigkeit überkam ihn beim Anblick der Infantin und ihrer Gäste. Sie waren ihm so menschlich erschienen und doch waren sie nur Leibs Geschöpfe.
Wieder schien die Infantin seine Gedanken zu erraten. Sie neigte sich zu ihm. »Krox hat dir alles erzählt, nicht wahr?«, fragte sie flüsternd.

Anton nickte stumm. Doch plötzlich wandelte sich seine Traurigkeit und an ihre Stelle trat Sorge, Sorge um die Lebewesen in Leibs Kreisel, Sorge auch um sich und seine Welt. Was würde geschehen, wenn er den Kreisel wirklich anhalten sollte? Und wieder wandelte sich sein Gefühl und diesmal wurde es zu einer großen Angst. Er fürchtete sich vor dem, was ihm bevorstand. Und er konnte sich nicht vorstellen Nettesheim, diese schützende Insel, zu verlassen und sich den unbekannten Gefahren dieser Welt zu stellen. Wer war er denn, dass er so etwas hätte wagen dürfen? Plötzlich begann er zu zittern und wurde blass.
Die Infantin nahm seine Hand, streichelte sie und sagte leise: »Hab keine Angst. Es wird sich alles zum Besten wenden. Für dich und uns. Ich weiß es.«
Da sah Anton in die Sternenaugen der Infantin und er beruhigte sich. Noch blieb die Angst und er wusste, dass er den Mut nicht hatte, sich seiner Aufgabe zu stellen, aber wenigstens fühlte er sich wieder geborgen und verscheuchte die dunklen Gedanken.
»So ist es gut«, sagte Anna und lächelte ihn an. »Nun wollen wir doch mal sehen, was meine Gäste mitgebracht haben.« Sie klatschte in die Hände, die Musik verstummte und die Nettesheimer stellten sich in einer Reihe auf, glühend vor Erwartung.
Einer nach dem anderen trat vor und überreichte der Infantin mit einem Geburtstagswunsch sein Geschenk. Und für jeden hatte die Infantin ein Wort des Dankes und ein Lächeln. Stolz und überglücklich machte jeder dem nächsten Platz, überzeugt davon, dass sein Geschenk das schönste und einmaligste war. Endlich kam zu guter Letzt die Reihe an Hsü, der geduldig gewartet hatte. Er verneigte sich vor der Infantin, legte ihr eine kleine Schatulle zu Füßen und sagte:

»Dies unwürdige Geschenk, o Stern unter Sternen, Freude der Welt, Zierde des Mondes, schönste Blume dieses Gartens, sendet euch K'ang-hsi, der mich bat, seinen Namen vor Euch ohne den geringsten Titel zu nennen. Nehmt diese bescheidenste aller Gaben an, als ein Zeichen der aufrichtigsten Ergebenheit meines Herrn und seiner besten Wünsche. Er dankt dem Augenblick, der Euch der Welt schenkte und dieser Welt eine Kostbarkeit gab, neben der alle Schönheit verblasst.«

Die Infantin hob die Schatulle auf und öffnete sie. Anton erblickte darin ein goldenes Blatt, das Blatt einer Rose, so zerbrechlich und kunstvoll, dass ein Windhauch genügt hätte, um es fortzuwehen. Die Infantin neigte dankend den Kopf und eine feine Röte, die sie im Licht der nahen Fackeln nicht verbergen konnte, stieg in ihre alabasterfarbenen Wangen. Dann hob sie ihr Gesicht, sah Hsü lächelnd an und fragte: »Sonst habt Ihr mir nichts von Eurem edlen Herrn zu überbringen?«

Schweigend verneigte sich Hsü und überreichte ihr ein zusammengerolltes Reispapier.

Anna entrollte das Blatt und las die Botschaft des Kaisers. Dann ließ sie das Blatt sinken und Anton sah, dass ihre Augen traurig wurden. »Ich danke Eurem Herrn für dies herrliche Gedicht«, sagte sie. »Doch sagt ihm, dass meine Antwort sich nicht ändern kann. In einer Welt, die ewig währt, kann ich eine Liebe, die ewig zu sein verspricht, nicht annehmen. Ich weiß, dass Ihr mich versteht, Hsü. Ich bin sicher, dass Ihr meine Antwort mit der gebührenden Ehrerbietung und Dankbarkeit, die ich Eurem Herrn schulde, überbringen werdet.«

Hsü verbeugte sich bis zum Boden und trat wortlos zurück.

Ein verlegenes Schweigen senkte sich über die Festgesell-

schaft. Die Atzmänner taten so, als hätten sie kein Wort gehört, und sahen taktvoll zur Seite und die Atzweiblein wischten sich verstohlen ein paar Tränen aus den Augen und schnäuzten sich geräuschvoll. Anton begriff nicht recht, wovon die Rede zwischen der Infantin und Hsü gewesen war. Denn ihn beschäftigte längst ein ganz anderer Gedanke. Schon die ganze Zeit, in der die Atzmänner ihre Geschenke überreicht hatten, konnte er nur immer wieder daran denken, wie gerne auch er der Infantin ein Geschenk gemacht hätte. Aber er hatte ja nichts bei sich. Und woher etwas nehmen? Ja, wenn er zaubern könnte! Da fielen ihm plötzlich Krox und sein Hokuspokus ein. Hatte er nicht auch so etwas zustande gebracht? War es etwa nicht Hokuspokus gewesen, als die Atzmänner bei seiner Ankunft in Nettesheim zu Salzsäulen erstarrt waren? War es nicht richtige Magie gewesen, als sie auf sein Wort hin wieder lebendig geworden waren? Konnte er etwa zaubern? So wie Baldewein, Leib und Krox?
Am besten, ich probiere es aus, dachte Anton und drehte sich heimlich zur Seite. Verstohlen machte er eine hohle Hand und dachte: Ich will, dass ein Stück Gold in meiner Hand erscheint. Es klappte! Kaum hatte er diese Worte gedacht, lag ein dicker Klumpen Gold in seiner Hand. Rasch stellte Anton noch ein paar Versuche an und verwandelte den Klumpen Gold nacheinander in ein Stück Kohle, einen Käfer, ein Vogelei und eine Fahrradklingel. Dann ließ er die Klingel wieder verschwinden. In seinem Kopf überstürzten sich die Gedanken. Er konnte zaubern! Er konnte einfach alles haben und erscheinen lassen, was er wollte! Ein seltsames Machtgefühl erfüllte Anton und er kam sich sehr viel größer vor. Warum nicht eine Probe seines Könnens geben? Wie würde die Infantin staunen und ihn bewundern! Aber was sollte er vorführen? Es musste etwas

sein, dass der Infantin seine Tapferkeit und Stärke bewies. Eine Schlacht, eine Burg, aus der er eine Prinzessin aus den Klauen eines üblen Schurken befreite. Er, Ritter Anton, würde an der Spitze seiner Getreuen die Burg erobern und den Schurken vernichten. Aber, dachte er plötzlich, hat Krox nicht gesagt, dass in Leibs Kreisel keine Menschen erschaffen werden können? Fieberhaft dachte Anton nach. Nun, dann würde er eben Gestalten schaffen, ähnlich den Nettesheimern. Das würde genügen und nicht weniger großartig sein.

Als alle schwiegen, trat er vor die Infantin, verneigte sich und sagte mit vor unterdrückter Spannung bebender Stimme: »Erlaubt auch mir, edle Herrin, Euch ein Geschenk zu machen. Ein nie gesehenes Schauspiel, Euch zu Ehren.«

Es fiel ihm gar nicht auf, dass er Worte gebrauchte, die nicht zu ihm passten, und dass Krox und die Infantin ihn erstaunt und mit beunruhigten Blicken ansahen. Er brannte darauf, seine Kunst zu beweisen, und war blind für die Sorge in diesen Blicken.

Zögernd nickte die Infantin und sagte: »Gerne nehme ich dein Geschenk an und hoffe, das Schauspiel, von dem du sprichst, wird auch zu deinem Besten gelingen.«

Doch Anton überhörte auch diese Warnung. Er hieß alle, den Platz um das Becken freizuräumen. Eilig kamen die Atzmänner seiner Aufforderung nach und es schien, als würden sie unter seiner Stimme willenlos jeden Befehl ausführen. Anton spürte wieder dieses ungeheure Machtgefühl. Stolz aufgerichtet stand er am Rande des Platzes und forderte die Atzmänner mit herrischen Worten auf, den Platz endlich freizugeben. Furchtsam stoben die Nettesheimer auseinander und drückten sich zwischen die Büsche und Sträucher des Gartens.

Nun stand Anton allein auf dem Platz und fühlte die

Augen, die sich zweifelnd von allen Seiten auf ihn richteten. Sollen sie nur zweifeln, dachte Anton verächtlich, gleich werden ihnen die Augen vor Staunen aus dem Kopf fallen. Dann vergaß er die Zuschauer, vergaß Krox und die Infantin und war plötzlich ganz allein in dieser Welt, die ihm untertan war. Alles lag in seiner Hand. Sein Wort hatte Macht. Sein Wille geschah. Er richtete seinen Blick fest auf den leeren Platz und plötzlich erhob sich eine stolze, gläserne Burg rund um das große Becken. Waffenstarrend blickten die Verteidiger der Burg von den scharfen Zinnen. Anton lenkte sein Streitross vor die dichten Reihen seines Heeres und zog sein Schwert, das im Licht des Mondes kalt und drohend aufblitzte. Dann lachte Anton schauerlich, schloss mit einer heftigen Bewegung das Visier seiner Rüstung und spornte mit einem wilden Schrei sein Pferd an. Der edle Hengst bäumte sich auf und preschte in mächtigen Sprüngen auf den Burggraben zu. Hinter ihm folgten seine Ritter, die drohend mit den Schwertern an die Schilde schlugen. Ein Hagel von Pfeilen und großen Felsbrocken überschüttete sie. Pferde strauchelten mit verzweifeltem Wiehern, Ritter wurden unter ihnen begraben, aber unaufhaltsam ergoss sich der Strom des gewaltigen Heeres über das staubige Schlachtfeld und nichts konnte es aufhalten, kein kochendes Pech, das von den Zinnen herabgeschüttet wurde, keine Pfeile und Wurfgeschosse. Rasch war der Graben überbrückt, Leitern wurden gegen die Burgmauer gelehnt, Katapulte schleuderten brennende Geschosse gegen die Feinde und ein großer Rammbock krachte gegen das zerberstende Tor. Bald hatten Anton und seine Männer die Mauern erstürmt oder waren durch das aufgesprengte Tor in den Burghof eingedrungen. Mann gegen Mann kämpften Freund und Feind mit unversöhnlichem Hass. Ein wilder Blutrausch stieg in Anton empor und gnadenlos

metzelte er jeden nieder, der es wagte, sich ihm entgegenzustellen.
Plötzlich ertönte ein Hilfeschrei. Anton fuhr herum und suchte die Fenster des Hauptturms ab. Da entdeckte er die Prinzessin, die sich verzweifelt gegen die rohe Umarmung seines Widersachers wehrte.
»Du entkommst mir nicht!«, schrie Anton und sprang zum Turm. Mit einem gewaltigen Schwerthieb sprengte er den Türbalken auf und jagte in wilden Sprüngen die steile Treppe hinauf. Endlich standen sie sich gegenüber. Auf der obersten Plattform des Turms holte Anton den Schurken ein. Hier gab es kein Entrinnen. Funkensprühend schlugen ihre Schwerter aufeinander. Geschickt wehrte Anton die mächtigen Hiebe der Axt, die sein Gegner in der Linken schwang, mit dem Schild ab, machte eine Finte und schlug dem finsteren Schurken mit einem einzigen Streich die Schwerthand ab. Er trieb den Wehrlosen gegen die Zinnen und stieß ihn lachend in den Abgrund. Dann wandte er sich der Prinzessin zu, die sich ängstlich gegen die Zinnen drängte, sank auf ein Knie, streifte den Helm ab und sagte: »Ihr seid gerettet, edle Herrin.«
Doch was war das? Bleich im Gesicht wich die Prinzessin vor ihm zurück und floh mit einem entsetzten Schrei die Treppe hinab.
»Was habt Ihr denn?«, rief Anton. »Bleibt doch! Ihr täuscht Euch in mir! Ich kam, um Euch zu befreien!«
Dann sprang er auf und rannte die gläsernen Stufen hinab. Als er unten ankam, sah er, dass sie gesiegt hatten. Die blutige Schlacht war vorbei. Einige seiner Männer, die das Gemetzel überlebt hatten, hielten die sich wehrende Prinzessin fest. Anton blickte über den Burghof. Überall lagen Tote im Staub und Verwundete wankten wehklagend und mit schmerzverzerrtem Gesicht davon. Abgeschlagene

Arme und Köpfe vervollständigten das schaurige Bild, das sich ihm bot. Anton stand mit schreckensbleichem Gesicht vor diesem Anblick. Das Schwert glitt ihm aus der Hand und fiel klirrend zu Boden. Was habe ich getan? dachte er. Was habe ich da bloß angerichtet? Er schleuderte seinen Helm durch den Hof und ging langsam auf das Burgtor zu. Als er auf dem leichenübersäten Schlachtfeld stand, fiel sein Blick auf die Infantin, auf Krox und Hsü, die ihn mit traurigen Augen ansahen, und auf die Atzmänner, die sich ängstlich zwischen den Büschen drängten und mit entsetzten Blicken jede seiner Bewegungen verfolgten. Anton streifte den schweren, blutverschmierten Panzer ab und trat müde und wankend vor die Infantin.

»Ich wollte das nicht«, flüsterte er mit heiserer Stimme. »Ich wollte doch nur ...« Plötzlich fuhr er herum und schrie: »Weg, alles weg! Ich will es nicht mehr sehen!«

Und alles verschwand, die gläserne Burg, die Toten und jede Spur des unsinnigen Kampfes. Aber das Bild der Verwüstung und des Blutrausches blieb in Anton zurück und er schauderte vor sich selber.

Er wagte kaum, der Infantin noch einmal unter die Augen zu treten. Wie musste sie ihn jetzt verachten. Doch er hatte es nicht anders verdient.

»Es tut mir Leid«, sagte er leise und mit gesenktem Kopf. »Ich verspreche, dass ich so etwas nie wieder tun werde.«

Da hob die Infantin sein Gesicht zu sich empor. Lange sah sie ihm prüfend in die Augen. »Ja, ich glaube dir«, sagte sie endlich. Dann wandte sie sich an die Atzmänner, die sich scheu genähert hatten, und rief laut: »Seht her, dies ist Anton Emanuel Leib. Er ist leichtfertig mit der Macht umgegangen, die ihm gegeben ist. Aber er hat die Gefahr erkannt und ist an ihr gewachsen. Niemand unter uns hat Grund, ihn zu fürchten. Er ist unser Freund.«

Da klatschten alle begeistert und die Musik setzte wieder ein. Die Nettesheimer drängten sich um Anton und jeder versuchte, ihm die Hand zu schütteln oder auf die Schulter zu klopfen. Anton wurde von allen Seiten mit lobenden Worten bedacht. Er wusste nicht, wie ihm geschah. Tränen der Erleichterung und Freude traten ihm in die Augen und auf einmal saß ein dicker Kloß, der ihn stumm vor Glück machte, in seinem Hals. Ich schwöre, dass ich euch nicht enttäuschen werde, dachte er bei sich. Niemals!
Bald schien Antons Fehltritt vergeben und vergessen zu sein und das Fest wurde unbeschwert und fröhlich fortgesetzt. Doch Anton saß lange noch wie betäubt etwas abseits auf einer steinernen Bank und glaubte nicht, das Recht zu haben, so unbekümmert mit den anderen zu feiern. Hieronymus kam zu ihm und versuchte, ihn zum Fest zu locken. Er ahmte mit seinem Speer die Finten von Antons Kampf mit dem Burgherrn nach, so als wollte er Anton aufheitern und auffordern, das Geschehene nicht zu schwer zu nehmen. Doch Anton schüttelte nur den Kopf, dankte dem kleinen Drachen und schickte ihn an die Festtafel zurück, die Hieronymus nur ungern verlassen hatte.
Nach einer Weile kam Hsü und setzte sich zu Anton. Aufrecht saß er neben ihm und blickte ihn aus seinen weisen, alten Augen freundlich an. Dann sagte er: »Ich will Euch, junger Freund, keine Ratschläge erteilen. Sicher habt Ihr einen Fehler begangen, aber Ihr seid jung und stürmisch und habt ein Recht auf Eure Fehler. Auch habt Ihr mit der Klugheit, die Eurer Jugend geschenkt wurde, längst eingesehen, was falsch war und was richtig ist. Ich weiß, dass Ihr den Kummer und die Scham, die Euch nun bedrücken, besiegen werdet. Ihr seid stark und ich zweifle nicht an Eurem Sinn für Gerechtigkeit. Erlaubt mir einfach, eine

Weile diese Bank mit Euch zu teilen und mit Euch zu plaudern.«

Anton sah den alten Mann dankbar an. Hsüs Worte, sein Vertrauen in ihn, taten ihm wohl. Er blickte wieder auf das Fest, dann fragte er plötzlich: »Darf ich Euch eine Frage stellen?«

»Ich bin froh, dass Ihr wieder Fragen habt«, antwortete Hsü lächelnd. »Gerne will ich sie Euch beantworten.«

»Auch wenn es Fragen sind, die den Kaiser betreffen?«, fragte Anton.

Hsü wurde ernst und runzelte die Stirn. Dann glätteten sich die Falten wieder und er erwiderte ruhig: »Ich vertraue Euch und zweifle nicht daran, dass diese Fragen aufrichtig gemeint sind. Gerne will ich sie im Namen meines Herrn und Kaisers beantworten.«

Anton zögerte, dann begann er vorsichtig und sagte: »Es ist schade, dass der Kaiser nicht kommen konnte. Ist er krank?«

»Nein, er ist nicht krank«, antwortete Hsü, »aber seine Seele ist voll Schwermut.«

»Das Geschenk, das Blatt einer Rose und das Gedicht«, fragte Anton, behutsam weitertastend, »die Infantin bedeutet ihm wohl sehr viel?«

Da wandte sich Hsü ihm zu und blickte ihn voll an. »Zögert nicht, junger Freund, die Frage zu stellen, die Euch auf dem Herzen brennt«, sagte er mit klarer, fester Stimme. »Ich weiß, dass es etwas gibt, was Euch verwirrt. Fragt also.«

Anton sah verlegen zu Boden, doch dann sagte er: »Ich kann nicht recht verstehen, was die Infantin Euch als Antwort für den Kaiser mitgegeben hat, das von der Liebe, die ewig währt und so.«

»Es hieß«, sagte Hsü, »in einer Welt, die ewig währt, kann ich eine Liebe, die ewig zu sein verspricht, nicht annehmen.

Das meint Ihr sicher, mein junger, wissbegieriger Freund.«

»Ja«, sagte Anton, doch obwohl er fühlte, wie er errötete, fragte er weiter: »Was bedeutet das?«

»Ich will es Euch erklären«, antwortete Hsü und ließ nachdenklich seinen langen, feinen Bart durch die Hand gleiten. »Eine Rose, die wir am Wegrand erblicken, kann uns entzücken und wir bewundern ihre Schönheit. Doch was wir an ihr lieben, ist nicht nur diese Schönheit, sondern auch der Triumph dieser Schönheit über die Vergänglichkeit. Wir lieben die Rose um ihrer Sterblichkeit willen. Und dies macht sie kostbar, weil wir wissen, dass ihre Schönheit vergehen muss, dass die Blätter ihrer Blüte fallen und verwehen werden. Was wäre dagegen eine unvergängliche Rose, die ewig blüht? Schön wäre auch sie, gewiss, aber wäre sie auch kostbar? Wie bald würde uns die Schönheit dieser Rose nichts mehr bedeuten? Wie bald würde uns die dumpfe Gewohnheit erblinden lassen für diese Schönheit? So ist es auch mit der Liebe. Sie ist kostbar, weil die Liebenden sterblich sind und die ewige Liebe, die sie einander schwören, ein Fest ist vor der unentrinnbaren Vergänglichkeit. Was aber, wenn die Liebenden unsterblich wären, wenn die Liebe ewig währte? Sie würde ihre Kostbarkeit, ihre Stärke wider den Tod verlieren. Die Liebenden wären dazu verdammt, sich bis in alle Ewigkeit zu lieben. Doch wer könnte das noch Liebe nennen? Darum weist die Infantin die Liebe meines Herrn zurück, weil sie sich in der Unvergänglichkeit dieser Welt nicht lebendig erhalten würde. Und nur durch den Verzicht auf die Erfüllung dieser Liebe kann sie ihren Wert bewahren.«

Anton war beschämt von der Offenheit Hsüs. »Ich danke Euch«, sagte er leise.

»Ihr seid es wert, junger Freund«, entgegnete Hsü, »und

Ihr seid auch wert, am Fest der Infantin teilzunehmen. Zweifelt nicht mehr daran.«
Da lachte Anton befreit auf und gemeinsam mit Hsü kehrte er zu den Feiernden zurück.
Hsü führte Anton zu Anna und übergab ihn ihr mit den Worten: »Seid so gut, hohe Herrin, und nehmt Euch seiner an. Er hat die Vergänglichkeit gesehen und wird Eure Nähe umso mehr zu würdigen wissen.« Dann mischte er sich unter die anderen Gäste und ließ Anton mit der Infantin allein.
Anna sah ihn mit einem fragenden Lächeln an und Anton war es, als würde er ihre Schönheit erst jetzt wirklich erkennen, als wäre er vor Hsüs Worten wie mit Blindheit geschlagen gewesen. Sein Herz begann wild zu schlagen und er fühlte, wie ihm das Blut ins Gesicht schoss.
Da sah ihn die Infantin mit solch einem Schalk in den Augen an, dass Anton plötzlich über sich selbst lachen musste. Anna lachte mit ihm und sagte: »Du schenkst mir deine Bewunderung und dein Lachen in einem einzigen Augenblick. Wahrhaftig, noch nie bin ich so reich beschenkt worden.«
Plötzlich bemerkten sie, dass sie nicht mehr allein waren. Eine große Gruppe der Nettesheimer hatte sich genähert und umringte sie ungeduldig, ohne zu wagen, ihr Gespräch zu stören.
»Nun, meine lieben Gäste«, sagte die Infantin. »Ich sehe doch auf euren Gesichtern, dass ihr einen Wunsch habt. Nur frei heraus damit.«
Da fasste sich einer der Atzmänner ein Herz und bat: »Ein Lied. Wir würden so gern ein Lied von Euch hören.«
»Ja, bitte, ein Lied«, fielen die anderen im Chor ein und bettelten so lange, bis die Infantin die Hände hob und rief: »Gut, ich will euch diesen Wunsch gerne erfüllen.«

Da lagerten sich alle Gäste in einem weiten Kreis um die Infantin und es wurde ganz still. Anna nahm die Laute, die man ihr reichte. Lange sah sie schweigend über ihren Garten, der reglos, von keinem Wind bewegt, im silbernen Licht des Mondes und im goldenen Schein der Lampen lag. Dann begann sie mit heller Stimme zu singen:

Mein weiter Garten trauert
durch diese dunkle Nacht.
Wie lang sein Schlaf schon dauert!
Noch nie ist er erwacht.

Kein Regen fällt hernieder,
nie streicht ein milder Wind
durch seine zarten Glieder,
die müde, ach, so müde sind.

Vom Frühling hört' ich sagen,
von seinen süßen Düften,
doch nie hat er sich zugetragen
mit seinen blauen Lüften.

Der Sommer sei ein einzig Fluten,
ein Meer von Blüten und von Licht.
Doch seine heiß ersehnten Gluten
fühlt' ich in meinem Garten nicht.

Vom Herbst, da hörte ich vor allem,
er schicke Stürme, rau und wild,
dass alle Blätter taumelnd fallen.
Warum fehlt hier dies schöne Bild?

Der Winter trägt ein weißes Kleid
und tausend Sterne in den Armen.
Doch war mein Garten nie verschneit.
Ihr Jahreszeiten, habt Erbarmen!

Seht, wie mein Garten trauert
in dieser dunklen Nacht!
Wie lang sein Schlaf schon dauert!
Noch nie ist er erwacht.

Als der letzte Ton verklungen war, hielten alle, die ihr zugehört hatten, den Atem an, als wagten sie es nicht, die Trauer und Stille des Gartens zu stören. Anton dachte an den kleinen Garten vor der Werkstatt seines Großvaters. Wie gerne hätte er die Infantin in diesen Garten mitgenommen, der ihm auf einmal wie ein großes Wunder erschien. Er sah die Bäume vor sich, den Wind, der durch die Äste fuhr, und die Blätter, die herabfielen. Das Blatt! durchzuckte es ihn plötzlich. Das Blatt, das vor seine Füße gefallen war und das er aufgehoben hatte. Rasch zog er die Blechbüchse aus seiner Hosentasche und öffnete sie. Das Blatt war noch da und hatte keinen Schaden genommen. Vorsichtig nahm er es heraus. Dann trat er vor die Infantin und sagte: »Ich weiß nicht, ob es wirklich ein Geschenk ist. Es ist nur ein einfaches Blatt aus dem Garten meines Großvaters. Aber vielleicht freut es Euch doch.« Dann reichte er ihr das Blatt.
Die Infantin sah auf das Blatt in ihrer Hand. »Nur ein einfaches Blatt?«, sagte sie mit zitternder Stimme. »Oh, Anton.«
Da sah Anton, dass sie weinte. »Aber ich ...«, stammelte er. »Hab ich wieder was falsch gemacht?«
»Nein«, rief die Infantin und lachte und weinte zugleich. »Du hast nichts falsch gemacht. Ich weine vor Freude. Noch nie habe ich ein wirkliches Blatt in meinen Händen gehalten. Ein Blatt, das gelebt hat, das den Frühling und den Sommer gesehen hat. Oh, seht doch nur!«, rief sie und hob das Blatt für alle sichtbar empor.

»Ein Blatt!« – »Ein wirkliches Blatt!« – »Was für ein Geschenk!«, riefen alle durcheinander und drängten heran, um es aus der Nähe zu sehen.
»Ich danke dir«, sagte Anna. »Ich danke dir von ganzem Herzen. Nie habe ich ein solch schönes Geschenk erhalten. Ich werde es hüten wie den größten Schatz.«
Da war Anton glücklich, glücklich wie nie zuvor.
Plötzlich ertönte eine wütende Stimme inmitten der allgemeinen Begeisterung: »Ellnbogen, Pantoffel, Schnatterl, wieso seid ihr hier? Was soll denn das? Ihr müsstet doch im Glockenturm sein! Wo ist denn Kipspane?«
»Er ist noch im Turm«, hörte Anton eine kleinlaute Stimme antworten. »Wir dachten, dass er ... wenn er ... dann könnten wir auch ...«
Zwischen den Festgästen bildete sich eine Gasse und die drei Sündenböcke wurden vor die Infantin gezerrt.
Pfeffersack schritt voran und fuchtelte aufgeregt mit den Armen.
»Was soll diese Unterbrechung?«, wollte die Infantin wissen.
Pfeffersack baute sich empört vor den drei Beschuldigten auf und sagte mit grimmiger Stimme: »Ellnbogen, Pantoffel und Schnatterl waren als Zeiter dran. Aber sie haben ihren Platz verlassen.«
Ein entsetztes Murmeln erklang aus den Reihen der Nettesheimer. Die drei Schuldigen schlotterten am ganzen Leib und es schien, als würde jedes ihrer Metallteile hörbar aneinander schlagen.
»Das ist ein schweres Vergehen«, meinte die Infantin und wandte sich ernst an die Angeklagten. »Was habt ihr zu eurer Verteidigung zu sagen?«
»Wir, wir«, stotterte einer der drei, »wir, das Geburtstagsfest, wir wollten doch ... aber Kipspane ist dageblieben, und wir dachten ...«

»Ihr wolltet also am Fest teilnehmen und habt deswegen eure Pflicht vernachlässigt«, unterbrach ihn die Infantin mit strenger Stimme. »Euer Eigennutz ist keine Entschuldigung für dieses Vergehen. Hoffen wir für euch, dass Kipspane das Werk alleine bewältigen konnte. Hat man schon jemanden zum Glockenturm geschickt?«
»Ja«, verkündete Pfeffersack stolz, »ich habe gleich dafür gesorgt.«
Schon hörten sie, wie sich eine klagende und verzweifelte Stimme näherte. Drei Atzmänner bahnten sich einen Weg durch die Menge und schleppten den wehklagenden Kipspane, der sich vor Angst kaum noch auf den Beinen halten konnte, vor die Infantin. Dort ließen sie ihn fallen wie einen nassen Sack und zogen sich zurück. Kipspane blieb liegen und heulte und klagte in einem fort. Doch Pfeffersack packte ihn am Nacken, zog ihn hoch und schüttelte ihn wütend: »Was ist denn los? Nun rede schon!«
»Ich, huuh, ich«, jammerte Kipspane. »Ich wollte doch nicht ... zuerst habe ich ja alles ... aber dann, ich war doch so allein und niemand ... und ich, huuuh, war plötzlich so müde und dann bin ich, huuuh, dann bin ich eingeschlafen, huuuh.«
Da brachen alle Atzmänner in Entsetzensschreie aus und Anton hörte sie rufen: »Die Uhr ist nicht weitergerückt worden!« – »Jetzt wissen wir nicht mehr, was es geschlagen hat!« – »Die Glocke ist verstummt!« – »Was soll bloß aus uns werden?«
Die Infantin hob die Hände und gebot den Atzmännern Ruhe. Dann wandte sie sich an die Angeklagten, die vor ihr mit schlotternden Knien standen: »Kipspane ist kein Vorwurf zu machen. Er war allein und die Verantwortung war zu groß für ihn. Somit ist er freigesprochen. Geh, Kipspane.«

Kipspane nahm die Beine in die Hand und machte, dass er davonkam.
»Nun zu euch dreien«, sagte die Infantin, »Ellnbogen, Pantoffel und Schnatterl. Vielleicht wäre es noch mal gut gegangen, wenn Kipspane nicht eingeschlafen wäre, aber selbst dann hättet ihr Strafe verdient für euren Leichtsinn. Doch Kipspane hat die große Aufgabe nicht allein zu bewältigen vermocht und so ist es nicht nur Leichtsinn, für den ihr hier vor Gericht steht, sondern ein Verbrechen, für das es nur die schwerste aller Strafen geben kann.«
Die drei Schuldigen sanken auf die Knie und warteten voller Entsetzen auf den Urteilsspruch.
»Ellnbogen, Pantoffel und Schnatterl«, fuhr die Infantin fort, »ich verurteile euch zur Verbannung aus Nettesheim. Geht, verlasst den schützenden Kreis und kehrt niemals wieder.«
Die drei Verurteilten schlugen die Hände vors Gesicht und brachen zusammen, als wäre jede Kraft in ihren metallenen Gliedern erstorben. Schweigend blickten alle auf die drei armen Teufel.
Anton empfand großes Mitleid mit den Verurteilten. Er dachte an die endlose leere Ebene unter dem kalten Licht des reglosen Mondes und an die Gefahren, die die drei erwarteten, die Nebelströme und Erdbeben. Aber entsetzlicher noch würde die Einsamkeit sein, ausgestoßen aus der Gemeinschaft, mit der Gewissheit, nie wieder den Boden von Nettesheim betreten zu dürfen. Und bald würden sie der großen Krankheit von Leibs Kreisel, dem Stumpfsinn und dem Vergessen, erliegen und nur noch hohle Schatten ihrer selbst sein. Nein, dachte Anton, nicht das! Wenn ich es doch verhindern könnte! Wenn ich doch helfen könnte!
»Bitte«, rief er plötzlich. »Bitte erlasst ihnen die Strafe!«

Erstaunt sahen ihn alle an und die Atzmänner begannen ärgerlich zu murren.
»Ich, ich«, stotterte Anton und wusste nicht recht, was er sagen sollte.
Da rief einer aus den Reihen der Atzmänner laut: »Und was gibst du dafür?«
»Ja«, schrien auch andere. »Was gibst du dafür?«
Anton sah sich verwirrt um. Dann aber richtete er sich entschlossen auf und sagte mit fester Stimme: »Ich werde gehen und Leibs Kreisel anhalten. Eigentlich habe ich ja große Angst davor, aber wenn ihr den dreien die Strafe erlasst, bin ich bereit zu gehen.«
Die Atzmänner sahen Anton voll Achtung und zugleich unentschlossen an.
Da trat Krox vor und sagte: »Ich glaube, dass dies wahrlich ein hoher Preis ist, den Leib für die Freilassung der drei Verurteilten zu zahlen bereit ist. Bedenkt die Gefahren, die ihn erwarten. Bedenkt die Nebelströme, die auch Nettesheim nicht mehr bedrohen werden, wenn Leib den Kreisel aufhält.«
Da nickten die Atzmänner zum Einverständnis und die Infantin rief: »So sei es denn! Nehmen wir diese Gegenleistung an. Ellnbogen, Pantoffel und Schnatterl, dem Großmut von Anton Emanuel Leib habt ihr es zu verdanken, dass euch die Strafe erlassen wird. Geht und erweist euch dieses Großmuts würdig.«
Die drei rappelten sich freudestrahlend auf, stammelten ihren Dank und rannten unter den drohenden Blicken der Atzmänner davon, so schnell sie ihre Beine trugen.
Da trat Pfeffersack vor und fragte ängstlich: »Aber was soll nun aus uns werden? Die Glocke ist verstummt, der Zeiger im Turm steht still und wir wissen nicht mehr, was es geschlagen hat.«

Ist das denn so schlimm? dachte Anton und blickte auf die verzweifelten und hilflosen Gesichter der Atzmänner. Dann fiel ihm das plötzliche Ende des ersten Festes, das er in Nettesheim erlebt hatte, ein und sein Gespräch mit Krox über die Zeiter. Und er verstand die Angst und Verzweiflung der Atzmänner. Vielleicht kann ich ja helfen, dachte er. Da hatte er eine Idee. Er wandte sich an Pfeffersack und sagte mit lauter Stimme, sodass alle Atzmänner es hören konnten: »Ich weiß, was es geschlagen hat. Ich kann es euch sagen.«

»Das glaube ich nicht«, sagte Pfeffersack. »Woher willst du das wissen?«

Da richtete Anton sich stolz auf, sah Pfeffersack streng an und erwiderte: »Was für ein Geheimnis sollte die Zeit für Leib haben? Und bin ich nicht Leib?«

Verdutzt starrte Pfeffersack ihn an und wusste keine Antwort. Doch die anderen Atzmänner riefen: »Natürlich ist er Leib!« – »Er weiß es!« – »Wer sonst sollte es wissen?« – »Hurra!«

Da sah sich Pfeffersack überstimmt und bat Anton kleinlaut: »Wenn du es weißt, dann bitte, sag es uns.«

Da antwortete Anton: »Wenn jetzt gleich ein paar von euch nach Nettesheim zurückkehren, dann kommen sie gerade noch rechtzeitig, um die Glocke zur dritten Stunde der Nacht zu schlagen und das Werk der Zeiter fortzusetzen.«

Sogleich wurden vier Atzmänner bestimmt, die auf der Stelle kehrtmachten und in Richtung Nettesheim davonstoben. Und nicht lange, so hörte man aus der Ferne wieder die Glocke schlagen. Die Atzmänner jubelten und überschütteten Anton mit Dank. Dann verabschiedeten sie sich von der Infantin und machten sich gähnend auf den Heimweg.

Anton blieb mit Krox, Hieronymus und Hsü noch eine

Weile bei der Infantin. Sie saßen unter einer schönen Laterne beisammen und blickten über den Garten, der nach dem rauschenden Fest wieder leer und verlassen dalag. Nach all der Aufregung genoss Anton die Stille.
»Hoffentlich vergessen Bübeke und die anderen das Aufräumen nicht«, meinte er schmunzelnd.
Doch da fauchte Hieronymus nur wild und fuchtelte mit seinem Speer herum. Alle lachten und Krox meinte: »Das würde ihnen schlecht bekommen.«
Hsü wandte sich an Anton und fragte: »Habt Ihr, mein junger Freund, wirklich gewusst, welche Stunde es bald schlagen musste?«
»Nein«, gestand Anton. »Aber ich dachte mir, dass es nicht so wichtig ist. Wenn nur die Atzmänner glauben, es wieder zu wissen. Und schließlich«, fuhr er fort und blickte zum Mond hinauf, »und schließlich hatte ich einen Komplizen bei meiner Flunkerei. Denn der Mond da oben hätte mich sicher nicht verraten.«
Wieder lachten alle und die Infantin sagte: »Das war gut getan, Anton. Du hast den Atzmännern einen großen Dienst erwiesen. Und auch dein Mitleid mit Ellnbogen, Pantoffel und Schnatterl ehrt dich. Aber nun bist du im Wort. Bist du bereit, dich dieser schweren Aufgabe zu stellen?«
Anton blickte vor sich auf den Boden und scharrte mit den Füßen im Kies. Dann antwortete er: »Ich weiß es nicht, aber ich will es versuchen.«
Da beugte sich Krox zu ihm, legte ihm die Hand auf den Arm und sagte: »Und du wirst nicht allein sein dabei. Ich komme mit dir.«
Anton sah ihn dankbar an. Plötzlich spürte er, wie Hieronymus ihn an der Hose zerrte. Der kleine Drache baute sich vor ihm auf, richtete sich zu voller Größe auf, legte

seinen Speer über die Schulter, machte kehrt und marschierte los, als wollte er jetzt sogleich aufbrechen.

*****

In dieser Nacht oder wie auch immer man die Zeitspanne zwischen Nachttag End und Nachttag Anfang in dieser Welt des ewigen Mondes nennen mochte, wurde Nettesheim aus tiefstem Schlaf gerissen. Die Erde begann heftig zu beben und die Glocke schlug wild Alarm. Schlaftrunken stolperten alle vor die Türen und sahen sich verwirrt um. Die Türme schwankten gefährlich, doch diesmal hielten sie noch stand.
Krox hatte sich als erster gefasst und rief Anton zu: »Komm mit, die Nebel nähern sich wieder.«
Sie rannten durch die Straßen in Richtung zwölf Uhr, gefolgt von der anwachsenden Schar der Atzmänner. Als sie Nettesheim ein gutes Stück weit hinter sich gelassen hatten und sich dem magischen Kreis näherten, blieben sie entsetzt stehen. Gewaltige dunkle Wogen schlugen wie an eine unsichtbare Mauer, stauten sich und wuchsen höher und höher. Deutlich war zu erkennen, dass der Schutz des magischen Kreises sich wie eine Kuppel über Nettesheim wölbte. Ringsum fraßen sich die schwarzen Nebel an dieser Kuppel empor und kamen erst zum Stillstand, als sie zwei Drittel der Höhe der Rundung erreicht hatten. Wie ein helles Auge erschien die frei gebliebene Öffnung und nie war ihnen das Licht des starren Mondes so schön erschienen wie jetzt, als es nur noch durch dieses kleine Rund fiel.
»Hoffentlich hält der magische Kreis«, stammelte Anton

und sah besorgt auf das dunkle Wirbeln. »Der Nebel kann uns doch nichts anhaben?«
»Nein, noch nicht«, antwortete Krox. »Aber eine ungute Ahnung sagt mir, dass der Kreis uns nur so lange schützt, wie der Nebel die Kuppel nicht ganz überflutet. Wenn er so hoch steigt, dass kein Mondstrahl uns mehr erreicht, wird es aus sein mit uns.«
»Viel fehlt nicht mehr«, flüsterte Anton erschrocken.
»Nein«, erwiderte Krox, »viel fehlt wirklich nicht mehr.«
»Aber wie sollen wir jetzt aufbrechen?«, fragte Anton.
»Gar nicht«, antwortete Krox trocken. »Wir müssen erst warten, bis die Nebel sich wieder verzogen haben.«
»Wird das lange dauern?«, fragte Anton.
Krox zuckte mit den Schultern. »Wer weiß das schon«, sagte er. »Gehen wir, hier können wir nichts ausrichten. Schlafen wir weiter.«
Langsam kehrten alle in ihre Türme zurück. Doch Anton konnte nicht wieder einschlafen. Unruhig wälzte er sich hin und her und das Bild des dunklen Nebels wollte ihn nicht loslassen. Was war das für ein Nebel? Woher kam er? Warum war er gefährlich? Schließlich hielt es Anton nicht mehr in seinem Bett. Leise schlich er sich aus der Turmstube und ging ziellos durch die Straßen von Nettesheim. Die Lampen vor den Türmen brannten nicht. Das silberne Licht des Mondes, das nur durch das von den Nebeln freigelassene Rund fiel, warf kaum einen Schatten. Nie war Anton diese Welt so gespenstisch, unheimlich und unwirklich erschienen. Eigentlich hatte er sich längst an das unentwegte Licht des Mondes und an die fehlenden Farben, die nur im Schein der Lampen und Feuer auftauchten, gewöhnt und sich recht heimisch gefühlt. Doch jetzt machte ihm die nahe Gefahr wieder bewusst, dass er sich in einer fremden Welt befand und nicht in seiner eigenen,

an einem Ort im Unbekannten, der nicht sein Zuhause war. In einer Welt mit eigenen Gesetzen, wie Krox gesagt hatte. Und mit eigenen Gefahren, dachte Anton.
Während er gedankenverloren durch die Straßen schlenderte, hatte ihn sein Weg bis vor die Mauern von Nettesheim geführt. Da sah er vor sich, nicht weit entfernt, ein helles Licht. Er hatte die Stadt in Richtung drei Uhr verlassen. Hier war er noch nie gewesen. Neugierig näherte er sich dem Licht. Je weiter er kam, desto deutlicher traten kleine leuchtende Punkte hervor, trennten sich voneinander und wurden schließlich zu unzähligen Lampions in den wunderlichsten Farben und Formen. Anton sah Drachen, Löwen, Vögel, Blumen, Sterne, Wolken und noch vieles mehr. Die Lampions hingen an hohen Stangen und tauchten das Bild, das sich Anton bot, in ein warmes, goldenes Licht. Anton sah eine schöne, weite Wiese um einen Weiher, der das Licht der Lampions und des Mondes golden und silbern widerspiegelte. Mitten in dem kleinen Teich erhob sich ein reich verzierter, offener Pavillon, ganz aus grünem und weißem Porzellan. Eine kleine Brücke aus heller Jade wölbte sich zu dem Pavillon hinüber. Zwei Gestalten in langen, fließenden Gewändern saßen unter dem geschwungenen Dach, das von vier schlanken Säulen getragen wurde, die in geflügelten Drachen endeten. Anton erkannte Hsü, der eine bauchige Teekanne in den Händen hielt und zwei hauchdünne Porzellantassen füllte. Die andere Gestalt saß auf einem Thron aus dunkelgrüner Jade und schrieb mit einem Pinsel auf durchscheinendes Papier. Das muss der Kaiser von China sein, dachte Anton und schlich sich vorsichtig näher, um den Kaiser besser sehen zu können. Da berührte er eine der Stangen und ein feines helles Klingeln ertönte. Winzige silberne Glocken hingen an der Stange und verrieten Anton mit ihrem Klang.

Der Kaiser und Hsü blickten auf und Hsü rief: »Seid Ihr es, junger Freund? Tretet näher und seid unser Gast.«
Anton gab das Versteckspiel auf und schritt über die Brücke. Doch gerade als er den Pavillon betreten wollte, sah er zwei Paar seltsam geformte, reichbestickte Schuhe vor den Stufen stehen, die zum Pavillon hinaufführten. Hastig schlüpfte Anton aus seinen Schuhen, stellte sie ordentlich ab und stieg erst dann die Stufen hinauf. Als er vor dem Kaiser stand, verbeugte er sich sogleich, so tief er nur konnte, und verharrte in dieser unbequemen Stellung.
»Erhebt Euch, mein Freund und Bruder«, hörte er eine Stimme sagen. »Habt Dank für die Ehre, die Ihr mir mit Eurem Besuch erweist.«
Langsam richtete Anton sich auf und bestaunte das schöne dunkelblaue Gewand des Kaisers, auf dem silberfarbene Kraniche und Wolken abgebildet waren. Dann blickte er in das Gesicht des Kaisers und starrte es verblüfft an.
»Womit habe ich Euer großes Erstaunen verdient?« fragte K'ang-hsi lächelnd.
»Ich, ich ...«, stotterte Anton. »Entschuldigt, aber ich dachte ... ich stellte mir Euch ganz anders vor, äh, älter.«
»Nun, mein junger Freund«, fragte Hsü, »ist Euch ein alter Mann denn nicht genug?«
»Doch, natürlich«, wand sich Anton. »Ich meine, das ist, das spielt keine Rolle ...« Dann hatte er sich endgültig verhaspelt und verstummte.
K'ang-hsi war wirklich erstaunlich jung. Er war höchstens sechs oder sieben Jahre älter als Anton. Und doch ist er der Kaiser von China, dachte Anton. Obwohl, von China? Von welchem China denn? Ach was, er ist es und damit basta! Und ich finde, er ist auch kein bisschen weniger kaiserlich, als wenn er das größte Reich der Welt regieren würde und nicht nur diesen kleinen Teich.

»Nun, so werdet Ihr es mir in meiner Jugend sicher gestatten, Euch meinen Bruder zu nennen«, sagte K'ang-hsi, nachdem er Anton eine Weile still betrachtet hatte.
Da verbeugte sich Anton wieder, so tief er konnte, und erwiderte: »Ich weiß nicht, ob ich diese Ehre verdiene, aber ich würde mich darüber freuen.« Dann nahm er auf einem Kissen Platz und Hsü reichte ihm eine Tasse mit goldbraunem Tee. K'ang-hsi legte Pinsel und Papier beiseite und ließ sich ebenfalls eine Tasse geben.
»Hsü hat mir berichtet, was sich bei dem Fest der ...«, K'ang-hsi zögerte einen Augenblick und Anton glaubte zu sehen, dass das elfenbeinfarbene Gesicht des Kaisers noch eine Spur blasser wurde. Dann fuhr K'ang-hsi fort: »... was sich bei dem Fest der Infantin zugetragen hat. Ich bewundere Euren Großmut und die Kraft Eures Mitleids. Ihr habt Euch bei diesem Fest in jeder Weise hervorgetan.«
»Wenn Ihr das glaubt, dann hat Hsü Euch nicht alles gesagt, was vorgefallen ist«, entgegnete Anton.
»Ich weiß, was Ihr meint«, sagte K'ang-hsi lächelnd. »Aber Ihr irrt Euch. Er hat mir nichts verheimlicht und Ihr könnt sicher sein, dass ich Euch wegen dieses einen Fehltritts nicht geringer achte. Zudem habt Ihr durch Euer Verhalten danach Euren Wert bewiesen. Und, wie mir Hsü sagte, habt Ihr es auch verstanden, die Infantin durch Euer zweites Geschenk über alle Maßen zu beglücken, wofür ich Euch von Herzen dankbar bin.«
»Ihr meint das Blatt?«, fragte Anton.
»Ja«, erwiderte K'ang-hsi, »dieses einfache Blatt, das doch mehr wert ist als selbst ein Blatt aus reinstem Gold.«
Anton erschrak. War das Geschenk des Kaisers nicht ein Blatt aus Gold gewesen? »Ich wollte Euer Geschenk nicht übertreffen«, versicherte Anton eilig. »Glaubt mir.«
»Ich weiß es«, sagte K'ang-hsi. »Fürchtet nicht, dass ich

Euch deshalb zürne. Vielmehr ist Euer Geschenk der Grund, warum ich Euch meinen Bruder nannte. Wie Euer Geschenk sollte auch das zerbrechliche, goldene Rosenblatt, das ich der Infantin sandte, ein Zeichen der Vergänglichkeit sein. Und so verbindet uns nun dieser schöne Gedanke, den wir mit unseren Geschenken ausgedrückt haben. Und es verbindet uns auch der gemeinsame Wunsch, die Infantin glücklich zu sehen.«
Der Kaiser schwieg nach diesen Worten und blickte über den stillen Teich, in dem sich alles wie auf dem Kopfe stehend widerspiegelte, der Pavillon mit seinem geschwungenen Dach und den geflügelten Drachen, die Brücke, die sich wie der Rücken eines Tigers über den Teich wölbte, und die kleine Gemeinschaft, die plaudernd und Tee trinkend wie auf einer goldenen Insel durch die Dunkelheit trieb. Auch Anton blickte wie gebannt auf den dunklen Teich und die gespiegelte Welt. Und plötzlich schien es ihm, als wären um das Spiegelbild des Pavillons wieder unzählige Sterne zu sehen, als wäre ... Als wäre der schwarze Nebel zurückgegangen! durchzuckte es ihn. Er sprang auf, trat auf die Stufen am Rande des Pavillons und starrte in die Dunkelheit über sich.
»Was habt Ihr, junger Freund?«, fragte Hsü.
»Der Himmel!«, rief Anton. »Seht doch nur! Es ist wieder viel mehr von ihm zu sehen. Der Nebel verzieht sich!«
Hsü und auch K'ang-hsi traten an seine Seite und beobachteten das Schauspiel an der unsichtbaren Wand der schützenden Kuppel. Langsam sank der Spiegel des Nebelmeeres und bald war es nur noch ein breiter Strom, dessen niedrige Wellen den magischen Kreis umspülten und dann sich auflösten und allmählich im Dunkel verschwanden.
»Jetzt hält uns nichts mehr zurück«, flüsterte Anton nachdenklich. »Bald werden wir aufbrechen.«

Da legte ihm K'ang-hsi seine schmalen Hände auf die Schultern, sah ihm fest in die Augen und sagte: »Das Glück ist mit Euch, mein verehrter Freund. Alles, was Ihr unternehmt, wird zu Eurem Besten gelingen. Mit der Kraft Eurer Aufrichtigkeit werdet Ihr jeder Gefahr begegnen.«

»Hoffentlich«, seufzte Anton. »Wenn ich da nur so sicher sein könnte wie Ihr.«

Aus Nettesheim hörten sie die vier Doppelschläge der Glocke und eine ferne Stimme rief: »Hört ihr Leute, lasst euch sagen, Nachttag Anfang hat's geschlagen.«

»Ich fürchte, ich muss gehen«, sagte Anton, setzte sich auf die Stufen und band umständlich seine Schuhe zu, als könne er damit das Unvermeidliche noch etwas hinauszögern. Dann verabschiedete er sich und schritt entschlossen über die Brücke. Mutwillig streifte er die Stangen, an denen die Lampions brannten, und eine Weile begleitete ihn das feine, silberne Klingeln durch die Dunkelheit. Bald hatte er Nettesheim erreicht und eilte zum Marktplatz.

»Ah, da bist du ja endlich«, rief Krox, als er ihn erblickte. »Ich dachte schon, du seist ohne uns aufgebrochen.«

»Nein«, lachte Anton und schüttelte sich, »keine zehn Pferde kriegen mich dazu, allein zu gehen.«

»Hier«, sagte Krox und reichte Anton einen kleinen Beutel, »dies schickt dir die Infantin zum Abschied.«

Anton öffnete den Beutel und schüttete seinen Inhalt auf die Hand. An einer feinen, silbernen Kette hing, ebenfalls aus Silber, die getreue Kopie des Buchenblattes, das er ihr geschenkt hatte. Auf der Unterseite des Blattes war der Name Anna eingraviert. Anton fühlte, wie ihm wieder das Blut in die Wangen schoss, doch wortlos legte er sich die Kette um und fragte: »Also? Worauf warten wir noch? Lass uns aufbrechen!«

Die Atzmänner hatten sich versammelt und nahmen Abschied von Anton, Krox und Hieronymus, der seinen Speer in der Hand hielt, als ginge es in eine Schlacht. Plötzlich drängten sich Ellnbogen, Pantoffel und Schnatterl durch die Menge und Ellnbogen sagte mit atemloser Stimme: »Wir kommen mit Euch.«

Schallendes Gelächter brach unter den Atzmännern aus und laute Rufe ertönten: »Seht doch die Unglücksraben!« – »Eine feine Begleitung ist das!« – »Passt auf, dass ihr unterwegs nicht vergesst, wo's langgeht!«

Doch Krox hob die Hände und als Ruhe einkehrte, fragte er mit ernster Stimme: »Wie wollt ihr uns denn eine Hilfe sein? Unsere Reise wird kein Spaß werden.«

»Das ist uns egal«, entgegnete Schnatterl mit zitternder Stimme, »aber wir wollen und werden mit Meister Leib gehen. Und wenn wir euch hinterherlaufen müssen.«

»Ja«, stammelte Pantoffel, »und ka-ka-keiner kann uns davon abhalten.«

»Was nun?«, fragte Krox. »Was meinst du, Anton?«

Anton sah in die wild entschlossenen Gesichter der drei Atzmänner. Ihm fielen die Worte K'ang-hsis ein: ›Mit der Kraft Eurer Aufrichtigkeit werdet Ihr jeder Gefahr begegnen.‹ Vielleicht war die Aufrichtigkeit dieser drei Tollpatsche eine willkommene Hilfe.

»Sie sollen mitkommen«, entschied Anton. »Ich bin sicher, dass sie alles tun werden, was in ihren Kräften steht. Es braucht viel Tapferkeit, mit uns gehen zu wollen. Solche Tapferkeit können wir brauchen.«

»Hurra!«, riefen Ellnbogen, Pantoffel und Schnatterl wie aus einem Munde und ließen Meister Leib hochleben.

Da trat Pfeffersack vor und schüttelte den dreien ergriffen die Hände: »Hol's der Teufel«, fluchte er und schnäuzte sich verdächtig. »Ich wünsche euch Glück, ihr Kohlköpfe,

Vogelscheuchen, Beutelschneider. Und kommt heil wieder zurück, verstanden?«
»Ja«, riefen alle, »Passt auf euch auf! Ein Hurra auf unsere drei tapferen Brüder!« Und unter dem Jubel und den Hochrufen der Menge zog die kleine Reisegesellschaft durch die Straßen von Nettesheim, allen voran die drei Atzmänner, die vor Glück und Stolz über die eigenen Füße stolperten.
Endlich hatten sie den Stadtrand erreicht und das endlose Schweigen der weiten, mondbeschienenen Ebene empfing sie. Hinter ihnen verhallten die Abschiedsrufe der Atzmänner. Nach einer Weile drehte Anton sich um, blickte noch einmal auf Nettesheim zurück und hielt Ausschau nach dem Pavillon des Kaisers und dem Garten der Infantin. Schwach glaubte er ihre Lichter in der Ferne zu erkennen. Er fasste sich an die Brust und fühlte das silberne Buchenblatt. Krox trat neben ihn.
»Es ist seltsam«, sagte Anton, »aber ich habe das Gefühl, als würde ich all das nie mehr wiedersehen.«
»Was auch immer das heißen mag«, seufzte Krox. »Aber lass uns nicht in trüben Gedanken fischen. Komm!«
Sie wandten sich um und folgten den Gefährten.

*****

Sie hielten sich in Richtung zwölf Uhr. Haus Zenit würde die erste Station ihrer Reise sein. Von dort aus wollten sie den letzten, gefährlichsten Abschnitt nach Haus Nadir wagen. Bald hatten sie den magischen Kreis um Nettesheim erreicht. Da rief Ellnbogen, der an der Spitze ging, erschrocken: »Seht nur! Der Kreis!«

Sie schlossen eilig zu Ellnbogen auf und sahen, was geschehen war. Soweit sie den Kreis überblicken konnten, war das Band an vielen Stellen stark verbogen worden. Doch noch hatte es standgehalten und war nirgends zerbrochen.

»So weit ist es schon«, sagte Krox nachdenklich. »Die Kraft des Nebels wird immer größer. Noch niemals zuvor ist der Kreis beschädigt worden.«

»Hoffentlich hält er noch eine Weile«, meinte Anton besorgt. Seltsam, dachte er, dass es auch in dieser Welt, in der doch alles unvergänglich ist und nur ein einziger, sich dehnender Augenblick, dass es auch in dieser Welt ein Vorher und ein Nachher gibt, dass man sagt, etwas ist kurz oder lang, und dass die Zeit drängt. Also gab es doch eine Art Zeit, eine Zeit in der Zeit, in der sie sich bewegten, in der Dinge geschahen und Eile nottat. Denn jetzt mussten sie sich beeilen. Es war an der Zeit, den Kreisel anzuhalten, bevor die Bedrohung für Nettesheim und auch für Antons Welt nicht mehr aufzuhalten war. »Gehen wir«, sagte er. »Halten wir uns nicht länger auf.«

Sie überschritten den Kreis und verließen seinen Schutz, der auf einmal so zerbrechlich und unverlässlich schien. Vor ihnen erstreckte sich die weite Ebene unübersehbar von Horizont zu Horizont. Im kalten Licht des reglosen Mondes glitten ihre scharfen Schatten, die immer gleich lang blieben und unverändert in die immer gleiche Richtung wiesen, über den Boden. Eine dunkle Erdschicht, in der sie deutliche Fußspuren hinterließen, bedeckte den Boden.

»Was ist das, worauf wir gehen?«, fragte Anton. »Müsste die Weltenscheibe nicht silbern sein wie die Scheibe der großen Uhr?«

»Erinnere dich an die Zeichen und Symbole, die du auf der Scheibe gesehen hast«, erwiderte Krox. »Sie standen für die

Planeten und Sterne, für Feuer, Wasser, Luft und Erde und alle den Alchimisten bekannten Elemente und Stoffe. So gibt es Erde, auf der wir gehen, Luft, die wir atmen, Wasser, das fließt und unseren Durst löscht, und Feuer, das uns wärmt. Und alle Metalle, Kristalle und jeden anderen Stoff, den die Zeichen und Symbole genannt haben. Leibs Kreisel ist voller Reichtümer.«

»Mhm, gut«, meinte Anton. »Aber etwas anderes. Warum ist es immer gleich warm, wenn doch nur der Mond scheint? Müssten wir ohne die Sonne nicht erfrieren?«

»Ich sehe«, erwiderte Krox lachend, »wir haben wieder Fragestunde. Aber warum nicht? Wir haben noch einen weiten Weg vor uns. Doch eigentlich müsstest du die Antwort auf deine Frage selber wissen. Denk nach. Wann wurde der Kreisel in Gang gesetzt?«

Anton überlegte. Schließlich sagte er: »Ich weiß nicht. Du hast mir nie gesagt, an welchem Tag das war. Woher soll ich es also wissen?«

Doch Krox erwiderte: »Gib nicht so rasch auf. Du kennst die Lösung des Rätsels.«

Anton dachte angestrengt nach. Woher sollte er die Lösung des Rätsels denn kennen? War es irgendetwas, was Krox gesagt hatte? Hatte er doch einmal über den Tag, an dem der Kreisel sich in Bewegung setzte, gesprochen? Plötzlich ging ihm ein Licht auf und er rief: »Ich hab's! Du hast doch gesagt, dass der magische Augenblick sich nur dann wiederholt, wenn derselbe Vollmond und dasselbe Datum zusammenfallen.«

»Warm«, sagte Krox und lächelte.

»Und als ich in den Münsterturm gestiegen bin, war es bei uns Sommer«, fuhr Anton fort. »Also muss es auch Sommer gewesen sein, als der Kreisel in Gang gesetzt wurde.«

»Heiß«, erwiderte Krox vergnügt.

»Und von dieser Sommernacht hat der magische Augenblick nicht nur das Licht des Vollmonds, sondern auch die Wärme dieser Nacht übernommen. Und die bleibt immer gleich, wie das Mondlicht.«
»Getroffen«, rief Krox. »Bravo. Ich sagte doch, dass du es weißt. Und? Geht die Fragestunde noch weiter?«
»Mal sehen«, antwortete Anton. »Mal sehen, ob mir noch was einfällt.« Er sah sich um. Gab es noch irgendetwas, was er gerne gewusst hätte? Da fiel sein Blick auf das schwelende Licht, das er schon bei seiner Ankunft in Leibs Kreisel gesehen hatte. Wieder sah er den unruhigen Widerschein dieses fernen Feuers am Himmel und auf den wenigen Wolken, die bewegungslos im Mondlicht schwebten. »Achtung!«, rief er. »Frage!«
Krox zog scherzhaft seine Kutte bis unter die lange Nase, als müsste er in Deckung gehen, und brummte: »Gut, ich bin bereit.«
»Was ist das für ein Licht, das genau vor uns, in Richtung zwölf Uhr, zu sehen ist? Es sieht aus wie ein Feuer. Darf ich wieder raten?«
Krox schüttelte den Kopf, strich seine Kutte glatt und meinte: »Nein, diesmal kannst du es nicht erraten.«
»Schade«, meinte Anton, der Spaß an dem Spiel gefunden hatte.
»Weißt du noch, was du auf dem Astrolab außer dem Stundenring und dem Mondzeiger gesehen hast?« fragte Krox.
Anton dachte nach. »Ich glaube, einen zweiten Ring, der aus der Mitte gerückt war. Soviel ich mich erinnere, waren die Sternzeichen des Tierkreises darauf.«
»Wieder getroffen«, lobte Krox. »Nicht schlecht. Also, du hast den Tierkreis gesehen. Glaubst du, dass du die zwölf Tierkreiszeichen aufzählen kannst?«

Anton kratzte sich am Kopf und murmelte verlegen: »Ich weiß nicht, ob ich alle zusammenbekomme.«
Krox seufzte und zählte sie blitzschnell auf: »Widder, Stier, Zwillinge, Krebs, Löwe, Jungfrau, Waage, Skorpion, Schütze, Steinbock, Wassermann, Fische. Damit haben wir alle beisammen. Diese Sternbilder sind auf dem Tierkreis meist als Symbole zu sehen. Auf dem Astrolab von Leibs Kreisel aber waren es richtige Bilder. Widder, Stier, Zwillinge, Krebs und so weiter, alles war dargestellt. Tja, und so haben sie auch Gestalt angenommen, wirklich Gestalt meine ich. Und sie brennen, lichterloh. Es sind riesige, flammende Gestalten, die weithin sichtbar in den Himmel aufragen.«
»Die möchte ich für mein Leben gern sehen«, sagte Anton begeistert.
»Das wirst du auch«, erwiderte Krox. »Vergiss nicht, Haus Zenit liegt im Mittelpunkt von Leibs Kreisel. Wir müssen also den Tierkreis überqueren, um dorthin zu gelangen.«
»Und ist es noch weit?«, fragte Anton.
»Ich schätze«, antwortete Krox, »der Tierkreis beginnt etwa nach zwei Dritteln der Strecke zwischen Nettesheim und Haus Zenit. Das ist noch ein ganz schönes Stück. Denk daran, wie sehr sich die Weltenscheibe inzwischen vergrößert hat.«
»Aber warum gehen wir dann zu Fuß?«, fragte Anton erstaunt. »Was soll dann dieses Schneckentempo? Warum reiten wir nicht, warum fliegen wir nicht, oder noch besser, warum zaubern wir uns nicht einfach dorthin? Ein bisschen Hokuspokus und schon sind wir da. Komm, lass es uns versuchen!«
»Halt!«, rief Krox erschrocken, als er sah, dass Anton Anstalten machte, von seinen magischen Kräften Ge-

brauch zu machen. Er packte ihn heftig am Arm. »Lass das! Um Himmels willen! Willst du denn alles verderben?«
Anton schüttelte Krox' Hand ab und fuhr ihn verärgert an: »Warum denn? Lass mich sofort los, oder ...!«
Krox trat einen Schritt zurück und sah Anton nur stumm und vorwurfsvoll an. Anton schämte sich augenblicklich. Kaum hatte er daran gedacht, seine magischen Kräfte anzuwenden, war wieder dieses Gefühl der Macht in ihm gewesen und er hatte sich gegen Krox kalt, abweisend und feindlich benommen. »Es tut mir Leid«, sagte er ehrlich betrübt. »Ich weiß, ich habe versprochen, dass so etwas nie wieder passiert. Verzeih mir.«
Krox atmete erleichtert auf und erwiderte: »Schon gut. Ich sehe, dass du es aufrichtig meinst. Aber hüte dich auch in Zukunft vor dieser Versuchung. Du siehst ja, dass du ihr nicht gewachsen bist. Es ist erschreckend, wie rasch es dich verändert und alles Schlechte in dir wachruft.«
»Ist es denn nicht möglich, die Magie zum Guten zu verwenden?«, fragte Anton.
»Was soll ich dir darauf antworten?«, erwiderte Krox. »Dass Leibs Kreisel entstanden ist, war das gut oder schlecht? Dass es mich gibt, die Atzmänner, die Infantin, den Kaiser und Hsü, ist das gut oder schlecht? Soll ich an dem Ast sägen, auf dem ich sitze? Ich weiß nur eines: Magie kann eine große Macht verleihen und an dieser Macht entscheidet es sich, ob die Magie eine weiße oder eine schwarze Magie ist. Es kommt allein darauf an, wie du mit dieser Macht umgehst. Doch findest du nicht auch, dass diese Macht eine gefährliche Versuchung ist?«
Anton nickte schweigend.
»Lassen wir das«, meinte Krox. »Das ist nicht der Grund, warum ich verhindert habe, dass du von deinen magischen Kräften Gebrauch machst.«

»Warum dann?«, fragte Anton erstaunt.
»Weil wir den schützenden Kreis um Nettesheim verlassen haben. Innerhalb dieses Kreises kannst du anstellen, was du willst, aber hüte dich, deine Kraft außerhalb des Kreises anzuwenden. Dann könntest du gleich eine große Glocke läuten, um Baldewein deine Ankunft zu melden. Keine Magie bleibt in Leibs Kreisel unbemerkt, es sei denn, sie findet innerhalb eines magischen Zirkels statt. Und davon gibt es in dieser Welt nur drei. Um Nettesheim, um Haus Zenit und um Haus Nadir. Du kannst sicher sein, dass deine Magie Baldewein nicht entgehen würde. Und wir wollen ihn doch nicht warnen, nicht wahr?«
»Bloß nicht!«, rief Anton erschrocken. Doch dann stutzte er und fragte: »Aber dein Hokuspokus bei meiner Ankunft, das Essen in deiner Kappe und das Feuer, haben die uns nicht verraten?«
»Warum sollten sie?«, entgegnete Krox. »Nein, nein, meine kleinen Spielereien sind nichts Ungewöhnliches. Baldewein kennt sie. Ich bin oft zwischen Nettesheim und Haus Zenit unterwegs gewesen.«
»Und meine Ankunft?«, fragte Anton wieder. »Das war doch auch Magie.«
»Ja«, erwiderte Krox. »Aber warum sollte sie ihn misstrauisch machen. Es ist nicht das erste Mal, dass das Tor zu dieser Welt sich geöffnet hat. Es ist nichts Unerwartetes.«
»Das Tor, das sich öffnet«, murmelte Anton nachdenklich.
»Aber Krox«, fragte er weiter, »warum kehrt denn Baldewein nicht einfach durch dieses Tor in unsere Welt zurück?«
»Nun«, antwortete Krox. »Erstens glaube ich nicht, dass er den Kreisel durch dieses Tor mitnehmen könnte, und zweitens öffnet sich dieses Tor nur in eine Richtung. Du kannst Leibs Kreisel durch dieses Tor nur betreten, aber nicht verlassen.«

»Nicht verlassen!«, rief Anton entsetzt. »Aber wie soll ich dann jemals wieder zurückkehren?«
»Ich weiß es nicht«, antwortete Krox und senkte verlegen den Kopf. »Aber ich hatte gehofft, dass entweder Leib es weiß oder dass es ganz einfach ist, zurückzukehren, sobald du den Kreisel angehalten hast.«
Anton war starr vor Schreck. Er konnte es einfach nicht glauben. Krox hatte ihn in Leibs Kreisel gelockt, obwohl er wusste, dass Anton vielleicht nie wieder zurückfinden würde. Wie hatte er das tun können? Es war, als würden sie auf einmal wie durch eine Mauer getrennt. Wortlos gingen sie nebeneinander her. Anton verspürte eine große Traurigkeit. Die Gedanken wirbelten durch seinen Kopf. Er ist doch mein Freund, dachte Anton, ich weiß es. Es muss einen Grund geben, warum er mir das angetan hat. War es denn unvermeidlich? Hatte Krox nicht von einer großen Gefahr gesprochen, die seine Welt bedrohte? Doch, natürlich. Und niemand außer ihm konnte diese Gefahr aufhalten. Was hätte Krox denn sonst tun sollen? Und wer weiß, vielleicht fand sich ja doch ein Weg zurück. »Ich bin dir nicht bös«, sagte er leise.
Krox atmete hörbar auf und erwiderte: »Ich hatte so sehr gehofft, dass du mich verstehst. Also können wir Freunde bleiben?«
»Ja«, antwortete Anton. Da fasste Krox an seine Nase und begann ein fröhliches Lied zu spielen. Die drei Atzmänner pfiffen vergnügt mit und marschierten im Takt der Melodie.
Plötzlich kam ihnen Hieronymus entgegen und fuchtelte aufgeregt mit seinem Speer in der Luft herum. Er war ein Stück vorausgelaufen und wies nun pfeifend und spuckend mit der Hand nach vorne. Sie brauchten nicht weit zu gehen, um zu begreifen, was er ihnen sagen wollte. Vor

ihnen öffnete sich ein gähnend tiefer Spalt, der sich endlos nach rechts und links erstreckte. Wer wusste, wie weit der Weg bis zu der nächsten Stelle war, an der sie ihn umgehen konnten? Wenn überhaupt! Vielleicht erstreckte er sich ja bis zum Rand der Weltenscheibe.

Anton trat nahe an den Spalt, nahm einen Stein vom Boden auf und warf ihn in die Tiefe. Sie warteten lange vergeblich. Hatte dieser Abgrund denn überhaupt kein Ende? Doch da hörten sie endlich den Aufschlag aus der Tiefe, ganz schwach nur und entsetzlich fern.

»Nicht einmal die Risse schließen sich noch«, brummte Krox.

»Er ist ziemlich breit«, sagte Anton besorgt. »Ich weiß nicht, ob ich so weit springen kann.«

»Na und ich erst, mit meinen kurzen Beinen«, murrte Krox.

Da trat Schnatterl an den Rand des Grabens und maß mit seinen Blicken sorgfältig die Distanz. »Na, was meint ihr, Brüder?«, fragte er Ellnbogen und Pantoffel. »Glaubt ihr, dass wir es schaffen können?«

Ellnbogen und Pantoffel stellten sich neben ihn und Pantoffel pfiff durch die Zähne. »Müsste gehen«, brummte er. »Doch, ich bin ganz sicher.«

»Also los!«, rief Ellnbogen. »Worauf warten wir noch? Versuchen wir's!«

»Was habt ihr denn vor?«, fragte Anton.

Doch die Atzmänner gaben keine Antwort. Schnatterl hackte mit dem Stiefel direkt am Rand der Schlucht zwei Löcher in den Boden. Dann baute sich Pantoffel, der der kräftigste von den dreien war, breitbeinig auf, Schnatterl stieg auf seine Schultern und zuletzt kletterte der spindeldürre Ellnbogen an ihnen hoch und richtete sich seinerseits auf Schnatterls Schultern stehend auf. Nun stapfte Pantof-

fel wie ein schwankender Turm an den Rand des dunklen Spalts und trat mit den Füßen in die beiden Löcher.
»Ihr seid verrückt!«, entfuhr es Anton, der endlich begriff, was die drei vorhatten. »Das schafft ihr nie!«
»Gleich wissen wir's besser«, stieß Pantoffel zwischen zusammengebissenen Zähnen hervor.
Krox schüttelte nur sorgenvoll den Kopf und Hieronymus pfiff begeistert.
»Seid ihr bereit?«, keuchte Pantoffel.
»Ja«, antwortete Schnatterl.
»Bringen wir's hinter uns!«, rief Ellnbogen von oben herab.
Fest packte Pantoffel die Beine von Schnatterl und dieser die von Ellnbogen. Dann begann sich der ganze Turm erst langsam, dann immer schneller vornüber zu neigen und stürzte endlich über die gähnende Tiefe. Ellnbogen hatte seine Arme weit ausgestreckt und kaum schlug er mit diesen auf der anderen Seite auf, krallte er sich an einer spitzen Kante fest. Die Brücke hielt.
»Donnerwetter!«, murmelte Krox.
»Beeilt euch!«, stöhnte Pantoffel. »Ich weiß nicht, wie lange wir das aushalten.«
»Ja, los!«, rief Krox und folgte Hieronymus, der ohne zu zögern über die schwankende Brücke rannte.
Anton schluckte seine Angst hinunter und begann, sich langsam über die lebende Brücke zu tasten. Er versuchte dabei, nur ja nicht in den schwarzen Abgrund unter ihnen zu blicken. Doch gerade als er von Schnatterl zu Ellnbogen hinübersteigen wollte, rutschte er aus und fiel vornüber. Verzweifelt klammerte er sich an Ellnbogen fest.
»Nicht kitzeln«, jammerte Ellnbogen. »Alles, nur das nicht!«
Anton richtete sich zitternd auf und robbte auf Händen und Knien weiter, bis er endlich wieder sicheren Boden

unter sich fühlte. Einen Augenblick blieb er atemlos liegen, doch dann sprang er auf die Beine, wandte sich um und fragte erschrocken: »Und ihr? Wie wollt ihr denn jetzt rüberkommen?«

Einen Moment kam keine Antwort, dann rief Ellnbogen: »Ja, richtig. Wie soll's denn jetzt weitergehen, Schnatterl? Es war doch deine Idee!«

»Äh, ich, ich«, stotterte Schnatterl, »ich habe keine Ahnung.«

»Oh, du Hornochse«, schimpfte Pantoffel. »In was für einen Schlamassel hast du uns denn da wieder reingeritten? Nun schau bloß, dass du uns da wieder rausholst!«

»Warum immer ich?«, keifte Schnatterl zurück. »Ihr könnt euch ja auch einmal selber was einfallen lassen, ihr Hohlköpfe!«

»Hört auf zu streiten«, unterbrach sie Krox und seufzte. Dann bückte er sich, packte Ellnbogen fest an den Handgelenken und rief: »Haltet euch gut aneinander fest! Und jetzt, Pantoffel, zieh deine Füße aus den Löchern.«

»Na, dann gute Nacht«, jammerte Pantoffel, schloss die Augen und löste seine Füße. Mit einem lauten Schrei schwang die Kette der drei Atzmänner hinab und krachte mit ohrenbetäubendem Scheppern gegen die Wand.

»Hängt ihr noch alle dran?«, rief Anton ängstlich.

»Ja«, stöhnten Pantoffel und Schnatterl aus dem Dunkel.

Da begann Krox langsam rückwärts zu gehen und einer nach dem anderen tauchten die Atzmänner, die sich mit geschlossenen Augen immer noch fest aneinander klammerten, über dem Rand auf. Als Pantoffel in voller Länge auf sicherem Boden lag, ließ Krox los und streckte sich. Er schien kein bisschen außer Atem zu sein, so als wäre das Ganze für ihn nur ein Kinderspiel gewesen.

»Hokuspokus?«, fragte ihn Anton mit gerunzelter Stirn.

»Nicht nötig«, antwortete Krox und grinste verlegen.
Anton beugte sich zu den drei Atzmännern hinab und sagte: »Ihr könnt loslassen. Es ist vorbei.«
Doch Pantoffel und Schnatterl schüttelten nur die Köpfe und schienen ihren Vordermann bis zum Sankt Nimmerleinstag festhalten zu wollen. Nur Ellnbogen öffnete die Augen, sah sich erstaunt um, dann beugte er sich nach hinten und gab Schnatterl eine kräftige Kopfnuss.
»Autsch!«, schrie Schnatterl und fuhr sich mit einer Hand an den Kopf. Da merkte auch er endlich, dass sie in Sicherheit waren, und nachdem auch Pantoffel seinen Anteil an Kopfnüssen erhalten hatte, saßen die drei Atzmänner bald stöhnend nebeneinander und waren vollauf damit beschäftigt, nachzuschauen, ob noch alles an ihnen dran war. Aber bis auf ein paar Schrammen und Dellen hatten sie das Abenteuer gut überstanden.
Krox sah den Atzmännern eine Weile kopfschüttelnd zu, doch dann meinte er bloß: »Was ihr da gemacht habt, war zwar die verrückteste Idee, die mir je untergekommen ist, aber ich muss trotzdem zugeben, dass ihr brauchbar seid. Ich bereue es nicht, dass wir euch mitgenommen haben.«
Da vergaßen die Atzmänner ihre Schrammen und strahlten vor Stolz.
»Dann kann's ja weitergehen«, meinte Anton.
Sogleich sprangen die Atzmänner auf die Beine, stellten sich in einer Reihe auf, stimmten ein lautes Lied an und marschierten munter drauflos, als wäre nichts gewesen.
Anton lachte und sagte: »Du hast Recht, Krox. Er war kein Fehler, diese drei Blechhaufen mitzunehmen.«
Ohne größere Hindernisse setzten sie ihre Wanderung fort. Zwar trafen sie immer wieder auf eine der tiefen Spalten, doch war keine zu breit und sie konnten mühelos hinüberspringen. Und waren doch einmal die Beine von

Krox und Hieronymus zu kurz für den Sprung, luden die Atzmänner sich die beiden kurzerhand auf den Rücken und sprangen mit ihnen hinüber. So ging es immer weiter, geradewegs und unaufhaltsam in Richtung der feurigen Gestalten des Tierkreises. Immer näher kamen sie den Flammen, doch noch waren die Sternzeichen nicht zu erkennen und ein weiter Weg lag noch vor ihnen. Ja, in dieser endlos scheinenden Weite sah es sogar so aus, als kämen sie nicht einen Schritt voran, als würden sie nur immer auf derselben Stelle laufen. Es war so schwer, in dieser wüsten Leere, in der die Augen kaum einen Halt fanden, Entfernungen richtig einzuschätzen.

Anton verlor jedes Gefühl für die Zeit. Bald wusste er nicht mehr, wie lange sie schon durch diese eintönige Landschaft gegangen waren. Eine sonderbare Gleichgültigkeit machte sich in ihm breit, eine Gleichgültigkeit, die ihn lähmte. Er ahnte auf einmal, wie groß die Gefahr war, der Krankheit von Leibs Kreisel zu verfallen. In diesem ewigen Einerlei unter dem reglosen Mond dieser dunklen Welt lauerten Stumpfsinn und Vergessen. Anton wollte an irgendetwas denken, etwas, woran er sich festhalten konnte. Aber die Gedanken in seinem Kopf ließen sich nicht fassen. Es schien Anton, als würden sie in einem zähen, klebrigen Sumpf stecken und jedes Mal gleich wieder versinken, wenn er sie hervorzuholen versuchte. Alles kam ihm plötzlich so leer vor, so unwichtig. Warum gingen sie überhaupt weiter? Warum nicht stehen bleiben und ausruhen? Wie hell das Licht des Mondes war! Es brannte in den Augen und schmerzte. Aber wenn er die Augen schloss, war es besser, viel besser. Langsam fielen ihm die Augen zu. Wie angenehm es doch war, in dieser Dunkelheit zu laufen. Wie in der dunklen Geborgenheit eines tiefen, wohltuenden Schlafs.

»Halt! Hiergeblieben!«, hörte er eine Stimme rufen. »Wo willst du denn hin? Anton, was ist denn? Ist dir nicht gut?« Anton hob die schweren Augenlider und blickte verwirrt in Krox' besorgtes Gesicht. »Krox?«, fragte er, so als wüsste er nicht mehr, wer da vor ihm stand. Dann bemerkte er die anderen in einiger Entfernung von ihnen. Er musste vom Weg abgekommen sein. Wie leicht hätte er in eine Spalte fallen können. Der Schreck, der ihn durchzuckte, weckte ihn aus seiner dumpfen Betäubung. »Was ist denn bloß geschehen?«, fragte er. »Ich war auf einmal so müde. Und dann sind mir die Augen zugefallen und ...«
»Komm«, sagte Krox. »Ruh dich ein wenig aus.« Er führte Anton zu den anderen zurück.
»Es ist die Krankheit von Leibs Kreisel, nicht wahr?«, fragte Anton, als sie alle in einem kleinen Kreis auf dem Boden saßen. Krox nickte.
»Kann man denn nichts dagegen machen?«, fragte Anton und er spürte eine kalte Angst in sich.
»Doch«, sagte Krox. »Essen.«
Im Nu brannte ein kleines Feuer in ihrer Mitte und Krox' Kappe, in der eine warme Mahlzeit duftete, ging reihum. Nachdem sie eine Weile schweigend gegessen hatten, meinte Krox: »Ganz einfache Dinge tun, das ist die beste Medizin gegen die Krankheit von Leibs Kreisel. Essen, schlafen, plaudern. Ich werde ein bisschen besser auf dich aufpassen müssen.«
Anton nickte dankbar und sah schaudernd auf die endlose Weite, in die sie nicht recht zu passen schienen. Es kam ihm so vor, als wären sie in dieser vollkommenen Leere eine unwillkommene Störung. Er war froh, sich mit den Blicken an etwas festhalten zu können, an den Freunden, dem Mond, mochte er noch so kalt und leblos erscheinen, und dem fernen Feuer des Tierkreises.

Da stutzte Anton. Was war mit dem feurigen Licht los? Es schien ihm auf einmal weniger hell, wie von einem dunklen Schleier überzogen. »Krox?«, fragte er.
»Hmmh«, brummte Krox.
»Vielleicht täusche ich mich ja«, sagte Anton, »aber irgendwie kommt mir das Feuer des Tierkreises schwächer vor. Als ob sich etwas Dunkles davorgelegt hat.«
Wie von einer Wespe gestochen, fuhr Krox hoch und sah nach dem Feuer. Dann drehte er sich im Kreis und blickte ringsum in die Ferne. »Das sieht nicht gut aus«, murmelte er. »Das sieht gar nicht gut aus.«
»Was ist denn?«, fragte Anton beunruhigt und alle sprangen auf und starrten in die Dunkelheit.
»Der Nebel«, sagte Krox. »Er hat uns eingekreist und ich kann keinen Durchschlupf entdecken.«
»Aber ich habe doch überhaupt kein Erdbeben gespürt«, sagte Anton.
»Das heißt gar nichts«, erwiderte Krox. »Der Nebel kann auch ohne Vorboten kommen.«
»Und was jetzt?«, fragte Anton ängstlich. Krox zuckte hilflos mit den Schultern.
Doch Ellnbogen legte die Hand über die Augen, spähte in die Richtung des hinter den Nebelschleiern immer noch schwach sichtbaren Feuers und fragte Krox: »Glaubst du, dass der Nebel sehr dicht ist? Man kann das Feuer noch erkennen.«
»Nein«, antwortete Krox. »Wahrscheinlich nicht sehr dicht. Vielleicht hat deshalb auch die Erde nicht gebebt. Aber das hilft uns wohl nicht viel.«
»Wer weiß?«, brummte Ellnbogen in sich hinein. »Pantoffel, Schnatterl, erinnert ihr euch noch an die letzte Hasenjagd?«, fragte er dann. »Ihr wisst doch, an den Streich, den wir Pfeffersack gespielt haben, als er der Jäger war und wir

die Hasen. Als er schon geglaubt hat, uns erwischt zu haben, und wir ihm den Staub nur so um die Ohren gewirbelt haben, dass er am Schluss wie ein Mehlsack ausgesehen hat?«
Die beiden Atzmänner grinsten bei dieser Erinnerung über das ganze Gesicht.
»Meint ihr nicht auch«, fuhr Ellnbogen fort, »dass wir damit dem Nebel einen Strich durch die Rechnung machen können?«
Pantoffel und Schnatterl sahen Ellnbogen verständnislos an. Dann ging ihnen auf einmal ein Licht auf.
»Ellnbogen, die Idee könnte von mir sein!«, rief Schnatterl strahlend und schlug Ellnbogen so heftig auf die Schulter, dass es nur so schepperte und Ellnbogen in die Knie ging.
»Deswegen musst du mich doch nicht gleich kaputtmachen«, jammerte Ellnbogen und rieb sich die Schulter.
Aber Schnatterl hatte schon die Führung übernommen und benahm sich, als wäre es sein Plan gewesen. »Stellt euch auf!«, befahl er.
Ellnbogen murrte erst ein bisschen, aber dann gesellte er sich doch zu den beiden anderen. Sie stellten sich in einem Dreieck auf, drehten sich mit der rechten Schulter zur Mitte des Dreiecks, streckten den Arm aus und fassten sich bei den Händen. Dann hakte sich jeder noch mit der Linken im Gürtel des Vordermanns ein.
»Ich bin gespannt, was das nun wieder werden soll«, flüsterte Anton Krox zu.
In diesem Augenblick rief Schnatterl mit zackiger Stimme: »Bereit?«
»Bereit!«, antworteten Ellnbogen und Pantoffel wie aus einem Munde.
»Dann, vorwärts, marsch!«, kommandierte Schnatterl und die drei begannen im Kreis zu gehen, erst langsam, dann immer schneller und schneller. Endlich fingen sie an zu

laufen, zu rennen und bald wirbelten sie im Kreis herum, als wäre eine Meute Jagdhunde hinter ihnen her. Doch noch immer stampften ihre Beine rascher und rascher über den Boden und bald konnte man ihre Gestalten, die rasend schnell vorüberhuschten, nicht mehr erkennen. Jetzt wehte Anton, Krox und Hieronymus ein Wind entgegen, der so heftig war, dass Krox seine Kappe festhalten musste und Hieronymus sich rasch hinter Anton versteckte. Sie hielten sich aneinander fest und konnten sich nur mühsam auf den Beinen halten. Die drei Atzmänner bewegten sich wie ein wild gewordener Brummkreisel langsam auf den Nebel zu, der zwischen ihnen und dem fernen Schein des Tierkreises lag. Als sie sich dem schweren Nebel näherten, wirbelte dieser hoch auf und vor ihnen öffnete sich eine schmale Gasse.
»Schnell, hinterher!«, rief Krox und sie versuchten, sich so nahe wie möglich hinter den drei Atzmännern zu halten. Nicht weit hinter ihnen schloss sich die Nebelwand. Wie eine kleine, schwimmende Insel zogen sie durch das dunkle Meer. Um sie her brodelte und kochte der Nebel und schien nur auf eine günstige Gelegenheit zu warten, um sich auf sie zu stürzen und sie für immer unter sich zu begraben. Endlich, endlich lichtete sich der Nebel und sie hatten das freie Feld erreicht.
Vor ihnen schnurrte der lebende Kreisel der Atzmänner immer noch weiter, als wollte er nie wieder aufhören, sich zu drehen. »Ihr könnt anhalten!«, rief Anton, so laut er konnte. »Wir sind durch!«
Erst schien es, als hätten die Atzmänner ihn nicht gehört. Dann, fast unmerklich, begann der Kreisel langsamer zu werden und allmählich konnte man wieder die Gestalten der drei Atzmänner erkennen, die nur noch rannten, dann noch liefen ...

Plötzlich hörten sie die Stimme von Ellnbogen, die verzweifelt rief: »Noch nicht loslassen!«
Doch schon lösten sich die Hände voneinander und der Kreisel platzte auseinander. Die drei Atzmänner kugelten über die Erde und blieben endlich weit auseinander liegen.
»Oh, mein Kopf«, jammerte Pantoffel. »Mein armer Kopf.«
Schnatterl versuchte aufzustehen, aber kaum stand er auf den Beinen, drehte er sich zweimal um sich selber und fiel auf die Nase.
»Boh, ist mir schlecht«, stöhnte Ellnbogen.
Krox blickte sich besorgt um, dann atmete er erleichtert auf und sagte: »Es scheint, dass der Nebel sich Richtung acht Uhr verzieht. Zum Glück! In dem Zustand, in dem die drei sind, wären wir ein leichtes Opfer.«
»Sind sie nicht großartig gewesen?«, fragte Anton. »Das war doch einfach toll! Ganz große Klasse! Spitzenmäßig!«
Krox sah ihn erstaunt an und brummte kopfschüttelnd: »Eine Sprache habt ihr in eurem Jahrhundert! Na ja«, fuhr er fort, »kümmern wir uns um unsere armen Drehwürmer.«
Gemeinsam legten sie die drei Atzmänner nebeneinander. Krox holte ein Säckchen mit einem hellen Pulver unter seiner Kutte hervor und löste es in seiner Kappe in Wasser auf. Das flößte er den drei stöhnenden Atzmännern ein und bald waren sie fest eingeschlafen. Nur manchmal wälzten sie sich unruhig im Schlaf, als würde sich die Welt selbst noch in ihren Träumen wie ein Wirbelwind drehen. Anton, Krox und Hieronymus machten es sich wieder an einem kleinen Feuer bequem und wachten über den Schlaf ihrer drei seltsamen metallenen Freunde.
»Wer hätte je gedacht, was in diesen Atzmännern steckt«, sagte Anton leise. »Ich bin ja gespannt, was für Überraschungen sie noch auf Lager haben.«

»Von mir aus können sie ihre geheimen Fähigkeiten für sich behalten«, brummte Krox. »Eine ruhige Reise wäre mir lieber. Die nächste Probe ihres Könnens könnte auch zu unseren Ungunsten ausfallen.«

*****

Die überstandenen Gefahren lagen nun schon lange hinter ihnen. Ellnbogen, Pantoffel und Schnatterl war es bald wieder besser gegangen und sie hatten ihre Wanderung fortsetzen können. Weiter und weiter waren sie durch die dunkle Landschaft gezogen und endlich hatten sie das Gefühl, auch wirklich vorangekommen zu sein. Zwillinge und Krebs, die ihnen am nächsten gelegenen Gestalten des Tierkreises, waren schon deutlich zu erkennen und vage zeichneten sich auch die Umrisse von Stier und Löwe ab. Gewaltig ragten die feurigen Gestalten in den nächtlichen Himmel. Selbst auf diese Entfernung war bereits vorstellbar, wie riesenhaft sie sein mussten. Anton, der doch so begierig darauf gewesen war, sie aus der Nähe zu sehen, hatte bei ihrem Anblick ein flaues Gefühl im Magen. »Ich hoffe doch, sie sind harmlos.«
»Nun, harmlos würde ich sie nicht nennen«, erwiderte Krox schmunzelnd. »Aber keine Sorge, wenn man sie in Ruhe lässt und sich ihnen nicht zu sehr nähert, dann beißen sie nicht.«
Anton wusste nicht recht, was er von dieser Antwort halten sollte. Na ja, dachte er, Krox muss es ja wissen. Er ist ja nicht das erste Mal auf dem Weg nach Haus Zenit. Also hat er den Tierkreis schon mehr als einmal überschritten. Es wird schon gut gehen.

Auf einmal zuckte er zusammen. War da drüben in der Dunkelheit nicht so etwas wie ein Lichtstreifen vorbeigeschossen? Da wieder! Ob das eine Sternschnuppe war? dachte Anton. Nein, dafür war das Licht viel zu schnell. Und außerdem, eine Sternschnuppe müsste ja vom Himmel fallen und da oben rührte sich ja schließlich nie was. Aber was war es dann? Da wieder! Diesmal war es schon etwas näher gewesen.

»Krox?«, fragte Anton beunruhigt. »Da war so ein schnelles Licht. Hast du es auch gesehen?«

»Hmmh«, brummte Krox und schien nicht sehr interessiert.

»Was ist es denn?«, fragte Anton. »Ist es gefährlich?«

Die drei Atzmänner hatten seine Frage gehört und sogleich stellten sie sich schützend um Anton, Krox und Hieronymus. »Wo ist eine Gefahr?«, rief Schnatterl und richtete sich heldenhaft auf.

»Soll nur kommen!«, knurrte Ellnbogen.

Krox lachte und meinte seelenruhig: »Macht euch keine Sorgen. Es ist nur der Feuerschrack. Der treibt sich immer in der Nähe des Tierkreises herum. Aber er tut keiner Fliege was zuleide.«

»Der Feuerschrack?«, wiederholte Pantoffel misstrauisch und traute dem Frieden nicht so recht. »Und der soll harmlos sein? Feuer hört sich nicht gut an.«

»Wartet's ab«, entgegnete Krox schulterzuckend. »Wahrscheinlich werdet ihr ihn bald zu Gesicht bekommen. Er ist nämlich schrecklich neugierig.«

Da tauchte der Feuerschrack auch schon wieder auf, verharrte kurz über ihnen und schoss wie der Blitz davon. Anton hatte gerade noch einen Blick auf ihn werfen können. Der hat's aber eilig! dachte er. Sieht aus, als wäre er nur ein feuriges Gesicht mit einem langen Feuerschweif, besonders wenn er so schnell fliegt. Und schon huschte er wieder heran, lautlos und so schnell, dass sie ihn kaum mit den Blicken verfolgen konnten. Unruhig tanzte er vor ihnen auf und ab. An keiner Stelle schien er es lange aushalten zu können. Nervöses Kerlchen! dachte Anton. Da begann der Feuerschrack in einem engen Kreis um sie herumzufliegen. Immer schneller wurde der Kreis, bis der Feuerschrack nicht mehr zu erkennen war und sich wie ein feuriges Band um sie schloss.

»Bist du sicher, dass er nichts Böses vorhat?«, fragte Anton ängstlich.

»Er spielt doch nur«, erwiderte Krox.

Da rief Ellnbogen. »He, was soll das?« Und er begann wild mit den Armen zu fuchteln. Auch Schnatterl und Pantoffel schrien erschrocken auf und ruderten mit den Armen in der Luft herum. Es schien, als könnten sie sich nicht mehr richtig auf den Beinen halten. Ihre Füße rutschten über den Boden, sie schwankten und versuchten verzweifelt, das Gleichgewicht zu wahren. Irgendeine Kraft zog sie zueinander. Dann gab es einen kräftigen Ruck, die drei Atzmänner prallten scheppernd zusammen und zwischen ihnen steckten Anton und Krox fest. Nur Hieronymus gelang es gerade noch, zwischen ihren Beinen durchzuschlüpfen. Aufgeregt hüpfte er um sie herum und schüttelte dabei wütend seinen Speer gegen den Feuerschrack, der nicht aufhörte, seine flammenden Kreise um sie zu ziehen.

»Seid ihr verrückt geworden?«, schimpfte Krox. »Ihr zerquetscht uns ja.«

»Wir können doch nichts dafür«, jammerte Pantoffel. »Irgendetwas hält uns zusammen.«

»Unfug«, zischte Krox. »Was sollte euch denn so zusammenschmieden, dass nicht einmal ich euch auseinander kriege?«

Er versuchte mit aller Kraft, für sich und Anton mehr Platz zu schaffen. Doch die Atzmänner rückten ihnen unfreiwillig immer dichter auf den Pelz, ohne dass er etwas ausrichten konnte.
Plötzlich ging Anton ein Licht auf. »Aber ich weiß, was es ist!«, rief er. »Ich kenne das, aus der Physikstunde.«
»Aus der was?«, knurrte Krox und wand sich in der engen Umklammerung.
»Na, aus der Schule«, antwortete Anton, schon reichlich atemlos in diesem Gedränge. »Die Atzmänner sind doch aus Metall. Ich glaube, sie sind durch den Feuerkreis magnetisch geworden.«
»Das hat uns gerade noch gefehlt. Na, wenn du so gut Bescheid weißt«, keuchte Krox, »dann tu doch was dagegen!«
»Kann ich doch nicht«, presste Anton mühsam hervor. Und bei sich dachte er: Wenn man den Feuerschrack wenigstens irgendwie ablenken könnte. Vielleicht würde er dann mit diesem dummen Spiel aufhören. Aber wie? Er konnte sich ja kaum rühren. Die Arme wurden ihm an den Körper gepresst und er glaubte schon, seine Rippen knacken zu hören. Da fühlte er in seiner Hosentasche einen harten, runden Gegenstand. Das Silberstück aus der Uhrenstube! schoss es ihm durch den Kopf. Auf einmal hatte er eine Idee.
Es gelang ihm, seine Hand in die Tasche zu zwängen, das Silberstück herauszuholen und den Arm zwischen Krox und Ellnbogen nach oben zu winden.
»Aua! Pass doch auf!«, schimpfte Krox, als Antons Faust dabei unsanft mit seiner Nase in Berührung kam.
Doch Anton achtete nicht auf ihn. Kaum hatte er seinen Arm freibekommen, versuchte er mit dem glatten Silberstück das Licht des Mondes einzufangen und als es gelang,

richtete er die Spiegelung auf den Feuerkreis. Mit etwas Glück könnte es klappen, dachte er. Plötzlich hielt der Feuerschrack an, blinzelte kurz in das Licht des Silberstücks, das ihm genau in die Augen fiel, dann machte er kehrt, schlug noch ein paar Purzelbäume und verschwand wie der Blitz in Richtung des Tierkreises. In diesem Augenblick kippten die drei Atzmänner vornüber und Anton und Krox atmeten befreit auf.

»Das war knapp«, meinte Krox. »Und ihr Tollpatsche, lasst euch ja nicht wieder einfallen, uns beschützen zu wollen, wenn der Feuerschrack noch mal auftauchen sollte. Dann erdrückt euch meinetwegen selber, aber lasst uns dabei aus dem Spiel.«

Die drei Atzmänner erhoben sich und sahen beschämt zu Boden.

»Ach, lass sie doch«, sagte Anton. »Sie haben es doch nur gut gemeint. Woher hätten sie denn wissen sollen, dass so was passiert. Hast du etwa daran gedacht?«

»Nein«, brummte Krox. Dann seufzte er und meinte: »Es wird wirklich Zeit, dass wir Haus Zenit erreichen. Ich wünsche mir nichts sehnlicher, als irgendwo in Ruhe zu sitzen, weit weg von allen Nebeln, Feuerschracks und Blechhelden.« Da lachten alle und die Gefährten setzten ihren Weg fort.

Die feurigen Gestalten des Tierkreises lagen bald direkt vor ihnen. Inzwischen waren auch Stier, Widder, Löwe und Jungfrau deutlicher zu erkennen. Und im Hintergrund erschienen Fische und Waage wie feurige Schattenrisse. Riesenhaft erhoben sich die mächtigen Sternbilder über sie. Aber sie standen nicht ruhig am Ort. Wie gigantische Wächter schritt jedes der Tierkreiszeichen seinen Teil des Kreises ab.

»Wie sollen wir denn da durchkommen?«, fragte Anton

fassungslos. Beim Anblick der ungeheuren Zwillinge, des gewaltigen Krebses mit seinen furchterregenden Scheren, des mächtigen Stiers, der schnaubend und mit gesenkten Hörnern hin und her stampfte, und des Löwen mit seiner wilden Mähne und seinem weit aufgerissenen Rachen, rutschte ihm das Herz in die Hose.

»Es ist einfacher, als es aussieht«, erwiderte Krox. »Die Tierkreiszeichen sind viel zu sehr mit sich selbst beschäftigt. Für uns kümmerlichen Zwerge haben sie kaum ein Auge übrig. Wenn du ihnen nicht gerade auf die Zehen trittst, kannst du unbehelligt an ihnen vorbeischlüpfen. Komm, ich zeig es dir.«

Krox trat dicht an den breiten Streifen des Tierkreises, nahe der Grenze zwischen Zwillinge und Krebs, wartete, bis der Krebs sich zum anderen Ende seiner Bahn umwandte, und überquerte dann den Tierkreis seelenruhig im Rücken des Krebses, der ihn überhaupt nicht zu beachten schien. Dann wiederholte er das Spiel von der anderen Seite her und schlüpfte diesmal an den Zwillingen vorbei.

»Seht ihr?«, rief er. »Es ist ein Kinderspiel!«

Hieronymus, der sich hier ja bereits auskannte, huschte schon vorwitzig zwischen den Beinen der Zwillinge hindurch und die drei Atzmänner machten es Krox auf der Seite des Krebses nach. Nur Anton zögerte noch.

»Aber sie brennen doch! Und wenn man ihnen nun zu nahe kommt? Was dann?«, fragte er.

»Nichts ist dann«, antwortete Krox. »Das Feuer der Tierkreiszeichen ist kaltes Sternenfeuer. Oder hast du das Gefühl, dass dir hier besonders heiß wird?«

»Nein, du hast Recht«, rief Anton verblüfft. »Es ist wirklich keine Spur heißer in der Nähe des Tierkreises.«

»Also, dann komm«, sagte Krox und überquerte wieder in aller Ruhe den breiten Ring.

Anton entschied sich für das Sternzeichen der Zwillinge. Sie kamen ihm etwas weniger furchteinflößend vor als der Krebs. Er stellte sich an die Grenze des schimmernden Streifens und wartete, bis die Zwillinge sich wieder umwandten und ihm den Rücken zukehrten. Krox nickte ihm aufmunternd zu. Da betrat Anton den Tierkreis und ging langsam über die helle Fläche. Bewundernd blickte er auf das leuchtende Band unter seinen Füßen. Doch plötzlich hörte er einen entsetzten Schrei. »Zurück!«

Anton hob erschrocken den Blick. Da sah er Krox und die anderen wild winken. »Was ist denn?«, rief Anton.

»Die Zwillinge!«, rief Krox zurück. »Schnell, mach, dass du fortkommst!«

Anton fuhr herum. Die Zwillinge hatten sich ihm zugewandt und sahen ihn mit drohenden Blicken an. Schon kamen sie mit gewaltigen Schritten auf ihn zu und streckten die riesigen Fäuste nach ihm aus. Anton konnte sich vor Schreck nicht vom Fleck rühren. Doch da tauchte Pantoffel neben ihm auf, packte ihn, rannte mit wilden Sprüngen an den Rand des Kreises und warf sich mit Anton unter dem Arm außer Reichweite der heraneilenden Zwillinge. Krachend stürzten die beiden zu Boden und blieben keuchend liegen.

»Das war knapp«, stieß Pantoffel hervor.

Anton drehte sich, am ganzen Leibe zitternd, um und blickte zurück. Die Zwillinge warfen ihm wütende Blicke zu und traten an der Grenze des Tierkreises unruhig von einem Bein aufs andere. Doch sie schienen den Tierkreis nicht verlassen zu können. Anton war in Sicherheit.

»Danke, Pantoffel«, sagte er mit heiserer Stimme.

»Schon gut«, meinte Pantoffel und schluckte schwer. »War ga-ga-ganz einfach.«

Inzwischen hatten Krox und die anderen den Tierkreis im

Zeichen des Krebses wieder überquert und gesellten sich zu ihnen.
»Was ist denn passiert?«, fragte Anton und konnte kaum verhindern, dass seine Zähne klapperten. Der Schreck saß ihm noch in den Gliedern.
»Ich weiß es nicht«, erwiderte Krox fassungslos. »So etwas ist noch nie vorgekommen.«
»Habe ich irgendwas falsch gemacht?«, fragte Anton.
»Nein, nein«, antwortete Krox. »Überhaupt nicht.«
»Und was jetzt?«, wollte Anton wissen.
»Tja«, meinte Krox, »am besten, du erholst dich erstmal von deinem Schreck und dann probierst du es beim Krebs.«
Anton leckte sich über die trockenen Lippen und starrte ängstlich auf den feurigen Panzer und die furchtbaren Scheren des Krebses. Aber es musste ja sein. Es gab keinen anderen Weg nach Haus Zenit. Anton stand auf, atmete tief durch und sagte: »Warum noch lange warten? Versuchen wir's.«
»Gut«, meinte Krox. »Aber beim geringsten Anzeichen dafür, dass der Krebs dich bemerkt, kehrst du um, verstanden? Lass den Krebs nicht aus den Augen!«
Anton nickte und näherte sich wieder dem Tierkreis. Doch kaum hatte er den ersten Schritt auf den schimmernden Reif getan, da fuhr der Krebs herum und rannte mit gezückten Scheren auf ihn zu. Anton sprang zurück und blieb erst stehen, als er einen sicheren Abstand zwischen sich und den Krebs gelegt hatte. Schweigend und hilflos standen die Gefährten vor der flammenden Grenze.
»Liegt es vielleicht an mir?«, fragte Anton.
»Wahrscheinlich«, antwortete Krox.
»Aber warum?« fragte Anton.
»Nun ja, vergiss nicht, du bist anders als wir alle. Du stammst aus einer anderen Welt und bist in unsere Welt

anders als jeder andere gekommen. Ich hatte immer schon befürchtet, dass das Schwierigkeiten geben würde. Jetzt wissen wir, welche.«
»Und jetzt?«, fragte Anton.
Krox zuckte mit den Schultern und meinte: »Hinsetzen, essen und nachdenken. Vielleicht fällt uns etwas ein, was uns weiterhelfen kann.«
Vor der schaurigen Kulisse der brennenden Wächter saßen sie wieder einmal um ihr kleines Feuer, das vor den Flammen des Tierkreises geradezu lächerlich wirkte. Aber ihnen erschien es wie eine Zufluchtsstätte und trotz der Wärme dieser ewigen Nacht streckten sie ihre Hände dem Feuer entgegen. Die drohende Nähe der feurigen Gestalten und die plötzliche Aussichtslosigkeit ihrer Reise ließen sie wie von innen her frieren. Was soll nun werden? dachte Anton. Ist das das Ende unserer Reise? War es unmöglich für ihn, Haus Zenit, Haus Nadir und den Kreisel zu erreichen? Aber sie mussten es einfach irgendwie schaffen. Wenn überhaupt, dann konnte nur er den Kreisel anhalten und die Gefahr für seine und diese Welt abwenden. Seine Gefährten ließen wieder Krox' Kappe reihum gehen und aßen schweigend. Doch Anton hielt es nicht in der stillen Runde. Er erhob sich und ging etwas abseits. Lange stand er da und blickte auf den brennenden Ring, der ihn von seinem Ziel trennte. Die Tierkreisgestalten verschwammen vor seinen Augen zu einer einzigen Feuerwand. Undurchdringlich, wie eine flammende Mauer, die Erde und Himmel verband. Jetzt müsste sich ein Tor auftun, dachte Anton. Ein Tor wie damals in der Uhrenstube. Gibt es denn eines? Stehe ich bloß vor einem Rätsel, dass ich nur lösen muss, um den Schlüssel zu diesem Tor zu finden? Was hatte Krox gesagt, als sie Rätselraten gespielt hatten? Gib nicht so rasch auf! Denk nach! Ja, denk nach, Anton,

forderte er sich selbst auf. Es muss doch einen Weg geben. Es muss einfach!
Anton steckte die Hände in die Hosentaschen und wieder stieß er auf das Silberstück, das in der Uhrenstube herabgefallen war und mit dem seine Reise in diese Welt begonnen hatte. Er zog es hervor und blickte nachdenklich darauf. Vielleicht hat es etwas mit den Gesetzen dieser Welt zu tun, dachte er. Und mit mir. Denn die Sternzeichen lassen ja nur mich nicht durch. Wenn es überhaupt ein Tor gibt, dann wahrscheinlich nur ein einziges. Eins, das zu mir passen muss. Zu den Gesetzen, die für mich in dieser Welt gelten. Das Tor in der Uhrenstube war ja auch so ein einzig möglicher Durchgang. Und da galt das Gesetz: derselbe Vollmond zum selben Datum. Plötzlich wurde sein Blick wieder scharf und er starrte die Tierkreiszeichen an. Eines ist das richtige, dachte er. Aber welches?
»Krox!«, rief er plötzlich.
Krox erhob sich und trat neben ihn. »Ist dir etwas eingefallen?«, fragte er.
»Vielleicht«, sagte Anton. »Aber ich brauche deine Hilfe. Hör zu! Das Tor in der Uhrenstube, der magische Augenblick, derselbe Vollmond, dasselbe Datum, das war im Sommer, und zwar im Juli. Welches Sternzeichen steht für den Monat Juli?«
»Der Löwe«, antwortete Krox ohne zu zögern.
»Gut«, sagte Anton. »Dann werde ich es dort versuchen. Vielleicht ist der Löwe mein Tor zu Haus Zenit.«
»Hoffen wir es«, murmelte Krox. Dann riefen sie ihre Gefährten und machten sich auf den Weg zum Sternzeichen des Löwen, das, von ihnen aus gesehen, rechts neben dem Krebs lag. Es war ein weiter Weg, doch schließlich standen sie vor dem gewaltigen Tier, dessen mächtige Muskeln sich kraftvoll unter dem flammenden Fell bewegten.

»Viel Glück«, sagte Krox.
Und: »Mach's gut! – Kopf hoch!«, riefen die Atzmänner.
Anton biss sich auf die Lippen und trat ganz dicht an den leuchtenden Kreis. Der Löwe hatte gerade wieder die Grenze zum Krebs erreicht und wandte sich um, um seinen Weg in der entgegengesetzten Richtung fortzusetzen. Anton holte tief Luft und betrat zögernd den Kreis. Ängstlich ließ er dabei den Löwen nicht aus den Augen. Doch diesmal ging es gut. Der Löwe schien ihn nicht zu bemerken und Anton schlüpfte ungefährdet an ihm vorbei.
»Hurra!«, hörte er seine Freunde auf der anderen Seite rufen und bald gesellten sie sich wieder zu ihm.
»Bravo«, sagte Krox. »Das war ein Meisterstück, Anton. Ich glaube, ich hätte den richtigen Durchgang nie gefunden.«
»Du darfst nicht so rasch aufgeben«, erwiderte Anton lachend. »Denk nach!«
Da grinste Krox und griff sich ans Herz, als hätte ein Pfeil Antons ihn dort getroffen. Dann aber rief er: »Worauf warten wir noch? Auf nach Haus Zenit!«

*****

Noch immer hatten sie einen weiten Weg vor sich, denn auch die Entfernung zwischen dem Tierkreis und Haus Zenit war durch das Anwachsen der Weltenscheibe von Leibs Kreisel gewaltig geworden. Und wenn sie endlich in Haus Zenit, im Mittelpunkt von Leibs Kreisel waren, lag noch einmal eine Strecke wie von Nettesheim nach Haus Zenit vor ihnen. Denn wie Krox zu berichten wusste, lag Haus Nadir am entgegengesetzten Ende des Stundenrings, nahe der Zwölf. Bloß nicht dran denken, dachte Anton seufzend, nachdem er mit Krox darüber gesprochen hatte. Einfach einen Schritt vor den anderen. Es würde sie noch viel Geduld und Ausdauer kosten, bis sie ihr Ziel erreichten.

Es war eine ereignislose Wanderung. Weit um sie zog sich der feurige Horizont des Tierkreises. Hinter ihnen lösten sich die Sternzeichen Zwillinge, Krebs, Stier und Löwe allmählich auf und versanken im schwelenden Brand. Sie verließen den Einzugsbereich der Flammen und der Mond trat erneut seine Herrschaft an. Wieder warfen sie in seinem silbernen Licht ihre scharfen, gleichförmigen Schatten, die sich im Feuer der Tierkreisgestalten vorübergehend schwankend vervielfacht hatten. Die weite Landschaft verlor an Wirklichkeit und Gewicht, alles war nah und fern zugleich. Klug teilte Krox ihre Wanderung ein und achtete streng darauf, dass keiner von ihnen dem eintönigen Einerlei erlag. Sie sangen Lieder, die Krox auf seiner Nase begleitete, machten Rast, aßen aus Krox' Kappe die abwechslungsreichsten Speisen oder schliefen, wobei immer zwei von ihnen Wache hielten, damit keiner dem Alleinsein und der unerbittlich anwachsenden Einsamkeit ausgesetzt war. Dann endlich tauchte Haus Zenit vor ihnen auf.

Der Anblick von Haus Zenit übertraf selbst Antons kühnste Erwartungen und fantastischsten Träume. Eigentlich hatte es nicht das Geringste mit dem gemein, was man unter einem Haus verstand, außer mit einem Schneckenhaus. Das ist es, dachte Anton und traute seinen Augen kaum, Haus Zenit ist ein Schneckenhaus, das größte Schneckenhaus, das man sich nur vorstellen kann. In gewaltigen Windungen schraubte sich das wunderliche Gebäude bis hinauf zu seiner Spitze, die kirchturmhoch in den

Himmel ragte. Die Außenhaut dieses Schneckengehäuses war schneeweiß und schimmerte im Licht des Mondes wie blankes Silber. Geblendet schlossen die Wanderer ihre Augen. Noch waren sie weit von Haus Zenit entfernt und doch war es, als läge vor ihnen ein zweiter Mond, dessen strahlender Glanz dem Licht des Mondes über ihnen in nichts nachstand. Nur langsam gewöhnten sie sich an diesen Anblick und erst allmählich traten, je mehr sie sich näherten, scharfe Konturen und Schatten aus der gleißenden Form.

Anton spürte, wie sein Herz wild zu schlagen begann. Bald würde er Leib sehen. Bald würde er seinem eigenen Vorfahr gegenüberstehen, von dem ihn in seiner Welt über vierhundert Jahre trennten. Wie mochte er aussehen? Wie mochte es sein, seiner eigenen Vergangenheit gegenüberzutreten? Anton begriff, dass er sich vor dieser Begegnung fürchtete.

»Es ist nicht richtig«, murmelte er vor sich hin.

»Was ist nicht richtig?«, fragte Krox, der ihn gehört hatte.

»Es, es ist nicht richtig, dass es ihn und mich gleichzeitig gibt«, sagte Anton unsicher.

»Ich verstehe, was du meinst«, erwiderte Krox. »Die Ordnung der Dinge, das gewohnte Nacheinander, der Kreislauf des Lebens hat nicht mehr seine Richtigkeit. Baldewein und Leib haben in diesen natürlichen Ablauf eingegriffen. Aber«, fuhr Krox ernst fort, »sie sind dafür auch bestraft worden. Entsetzlich bestraft worden. Von allem, was ihnen lieb war, wurden sie getrennt, verbannt in eine Welt ohne ihresgleichen, eine Welt, in der sie alles bewirken können, ohne doch daraus einen wirklichen Nutzen ziehen zu können. Was sie taten, war vermessen, und ihr ganzer Lohn ist Einsamkeit, Verzweiflung und die Gefahr, den Verstand zu verlieren. Wenn dies nicht schon längst geschehen ist«, schloss er seufzend.

Da empfand Anton Mitleid. Mitleid mit Leib und selbst Mitleid mit Baldewein, mochte sein Vorhaben auch noch verbrecherischer sein als das, was er und Leib bereits getan hatten. Wie entsetzlich musste alles gewesen sein. Die unentrinnbare Verschmelzung, als der Kreisel sie in sich riss, dann der Hass, der furchtbare Kampf, die nutzlosen Schmerzen, die sie einander zufügten, und schließlich die Ohnmacht in einer Welt, in der für sie alles sinnlos und vergeblich war. Was mochte ihn in Haus Zenit erwarten? Und was in Haus Nadir?

Es war nicht mehr weit bis Haus Zenit, als sie den magischen Kreis vor sich sahen, der sich wie ein schützender Ring um Leibs letzte Zuflucht legte. Wieder entdeckte Anton dieselben magischen Symbole und Zeichen wie auf dem Kreis, der Nettesheim umschloss.

»Glaubst du, dass wir willkommen sind?«, fragte Anton besorgt.

»Leib hat Leib gerufen«, antwortete Krox. »Und Leib nähert sich Leib ohne böse Absicht. Warum sollten wir nicht willkommen sein?«

Krox behielt Recht. Unbehelligt überschritten sie den magischen Kreis. Dann standen sie vor Haus Zenit, dessen gewaltige Windungen hoch über ihnen aufragten. Vor ihnen öffnete sich das Ende der Windungen zu einem mächtigen Tor, unverschlossen wie der gewölbte Eingang einer dunklen Höhle. Krox und Hieronymus betraten ohne zu zögern den dunklen Raum. Anton und die drei Atzmänner folgten ihnen ängstlich und gespannt. Im Licht einer kleinen Lampe entdeckten sie am Ende der Vorhalle eine große Doppeltür. Niemand bewachte den Eingang. Warum auch? dachte Anton. Schützte der magische Kreis Haus Zenit nicht vor allen Eindringlingen, falls es hier außer ihnen überhaupt welche geben konnte? Doch zu mehr Überlegungen blieb ihm keine Zeit, denn schon öffnete Krox die Tür und das blendende Licht, das aus der geöffneten Tür drang, warf ein scharfes, helles Geviert in den finsteren Vorraum. Krox und Hieronymus traten ein, gefolgt von den Atzmännern, die sich freuten, den Mann wieder zu sehen, der sie geschaffen hatte, und an den sie sich aus besseren, festlichen Zeiten erinnerten. Anton ging ihnen langsam, mit einem bangen Gefühl, hinterher.

Als er den hellen Raum betrat, blieb er stehen, staunend und wie erschlagen von dem Anblick, der sich ihm bot. An allen Wänden dieses hohen Raumes, ja selbst an der Decke, hingen, dicht an dicht, unzählige Uhren. Andere, große Standuhren oder Kaminuhren und Tischuhren, standen entlang der Wände, auf dem Boden oder auf kleinen Konsolen, die an den Wänden befestigt waren. Anton sah Uhren in den unterschiedlichsten Formen, Farben und Materialien, als wäre die Fantasie ihres Erbauers unerschöpflich gewesen. Die gewölbten Wände, die flache Decke und selbst der ebene Boden waren schneeweiß, von derselben Farbe wie die Außenhülle des Schneckengebäudes. Dutzende von Laternen strahlten ein gleißendes Licht aus, das von den Wänden vielfach zurückgeworfen wurde. Es war den Gefährten, als gingen sie wie durch einen unterirdischen See aus Licht. Wie im Traum ging Anton an den Uhren vorbei, blieb zuweilen stehen, um ein Zifferblatt oder ein besonders schönes Gehäuse zu betrachten, dann zog es ihn zur nächsten und zur übernächsten Uhr und so weiter, bis er das Ende des lang gestreckten Saales erreichte. Wieder standen sie vor einer großen Doppeltür, die sich in den nächsten Saal öffnete. Und auch dieser Raum unterschied sich in nichts von dem vorherigen. Wieder sahen sie unzählige Uhren aller Arten und dasselbe schwebende Licht umfing sie.

Und so ging es immer weiter. Ein Saal nach dem anderen öffnete sich vor ihnen, versank wieder hinter ihnen, und bald wussten sie nicht mehr, durch wie viele Säle sie schon gegangen waren. Aber sie merkten doch, dass es stetig aufwärts ging. Der Boden, der anfangs eben gewesen war, führte sie in einer sanften Steigung höher und höher. Und der Kreis, in dessen Rundung sie von Saal zu Saal gingen, wurde enger und enger. Auch die Räume verkleinerten sich zusehends. Schweigend stiegen sie die lange gewundene Bahn empor. Eine seltsame Beklommenheit hatte Anton befallen. Erst hatte er gestaunt und die Hunderten, ja Tausenden von Uhren, an denen sie vorbeikamen, bewundert. Dann wurde ihm auf einmal klar, was er von Beginn an schon vermisst hatte, was ihm aber lange nicht bewusst geworden war. Es herrschte eine bedrückende Stille. Alle Uhren standen still. Kein Zeiger drehte sich, kein Gewicht hob oder senkte sich, kein Ticken erklang. Und Anton erinnerte sich an die Werkstatt seines Großvaters, an das Ticken der Uhren, das sich geheimnisvoll zu immer neuen Mustern verwoben hatte, dieses Ticken, das ihm so unheimlich vorgekommen war und nach dem er sich nun so sehr zurücksehnte. Wie lebendig erschien es ihm jetzt im Gegensatz zu der Grabesstille dieser Säle, in denen mehr Uhren hingen, als alle seine Uhren bauenden Vorfahren bis hin zu seinem Großvater je geschaffen hatten.
Schließlich hatte es Anton nicht mehr ausgehalten. Er war zu einer der Uhren getreten, hatte die Gewichte aufgezogen und dem Pendel einen kräftigen Schwung gegeben. Doch das Pendel war in der Lage verharrt, in der seine Hand es losließ, und die Uhr hatte sich nicht in Gang setzen lassen. Da hatte Anton das Pendel entsetzt wieder in seine alte Lage gebracht und war mit wachsendem Grauen weitergegangen. Die ganze Schönheit der Uhrensäle

erschien ihm tot und abschreckend. Was für ein vergebliches Werk! Was für ein Wahnsinn, so viele Uhren zu bauen, von denen nicht eine jemals laufen würde! Anton und seine Gefährten gingen stumm durch diese hohle Stille und beeilten sich, dieses Furcht erregende Zeugnis der strengen Gesetze von Leibs Kreisel hinter sich zu bringen. Unvermutet verließen sie den letzten Uhrensaal und fanden sich plötzlich in einer großen, gewölbten Halle, deren Wände ganz und gar aus Glas waren, das von vielen metallenen Streben zusammengehalten wurde. Über ihnen öffnete sich der Blick auf den nächtlichen, sternenübersäten Himmel und das leuchtende Rund des silbernen Mondes. Es war ein atemberaubender Anblick. Wie ein großes Auge blickte die Kuppe des Schneckenhauses in die Nacht. Staunend und ganz versunken blickte Anton hinauf und achtete nicht auf seine Umgebung. Dann weckte ihn die rege Betriebsamkeit, die ihn umgab, aus seiner Träumerei. Anton sah sich verwirrt um. Etwa ein Dutzend Arbeitstische standen in einem weiten Rund entlang der hohen, gläsernen Wände. Kleine Drachen saßen an diesen Tischen oder standen auf ihnen und waren so in ihre Arbeit vertieft, dass sie die Ankömmlinge gar nicht bemerkten. Die Gernmeister! dachte er. Endlich bekam er sie zu Gesicht. Sie waren Hieronymus zum Verwechseln ähnlich und erst bei genauerem Hinsehen entdeckte Anton kleine Unterschiede. Das also sind Leibs Gehilfen, von denen Krox so viel erzählt hat, dachte Anton. Die Gernmeister, die mit ihm Nettesheim und auch Haus Zenit geschaffen haben. Aber wo ist Leib?
Da fiel Antons Blick auf eine hohe Gestalt, die sich über einen Arbeitstisch beugte, der gegenüber der Tür stand, durch die sie eingetreten waren. Im ersten Augenblick glaubte Anton, seinen Großvater zu sehen. Dann fiel ihm

das wirre, strähnige Haar auf, das das Gesicht verdeckte und das so gar nicht dem dichten Haarschopf seines Großvaters glich. Der Mann trug einen verstaubten und zerschlissenen alten Mantel, der bis auf den Boden herabreichte. Anton befeuchtete seine trockenen Lippen und nahm seinen ganzen Mut zusammen. Langsam durchquerte er den Raum und näherte sich der gebeugten Gestalt. Es wurde still um ihn, als die Gernmeister ihn entdeckten und einer nach dem anderen die Arbeit unterbrachen und ihm nachblickten, ohne Anstalten zu machen, ihn aufzuhalten. Wussten sie, wer er war? Hatten sie ihn erwartet? Anton erreichte das andere Ende der Werkstatt, blieb stehen und räusperte sich.

»Hier bin ich«, sagte er mit heiserer Stimme. »Ich bin gekommen, wie du es gewünscht hast.«

Der Mann schien ihn nicht gehört zu haben. Ohne Unterbrechung setzte er seine Arbeit fort. War er taub? Oder ... nicht bei Verstand?

Wieder räusperte sich Anton und sagte etwas lauter: »Ich bin es. Anton. Anton Emanuel Leib.«

Seine Stimme erschien ihm selbst erschreckend laut in der lastenden Stille, die der weite nächtliche Himmel noch verstärkte. Nur die leisen Geräusche vom Arbeitstisch des Mannes durchbrachen diese Stille. Da richtete der Mann sich plötzlich auf. Er neigte den Kopf und schien auf eine Stimme zu horchen, die wie aus weiter Ferne zu ihm drang. Dann ließen seine Hände die Werkzeuge, die sie eben noch gehalten hatten, fallen. Leise klirrend schlugen sie auf der Tischplatte auf.

Der Mann wandte sich Anton zu und starrte ihn an. Anton erschrak zutiefst. Diese Augen! Noch nie hatte er Augen gesehen, in denen eine solch tiefe Traurigkeit lag. Und noch nie hatte er Augen gesehen, die so uralt aussahen und

doch in einem Gesicht saßen, das zwar eingefallen, bleich und abgemagert war, aber dennoch um so vieles jünger als diese Augen. Das also war Leib! Anton Emanuel Leib, der im Jahre 1593 für immer verschollen war. Sein Urahn! Doch sah der alte Leib ihn überhaupt? Erkannte er ihn? Es war, als blicke er wie durch Anton hindurch. Er schien sich zu bemühen, das Wesen zu erkennen, das vor ihm stand und dessen Stimme ihn wie aus tiefem Schlaf geweckt hatte. Aber sein Blick blieb verschleiert, unstet. Konnte oder wollte er Anton nicht sehen?
Die Augen des alten Leib begannen unruhig umherzuwandern, versuchten sich an vertrauten Gegenständen festzuhalten. Doch sie fanden keine Ruhe. Immer wieder kamen sie zu Anton zurück und jedes Mal verzweifelter.
Da hielt Anton es nicht mehr aus. Mitleid und Entsetzen schnürten ihm die Kehle zu. Er packte den alten Leib am fadenscheinigen Mantel, zerrte wild an dem Stoff und rief mit verzerrter, sich überschlagender Stimme: »Bitte, bitte, ich halte das nicht mehr aus! Es kann doch nicht sein, dass du mich nicht erkennst. Sieh mich doch endlich an! Sieh mich doch endlich richtig an!« Dann ließ Anton die Hände fallen und begann wild zu schluchzen. Alles, was hinter ihm lag, alle Gefahren und Ängste stiegen in ihm auf und brachen auf einmal hervor. Er wäre so gerne angekommen. Er hätte so gern jemanden gehabt, an dem er sich hätte festhalten können. Schlagartig wurde ihm klar, dass er sich vor der Begegnung mit Leib nicht nur gefürchtet hatte, sondern dass er sich auch die ganze Zeit nach einem Menschen gesehnt hatte. Einem Menschen, der ihn in die Arme nehmen und trösten und beschützen würde. Keine Fantasiegestalt, keine Ausgeburt unbegreiflicher Träume, sondern ein lebendiges Wesen.
Da spürte er zwei Hände, die sich auf seine Schultern

legten. Anton sah auf. Eine zitternde Hand wischte ihm behutsam die Tränen ab und tastete dann über sein Gesicht. Dabei sahen die Augen des alten Leib noch immer über ihn hinweg und es war, als würde ein Blinder sich bemühen, nur mit den Fingern zu erkennen, wie dieses Gesicht aussehen mochte. Langsam setzte sich der alte Leib auf den einfachen Holzschemel, der vor seinem Arbeitstisch stand. Dabei ließ er Anton nicht los. Seine Hände suchten nach Antons Händen und fassten sie, als wäre es nicht Anton, der Halt suchte, sondern der alte Mann, der die lange ersehnte menschliche Wärme nicht wieder verlieren wollte. Und Anton hatte das unerklärliche Gefühl, dass sich zwischen ihnen etwas veränderte. Unmerklich schienen sie einander näher zu kommen. Als müssten sie erst mühsam die ungeheure Distanz der Jahrhunderte, die zwischen ihnen lagen, überwinden. Der trübe Blick des alten Mannes erhellte sich und er schien ihn endlich wirklich sehen zu können. Und in dem Augenblick, als Leibs Augen ihn erkannten, entdeckte Anton die Ähnlichkeit dieses müden, gealterten Gesichts mit seinem eigenen. Die Zeit stand still, selbst die Zeit in dieser Zeit, die es nicht gab. Aber dieser kostbare Augenblick war erfüllt von Leben, von Leben, das ein Band zwischen Anton und seinem fernen Verwandten knüpfte. Es war wie ein Sieg, ein Sieg über die Zeit, über die vergängliche von Antons Welt wie auch über die zerstörte Zeit von Leibs Kreisel.

»Anton?«, fragte der alte Mann mit brüchiger Stimme. »Du bist gekommen? Du bist wirklich gekommen?«

»Ja«, antwortete Anton und er fühlte sich geborgen und dem alten Leib so nahe wie kaum einem anderen Menschen zuvor.

»Aber was soll nun werden?«, fragte der Alte. »Warum bist du hier?«

»Erinnerst du dich denn nicht?«, fragte Anton sanft. »Du hast Krox geschickt. Er sollte mich holen, damit ich den Kreisel anhalte.«
»Ja, ja«, murmelte Leib und versuchte, sich zu erinnern. »Der Kreisel. Baldewein hat ihn genommen. Warum nur?«
»Er will zurück«, antwortete Anton. »Mit dem Kreisel. Erinnere dich an den schwarzen Nebel.«
Plötzlich straffte sich die Gestalt des alten Mannes. Er richtete sich hoch auf und rief mit lauter Stimme, in der eine unerwartete Kraft lag: »Das bedeutet Gefahr. Große Gefahr. Du musst den Kreisel anhalten. Er ist in Haus Nadir. Wo ist Krox?«
Krox eilte an Leibs Seite. »Hier, Meister!«, sagte er und man sah ihm die Freude an, Leib endlich wieder in wachem Zustand zu sehen.
»Kommt mit mir!«, befahl Leib und trat mit ihnen an das Fenster, das in Richtung zwölf Uhr lag.
Sie blickten hinaus und erschraken. In dieser Richtung war außerhalb des magischen Kreises, der Haus Zenit umgab, weit und breit nichts anderes zu sehen, als ein ungeheures, schwarzes Nebelmeer. Gespenstisch fiel das Licht des Mondes auf die wirbelnden Schwaden. Doch es schien, als würde der Nebel das Licht verschlucken. Nur ein matter Widerschein lag auf den dunklen Wogen.
»Wie sollen wir denn Haus Nadir finden?«, stieß Anton hervor.
»Geht durch die Nebel«, sagte Leib. »Dann findet ihr Haus Nadir.«
»Aber wie denn?«, stammelte Anton entsetzt und starrte über das drohende Meer. »Ich kann nirgendwo einen Weg entdecken.«
»Folgt der Mitternachtslinie«, erwiderte Leib. »Sie wird

euch zu Baldewein führen. Aber hütet euch, vom Weg abzuweichen. Aus den Nebeln gibt es kein Entrinnen.«
Da sagte Ellnbogen, der sich zu ihnen gesellt hatte: »Ich fürchte, so viel Nebel können wir nicht wegpusten. Aber wir werden es auch so schaffen. Wenn Meister Leib sagt, dass es einen Weg gibt, sind wir dabei.«
Leib sah mit väterlichem Blick auf sein Geschöpf, schüttelte den Kopf und sagte: »Nein, das ist nicht möglich. Kein Atzmann kann die Mitternachtslinie betreten. Er würde augenblicklich zerstört werden. Nur Erstgeborene dürfen diesen Weg gehen.«
»Was!«, riefen Pantoffel und Schnatterl wie aus einem Munde, und Schnatterl fuhr wütend fort: »Wir sollen nicht mitgehen können? Wir haben geschworen, mit Leib zu gehen und sei es bis in den Untergang.«
»Lasst es gut sein«, erwiderte Anton. »Ich weiß ja, dass ihr mich nicht im Stich lassen wollt. Ihr habt schon so viel für mich getan. Ohne eure Hilfe hätte ich Haus Zenit nie erreicht. Aber nun bleibt hier. Glaubt ihr, es hilft mir weiter, wenn ihr euch sinnlos opfert?«
Traurig mussten die Atzmänner einsehen, dass Anton Recht hatte. Für sie war die Reise zu Ende.
Der alte Leib hatte ihrem Gespräch unruhig zugehört. Seine Blicke begannen wieder abzuschweifen, suchten nach seinem vertrauten Arbeitstisch.
Anton fasste ihn erschrocken bei der Hand und sagte flehend: »Nicht, bitte, bleib bei mir!«
Der Alte sah ihn liebevoll an, aber deutlich konnte man sehen, wie sein Blick sich wieder zu trüben begann.
Krox schüttelte traurig den Kopf, als Anton ihn Hilfe suchend ansah. »Lass ihn«, sagte er leise. »Du kannst ihn nicht halten.«
Da fasste Anton die Hand Leibs noch fester und brachte

ihn behutsam an seinen Arbeitsplatz zurück. Zärtlich streichelte er die große Hand, die ihn so sehr an die Hand seines Großvaters erinnerte, dann führte er sie zu dem Werkzeug, dass der alte Leib fallen gelassen hatte. Leib wandte ihm das Gesicht zu, aber die Augen sahen Anton schon nicht mehr. Einmal noch drückte die Hand des alten Mannes Antons Hand, dann ließ er sie los und beugte sich wieder über seine Arbeit. Tränen traten Anton in die Augen, als er sah, dass er Leib nun nicht mehr erreichen konnte. Und selbst wenn er ihn wieder aufwecken könnte, es würde immer nur für kurze Zeit sein. Leib lebte in einer eigenen Welt, vielleicht einer Welt der Erinnerungen, in der er seine alte Werkstatt, seine Vergangenheit und seine verlorenen Lieben wieder fand.

»Lebwohl«, flüsterte Anton traurig. Dann trat er rasch zu Krox und sagte: »Lass uns gehen. Gleich. Ich will hier nicht länger bleiben.«

Krox nickte stumm und sie verließen die Werkstatt, begleitet von den drei Atzmännern, die ihnen mit hängenden Köpfen folgten.

Rasch eilten sie von Uhrensaal zu Uhrensaal, die Windungen von Haus Zenit hinab. Anton wollte diese schweigenden Säle so schnell wie möglich verlassen. Er floh vor dem Erlebten und atmete erleichtert auf, als sie endlich die Vorhalle erreichten und durch die hohe, gewölbte Öffnung ins Freie traten. Es war ihm, als wäre ihm eine schwere Last von den Schultern genommen worden.

»Und jetzt?«, fragte er. »Wohin? Ich habe ganz vergessen, Leib zu fragen, wo denn diese Mitternachtslinie ist.«

»Das ist auch nicht nötig«, antwortete Krox. »Ich weiß es. Komm!«

Der Eingang von Haus Zenit lag dem weit entfernten Nettesheim genau gegenüber. Sie gingen um das gewaltige

Rund des Schneckenhauses herum, bis sie auf der Höhe von zwölf Uhr angelangt waren. Vor sich sahen sie die schmale Grenze des magischen Kreises, hinter dem ihnen das dunkle Nebelmeer den Weg nach Haus Nadir versperrte. Krox winkte Anton, näher an den magischen Zirkel heranzutreten, und wies mit der Hand in die wabernden Schwaden. Da entdeckte Anton ein schmales silbernes Band, das vom magischen Kreis aus geradewegs in Richtung zwölf Uhr führte. Wie von scharfen Messern geschnitten, lief der Weg durch die drohenden Nebel, ohne dass sie ihm etwas anzuhaben vermochten. Die Mitternachtslinie! dachte Anton. Wie schmal sie ist! Ein Fehltritt und ...

Krox, der seine Gedanken zu erraten schien, sagte leise: »Es gibt keinen anderen Weg. Wir haben keine Wahl.«

Anton presste die Lippen aufeinander und nickte stumm.

»Warum können wir euch bloß nicht begleiten?«, jammerte Pantoffel und Schnatterl rief wütend: »Ich glaube es nicht. Ich glaube einfach nicht, dass wir nicht mitkommen können. Der Weg sieht doch ganz ungefährlich aus.«

»Ja«, sagte auch Ellnbogen störrisch. »Meister Leib muss sich irren. Er ist doch krank.«

»Nein«, erwiderte Krox. »Meister Leib wusste genau, wovon er sprach. Ich werde es euch beweisen. Wer von euch hat Mut?«

Die drei Atzmänner zögerten, dann trat Schnatterl vor.

»Gut«, sagte Krox. Er zog ein Tuch unter seiner Kutte hervor und legte es auf den Anfang der Mitternachtslinie. Dann trat er zurück und sagte: »Leg deine Hand auf den Stoff. Aber nur deine Hand!«

Schnatterl schluckte schwer, dann ließ er sich auf die Knie nieder, streckte vorsichtig seinen Arm aus und legte seine Hand auf das Tuch. Augenblicklich zerfiel seine Hand in

alle ihre Einzelteile. Schnatterl zog seinen Arm mit einem Schrei zurück und starrte entsetzt auf den Stumpf.
Krox schlug die Teile der Hand in das Tuch ein, band die Zipfel zu einem Knoten und drückte Schnatterl diesen Beutel in die gesunde Hand. »Nun, ich denke, es besteht kein Zweifel mehr daran, dass Leib die Wahrheit gesagt hat und dass ihr uns nicht begleiten könnt. Ihr seid Geschöpfe, die nach der Entstehung von Leibs Kreisel erschaffen wurden. Auf der Mitternachtslinie würdet ihr in alle eure Einzelteile zerfallen.«
Schaudernd sahen die Atzmänner auf den Beutel in Schnatterls Hand.
»Wartet hier in Haus Zenit auf unsere Rückkehr«, sagte Krox. »Und du, Schnatterl, lass deine Hand von den Gernmeistern wieder zusammensetzen.«
Schnatterl nickte folgsam.
»Es wird Zeit, dass wir aufbrechen«, wandte sich Krox nun an Anton. Dann sah er sich suchend um und brummte: »Wo bloß Hieronymus wieder steckt?«
Anton lachte und meinte: »Wahrscheinlich hält er noch ein Schwätzchen. Wir müssen wohl warten, bis er sich von seinen Verwandten trennen kann. Ohne dein Schoßhündchen können wir natürlich nicht aufbrechen.«
Krox sah ihn sonderbar an und schüttelte missbilligend den Kopf. Da kam auch schon Hieronymus angelaufen, pfeifend, spuckend und aufgeregt japsend. Immer wieder hüpfte er in die Luft, als würde er fast platzen von all den Neuigkeiten und Geschichten, die er zu hören bekommen hatte.
»Wie schön, wenn man so eine große Familie hat«, sagte Anton spöttisch. »Können wir jetzt aufbrechen, Hieronymus?«
Der kleine Drache bedachte ihn mit einem giftigen Blick,

dann machte er einen blitzschnellen Ausfallschritt und stach Anton mit dem Speer in den Allerwertesten.
»Autsch!«, schrie Anton und rieb sich verdutzt die schmerzende Stelle.
Krox lachte schallend und meinte: »Mein lieber Meister Anton, diese Gabe habt Ihr Euch redlich verdient.« Dann wurde er wieder ernst und blickte auf das endlose Band der Mitternachtslinie. »Ich hoffe, wir können uns diese gute Laune erhalten«, seufzte er. »Ich fürchte, dort draußen werden wir nicht mehr viel zu lachen haben. Lebt wohl, ihr drei Blechbrüder, für diesmal habt ihr sicher das bessere Los gezogen.«
Dann betraten Krox, Anton und Hieronymus das silberne Band und lange starrten die Atzmänner ihnen noch nach, bis sie die drei Wanderer aus den Augen verloren.

*****

Anton folgte Krox, der vor ihm auf dem matt schimmernden Band schritt. Hieronymus bildete die Nachhut und Anton war dankbar, dass sie ihn in ihre Mitte genommen hatten. In dieser grauenhaften Umgebung gab es ihm Halt und ein vages Gefühl von Geborgenheit. Das Band, auf dem sie gingen, war vielleicht drei Fuß breit. Nur wenig Raum trennte Antons Schultern noch von den Nebelwänden, die ihren Weg wie turmhohe Mauern säumten. Worauf gehen wir? dachte Anton. Ist das Band eine Brücke und auch unter uns nichts anderes als dieses schreckliche Nebelmeer? Oder wandern wir auf einem schmalen Grat, vorbei an unendlich tiefen Abgründen? Es war nicht zu erkennen. Vielleicht war alles nur eine Täuschung. Viel-

leicht verbarg der Nebel nur die Ebene zu den Seiten der Mitternachtslinie. Anton dachte an die Worte des alten Leib: ›Hütet euch, vom Weg abzuweichen. Aus den Nebeln gibt es kein Entrinnen.‹ Ängstlich starrte er auf diese geheimnisvollen Wände, die in unentwegter Bewegung waren und sich herandrängten, als wollten sie die unsichtbare Grenze, die sie davon abhielt, die Mitternachtslinie zu überfluten, zersprengen. Was war das für ein Nebel? Woher kam er? Warum war er gefährlich? Warum veränderte er Leibs Kreisel? Am liebsten hätte Anton die Hand nach dem Nebel ausgestreckt, um ihn einmal zu berühren. Wie mochte er sich anfühlen? Aber dann sah er plötzlich wieder Schnatterls Hand vor sich, die auf der Mitternachtslinie zerfallen war. Würde dasselbe mit seiner Hand geschehen, wenn sie mit dem Nebel in Berührung kam? Anton ließ es lieber bleiben. Er brauchte keinen Beweis, nur um seine Neugier zu stillen.
Schneller noch als in der weiten Ebene, die Nettesheim, den Tierkreis und Haus Zenit voneinander trennte, verlor Anton auf ihrer Wanderung durch diese schmale Schlucht jedes Gefühl für Entfernungen. Wer wusste schon, wie weit sie gegangen waren? Waren sie einen Lidschlag lang unterwegs oder ein Jahrhundert? Was machte das schon für einen Unterschied? Doch Anton spürte nicht die gefürchtete Müdigkeit und Verwirrung. Sein Kopf blieb klar, als schütze die ständige Bedrohung durch den sonderbaren Nebel sie vor der Krankheit des Vergessens. Anton wusste genau, wo er war und was er zu tun hatte. Vor ihnen lag Haus Nadir, irgendwo hinter den Nebeln, und wie lang die Mitternachtslinie auch immer sein mochte, einmal musste sie enden. Das Mondlicht drang nur schwach durch die schmale Öffnung, die sich über ihnen zwischen den Nebelwänden hinzog, und es schien, als wäre dieses Lichtband

nur die Spiegelung des matt schimmernden Weges, auf dem sie gingen. Manchmal drehte sich Krox um und lächelte ihm aufmunternd und besorgt zugleich zu. Doch Anton nickte nur mit dem Kopf, so als wollte er sagen: Mach dir keine Sorgen. Ich schaff das schon.

Dann passierte es, plötzlich und unerwartet. Krox stieß einen Warnschrei aus.

»Was ist?«, rief Anton und trat dicht hinter den Nasentrompeter. Dann sah auch er, was auf sie zukam. Es war eine Welle, die das Band der Mitternachtslinie hob und senkte und die sich ihnen unaufhaltsam näherte. Nicht mehr als diese eine Welle, aber sie würde genügen, um sie in das Nebelmeer zu schleudern. Es gab keine Möglichkeit, ihr auszuweichen, und nichts, woran sie sich festhalten konnten. Die Welle kam rasch näher. Gleich würde es so weit sein. Wie gelähmt vor Angst starrte Anton auf die drohende Gefahr.

»Spring drüber!«, rief Krox. »Das ist unsere einzige Chance!«

Und schon rannte Krox auf die Welle zu, die kaum halb so hoch war wie er selber, setzte über sie hinweg und landete wohlbehalten wieder auf dem Band. Ohne zu überlegen, war Anton ihm gefolgt und sprang ebenfalls. Doch einen Augenblick lang hatte er gezögert und dieses Zögern wurde ihm zum Verhängnis. Er sprang zu früh ab und landete noch auf der abfallenden Seite der Welle. Verzweifelt versuchte er das Gleichgewicht zu halten. Vor sich sah er Krox, der mit entsetztem Blick die Hände nach ihm ausstreckte, so als könnte er das Unheil noch abwenden, dann stürzte Anton neben die Mitternachtslinie und versank in den lichtlosen Nebelschwaden.

Fiel er? Schwebte er? War alles vorbei? War das noch Leben oder schon der Tod? Anton fühlte sich leicht, alles war auf einmal einfach und gleichgültig. Was geschah, geschah ohne sein Zutun. Bilder zogen durch sein Denken, ohne dass er sie rufen musste. Schnell oder langsam wechselten die Bilder einander ab. Was spielte das für eine Rolle? Dann erkannte er diese Bilder, aber ohne Anstrengung und ohne dass er das Gefühl hatte, sie verstehen zu müssen. Und es war ihm, als würde er diese Bilder nicht nur sehen, sondern als wäre er selber in ihnen, so als blicke er in einen Spiegel, in dem der Anton, den er sah, ein eigenes Leben führte, ein Leben, das dieser Anton stellvertretend für ihn, der in den Spiegel blickte, lebte. Und was dieser andere Anton tat, dachte und fühlte, wurde nun selber zum Spiegelbild, das zurückgeworfen wurde und ihn, der in den Spiegel blickte, einhüllte. Veränderte sich dieser Anton, so veränderte auch er sich. Alles im Spiegel hatte Bedeutung. Dieses Leben des anderen Anton war auch sein Leben, das verging, ohne dass er es selber lebte. Er sah die Geburt des anderen, die seine eigene war, die Kinderspiele des anderen, die seine waren, älter und älter wurde der andere Anton und je mehr er sich dem Alter näherte, das Anton gehabt haben musste, bevor er in den Nebel gefallen war, desto mehr wuchsen eine sonderbare Gewissheit und eine nie gekannte Furcht in Anton. Plötzlich war in ihm wieder etwas, das verstehen wollte, das Angst hatte und sich wehrte gegen das, was geschah. Und er begriff, dass es gefährlich war. Dieser andere Anton würde an seiner Stelle älter werden, als er selber es war, würde sein Leben zu Ende leben. Doch der Tod im Spiegel würde auch sein Tod sein. Er würde sterben müssen, ohne wirklich gelebt zu haben. Gleich würde es so weit sein. Gleich würde der andere Anton so alt sein wie er und danach würde jeder Augenblick ein verlorener Augenblick sein und sein ganzes verbleibendes Leben würde ihm genommen werden.

Da plötzlich verschwand der entsetzliche Spiegel und an seine Stelle trat ein einziges Flammenmeer, das ihn umhüllte. So schnell? dachte Anton. Ist es schon vorbei? War das ganze ihm noch verbleibende Leben nicht länger gewesen als ein Lidschlag? Er fühlte sich umfasst und emporgehoben. Dann spürte er unter sich einen harten Boden, das Feuer verschwand und über ihm erschien ein schmales, matt leuchtendes Band zwischen dunklen Wänden, die bis in den Himmel zu reichen schienen. Wo war er? Was war geschehen? Ein Gesicht beugte sich über ihn. Ein Gesicht, das er kannte. Krox! Nein, das war nicht möglich. Er war doch gestorben. Doch das Gesicht lächelte und sagte: »Willkommen in Leibs Kreisel. Ich dachte schon, dass es aus sei mit dir.« Also war es nicht aus mit ihm. Er lebte. Was er über sich sah, war das Licht des Mondes zwischen den Nebelschwaden, und was er hart unter sich spürte, die Mitternachtslinie.

Anton setzte sich auf und drehte sich zu Krox um. »Wieso bin ich hier?«, fragte er fassungslos. »Warum bin ich nicht tot?«

»Das hast du Hieronymus zu verdanken«, antwortete Krox und streichelte den kleinen Drachen, der in seinen Armen lag und leise schnarchend schlief.

»Hieronymus?«, stammelte Anton. »Wieso Hieronymus?«

»Nun, mein lieber Meister Anton«, erwiderte Krox, »in diesem kleinen Schoßhündchen, wie du Hieronymus zu nennen beliebt hast, steckt mehr, als es den Anschein haben mag. Wenn die Gefahr am größten ist und kein anderer Weg mehr bleibt, kann er eine andere Gestalt annehmen. Als er dich in den Nebel fallen sah, verwandelte er sich in einen großen Feuerdrachen und rettete dich. Das magische Feuer schützte ihn gerade lang genug vor den Nebeln.«

»Und warum schläft er jetzt?«, fragte Anton.
Sanft fuhr Krox mit der Hand über den Drachen und erwiderte: »Es war eine große Anstrengung für ihn. Nicht nur die Verwandlung, sondern auch der kurze Flug durch den Nebel. Als er dich hier hingelegt hatte, war er schrecklich müde und erschöpft. Ich denke, er wird noch lange schlafen, bis er sich erholt hat.«
Scheu fuhr Anton mit der Hand über den Federbusch des kleinen Drachen und sagte leise: »Es tut mir Leid, was ich gesagt habe.« Dann stutzte er plötzlich und fragte: »Aber glaubst du nicht, dass uns Hieronymus' Verwandlung verraten hat. Baldewein wird nun wissen, dass jemand nach Haus Nadir unterwegs ist.«
»Das mag sein«, antwortete Krox nachdenklich. »Aber was blieb uns anderes übrig? Ohne dich wäre unsere Reise zu Ende gewesen. Doch es muss ja gar nicht so sein. Vielleicht haben die Nebel verhindert, dass Baldewein bemerkt hat, was vorgefallen ist.«
»Warum hat Hieronymus eigentlich früher nie eingegriffen, wenn wir in Gefahr waren?«, fragte Anton.
»Erstens konnten wir uns immer selber helfen«, erwiderte Krox, »zweitens tut Hieronymus so was nur höchst ungern und drittens wäre Baldewein diese Magie sicher nicht entgangen, wenn sie auf freiem Feld stattgefunden hätte. Aber genug jetzt, lass uns weitergehen. Wir haben sicher noch einen weiten Weg vor uns. Glaubst du, dass du gehen kannst?«
Anton nickte und meinte nur: »Hieronymus ist gerade noch rechtzeitig gekommen.« Aber warum, darüber wollte er nicht sprechen.
Sie erhoben sich und wandten sich auf der Mitternachtslinie wieder in Richtung zwölf Uhr. Krox trug den schlafenden Hieronymus liebevoll im Arm.

Nach einer Weile fragte Anton: »Darf ich noch eine letzte Frage stellen?«
»Hmmh«, brummte Krox.
»Was war das für eine Welle, die mich herabgeschleudert hat?«, fragte Anton. »War es dasselbe wie die Erdbeben?«
Krox blieb stehen und sah nachdenklich auf den vor ihnen liegenden Weg. »Ich weiß nicht«, antwortete er endlich. »Irgendwie glaube ich es nicht. Ich habe keine Erklärung dafür. Aber ich hoffe doch, dass uns nicht noch einmal so eine Welle entgegenkommt.«
Anton nickte nur stumm und blickte ängstlich in die dunkle Ferne. Hieronymus würde ihn wohl nicht so bald wieder aus dem Nebel fischen können.
So zogen sie weiter. Krox mit dem schlafenden kleinen Drachen im Arm und dahinter Anton, über ihnen das schmale Lichtband, vor ihnen die endlose Mitternachtslinie. Sie machten nur kurze Rast und hielten, wenn sie schliefen, abwechselnd Wache, um den anderen davor zu bewahren, im Schlaf mit dem Nebel in Berührung zu kommen oder gar von dem schmalen Band zu rollen. Hieronymus erwachte während ihrer ganzen Wanderung nicht. Tief und fest schlafend erholte er sich von der gewaltigen Anstrengung, die er vollbracht hatte. Und er schlief auch noch, als die Nebelwände sich allmählich senkten, dann zu breiten Strömen wurden, die sich mehr und mehr von der Mitternachtslinie entfernten und schließlich in der Dunkelheit verschwanden.
Anton und Krox atmeten hörbar auf. Was für eine Erleichterung, nicht mehr durch diese endlose, enge Schlucht zu gehen, in der sie das Gefühl gehabt hatten, zu ersticken. Ausgelassen begrüßten sie den vollen Mond und freuten sich, endlich wieder den nächtlichen Himmel zu sehen. Im Licht des reglosen Mondes sahen sie die glänzende Mitter-

nachtslinie wie einen schimmernden Bach, der sein Bett schnurgerade durch das Land gegraben hatte. Am Horizont schwelte der Feuerring des Tierkreises, den die Nebel so lange vor ihren Blicken verborgen hatten. Noch war Haus Nadir nicht zu erkennen, doch sie fühlten, dass es nicht mehr weit sein konnte. Sie folgten auch weiterhin der Mitternachtslinie, die ihnen so lange ein treuer Führer gewesen war. Bald erhoben sich am Horizont, immer deutlicher sichtbar werdend, die gewaltigen Gestalten des Steinbocks und des Schützen und vage zeichneten sich zu ihren Seiten die Zeichen des Skorpions und des Wassermanns gegen das samtschwarze Himmelsgewölbe ab.
Plötzlich packte Anton Krox am Arm und rief erschrocken: »Was ist das? Da, vor dem Steinbock!«
Im Gegenlicht der flammenden Tierkreisgestalt war unscharf etwas zu erkennen, was wie ein mächtiges dunkles Ungeheuer erschien, das sich auf den Boden duckte, bevor es sich mit einem gewaltigen Sprung über sie werfen würde.
»Wir müssen weg!«, flüsterte Anton mit heiserer Stimme. »Bevor uns das Ungeheuer entdeckt.«
Doch Krox schüttelte den Kopf und erwiderte: »Nicht nötig. Was du für ein Ungeheuer hältst, ist Haus Nadir. Wir haben unser Ziel fast erreicht.«
Sie gingen weiter und bald traten die Formen von Haus Nadir deutlich hervor. Anton sah einen gewaltigen dunklen Bau, der aus einer großen mittleren Kuppel und mehreren kleineren Kuppeln, die sich an das Hauptgebäude anschlossen, errichtet war. Das Gebäude wirkte wie eine unregelmäßig geformte, flachgepresste Halbkugel. Aus den Wänden traten mächtige Röhren hervor, die in riesigen Trichtern endeten und den ungeheuren Bau wie gewaltige, lange Arme, deren zu großes Gewicht sie unbeweglich am Boden hielt, rings umgaben. Dichte Nebelschwaden si-

ckerten aus diesen Armen, sammelten sich zu breiten Strömen und verschwanden im Dunkel, wo sie ihr unheilvolles Werk vollbrachten. Haus Nadir erschien wie ein riesiger Krake, der seine entsetzlichen Tentakel reglos lauernd bereithielt, um ahnungslos sich nähernde Opfer mit tödlicher Kraft zu umklammern und in seinen gierigen Schlund zu ziehen. Und sie schritten auf dieses Ungeheuer zu, als wollten sie sich ihm freiwillig zum Fraß vorwerfen. Wie gebannt starrte Anton auf Haus Nadir, das dunkel und drohend vor ihnen aufragte und sie mit einer unheimlichen Anziehungskraft ins Verderben zu locken schien. Anton dachte an Haus Zenit. Wie freundlich und gastlich erschien es ihm nun angesichts dieses furchterregenden Kolosses.
»Keine Herberge, die man gerne aufsucht, nicht wahr?«, hörte er Krox sagen.
Anton lachte gequält. »Nein, wahrhaftig nicht«, erwiderte er. »Ich werde mich beim Reisebüro beschweren.«
Krox sah ihn verständnislos an. Dann fasste er Anton sanft am Arm und sagte: »Bevor wir einen Weg suchen, der uns in Haus Nadir hineinführt, musst du eines noch wissen. Wenn wir erst einmal drin sind, bist du auf dich selbst gestellt. Ich meine, solltest du Baldewein begegnen, so kann ich dir nicht helfen. Gegen seine magischen Kräfte kann ich mit meinem Hokuspokus nichts ausrichten. Nur du kannst dich ihm vielleicht widersetzen. Doch ich hoffe, dass es nie soweit kommt«, fuhr er fort, als er den Schrecken in Antons Gesicht sah. »Vielleicht gelingt es uns ja, den Kreisel zu finden und anzuhalten, bevor Baldewein uns entdeckt. Wenn du den Kreisel erst einmal angehalten hast, bist du vor Baldewein sicher. Dann endet auch seine Magie.«
»Also dann«, sagte Anton leise. »Worauf warten wir noch?«

Vorsichtig näherten sie sich dem gewaltigen Bau. Sie hatten die Mitternachtslinie verlassen, um in der Dunkelheit weniger aufzufallen, und suchten sich einen anderen Weg an den Nebelströmen vorbei. Dann hatten sie den magischen Kreis erreicht, der sich um Haus Nadir schloss. Nicht weit von ihnen entfernt endete die Mitternachtslinie. Krox blieb stehen.

»Was ist?«, fragte Anton. »Warum geht's nicht weiter?«

»Weil's nicht weitergeht«, antwortete Krox. »Hast du vergessen, was ich dir über die magischen Kreise erzählt habe? Niemand, der sich mit bösen Absichten nähert, kann sie überschreiten.«

»Aber wir kommen doch nicht mit bösen Absichten«, sagte Anton ohne große Überzeugung, einfach, weil ihm nichts Besseres zu sagen einfiel.

»Aus Baldeweins Sicht schon«, seufzte Krox.

Anton setzte sich niedergeschlagen auf den Boden. Das kann doch nicht wahr sein, dachte er. Wir sind doch nicht so weit gegangen, nur damit hier Schluss ist. »Hast du denn nicht daran gedacht?«, fragte er.

»Doch«, erwiderte Krox.

Anton starrte ihn an und fuhr wütend fort: »Und trotzdem haben wir diese ganze gefährliche und anstrengende Reise gemacht, obwohl du wusstest, dass hier Endstation ist?«

Krox setzte sich neben ihn und meinte nur: »Was sollte ich denn sonst tun außer auf ein Wunder zu hoffen?«

»Entschuldige«, sagte Anton. »Ich war unfair. Tut mir Leid.«

Krox zuckte nur mit den Schultern und vertrieb sich die Zeit damit, Hieronymus zu streicheln.

Anton sah hinüber zu Haus Nadir, das zum Greifen nahe vor ihnen lag. Es musste doch einfach einen Weg geben! Ihm fiel der Tierkreis ein. Auch dort war er nur weitergekommen, weil er nicht aufgegeben hatte. Denk nach, forderte er sich selbst auf und starrte auf den silbernen Kreis. Mit ein bisschen Hokuspokus wäre es vielleicht möglich, überlegte er. Aber das durfte ja nicht sein. Dann könnten sie gleich an der Tür klingeln. Und was gab es noch? Also wirklich, Anton, streng dich ein bisschen mehr an. Du bist doch sonst nicht auf den Kopf gefallen. Was würde der weltberühmte Privatdetektiv sagen? Nur die Tatsachen zählen, mein lieber Freund, Fakten und nochmals Fakten. Anton seufzte. Aber was waren in diesem verzwickten Fall die Fakten, an die er sich halten konnte? Am besten, ganz von vorne anfangen, mit den einfachsten Sachen. Nummer eins: Das ist ein magischer Kreis. Nummer zwei: Wer etwas im Schilde führt, der kann nicht rein. Nummer drei ... Anton überlegte fieberhaft. Was war Nummer drei? Vielleicht: Und wer ganz brav ist und immer seinen Teller leer isst, für den wird ein roter Teppich ausgerollt. Blödmann! Lass den Quatsch! Obwohl ... vielleicht war das gar nicht so dumm. Konnte man dem Kreis was vormachen?

»Wie gut kannst du eigentlich lügen?«, fragte Anton plötzlich.

Krox schreckte aus seinen Träumereien auf und starrte Anton an, als hätte dieser den Verstand verloren. »Lügen?«, fragte er. »Was meinst du mit Lügen?«

»Na ja, eben lügen«, erwiderte Anton. »Lügen, dass sich die Balken biegen, das Blaue vom Himmel runterlügen, schwindeln, flunkern, na, lügen eben.«

»Diese Sprache, diese Sprache«, murmelte Krox kopfschüttelnd und meinte schließlich: »Na ja, wenn dir was daran liegt. Natürlich verstehe ich dich.«

»Na und, kannst du es?«, wollte Anton wissen.

»Nein«, antwortete Krox.

Anton machte ein enttäuschtes Gesicht. Was für eine Welt!

Da grinste Krox und sagte: »Das war eine Lüge.« Beide lachten und Krox sagte: »Nun aber mal im Ernst. Warum willst du wissen, ob ich lügen kann?«
Anton kratzte sich verlegen am Kopf und antwortete: »Lach mich ruhig aus, wenn ich Blödsinn rede. Aber ich dachte mir, dass man den magischen Kreis vielleicht belügen kann. Weißt du, Magie, das ist doch auch nur ein Haufen Zaubersprüche und gute oder schlechte Gedanken. Wenn man also nicht mit bösen Absichten über den magischen Kreis gehen kann, warum dann nicht mit guten Absichten?«
Krox sah ihn erstaunt an und meinte endlich: »Also in meinen Ohren klingt das ziemlich verrückt. Ich glaube nicht, dass irgendjemand sonst auf eine solche Idee gekommen ist. Aber gerade deshalb habe ich das Gefühl, dass es eine Möglichkeit wäre. Wir sollten nichts unversucht lassen. Nur ist es jetzt an mir zu fragen: Kannst du lügen? Ich meine, ohne jeden Hintergedanken?«
Anton zuckte mit den Schultern und antwortete: »Keine Ahnung. Aber ich kann's ja mal versuchen.«
Krox sprang auf und wandte sich dem magischen Kreis zu. »Vielleicht hilft es, wenn wir laut sprechen. Alles Gute, was uns für Baldewein einfällt. Jeder für sich. Bist du bereit?«
»Nicht so schnell!«, entgegnete Anton. »Was soll ich denn sagen?«
»Denk an Baldewein«, antwortete Krox. »Stell dir vor, er sei dein bester Freund, den du besuchen willst. Sag, dass du ihn gern hast und erzähl ihm, was du ihm alles mitbringst. Lass dir was einfallen!«
Anton nickte beklommen und machte sich bereit. Er kam sich plötzlich vor wie in der Schule, als er einmal bei einem Theaterstück mitspielen musste. Er hatte am Rand der Bühne gestanden und kein Wort herausgebracht. Alle hat-

ten gewartet, dass er auftreten und seinen Text sagen würde. Sein Stichwort war längst gefallen gewesen. Plötzlich hatte ihm jemand einen Stoß in den Rücken gegeben, er war auf die Bühne gestolpert und hatte seinen Text heruntergerattert, als ginge es um sein Leben. Nun, das hier war kein Theaterstück. Jetzt ging es wirklich um sein Leben. Und nicht nur um seins. Anton holte tief Luft und versuchte, sich Baldewein vorzustellen. Er dachte an den Traum, den er gehabt hatte, bevor er in den Münsterturm gestiegen war. Da sah er wieder die Gestalt in dem altertümlichen Gewand vor sich. Das Gesicht war nicht zu sehen, aber das machte nichts. Er musste nur ein wenig näher herangehen, dann würde er es erkennen. Anton spürte, wie seine Beine sich vorwärts bewegten, und er hörte sich laut sagen: »Hallo, Baldewein, alter Junge. Schön dich wieder zu sehen! Klasser Schuppen, dieses Haus Nadir. Einfach großartig! Prächtig siehst du aus.«

Anton redete wie ein Wasserfall. Er unterbrach sich kaum um zu atmen. Irgendwo hörte er die Stimme von Krox, der wie er pausenlos weitersprach.

»Schau mal, was ich dir mitgebracht habe!«, rief Anton. »Den Stein der Weisen. Nein, wirklich, du kannst ihn haben. Er ist für dich, für dich ganz allein. Stell dir bloß mal vor, was du damit alles machen kannst. Gold, Berge von Gold, nur für dich, Baldewein. Ich will überhaupt nichts davon haben. Ich schenk es dir. Alles, was du willst. Ist das nicht was? Das ist doch gar nichts. Für den besten Freund! Nach so langer Zeit! Warte, wann haben wir uns das letzte Mal gesehen? Das war doch ...« Anton kam ins Stocken, »... also das war ... vor vierhundert Jahren ... ach, du liebe Güte!« Anton blieb stehen. Es war vorbei. Er kam nicht mehr weiter. Das mit den vierhundert Jahren hatte alles kaputtgemacht.

»Ich glaub's nicht«, hörte er Krox neben sich sagen. »Wir haben es geschafft! Wir haben es tatsächlich geschafft!«
Anton sah sich um. Der magische Kreis lag zwei, drei Meter hinter ihnen. Und er hatte überhaupt nicht gemerkt, wie sie ihn überquert hatten.
Plötzlich runzelte Krox die Stirn und fragte: »Bist du sicher, dass du keine Hintergedanken hattest? Irgendwie habe ich das Gefühl, dass es zu leicht gegangen ist.«
»Ich weiß nicht«, antwortete Anton. »Ich glaube nicht. Aber jetzt sind wir jedenfalls auf der anderen Seite. Ist doch egal, wie.«
»Vielleicht hast du Recht«, seufzte Krox und warf noch einen misstrauischen Blick auf den magischen Kreis.
»Und wie geht's jetzt weiter?«, fragte Anton. »Welchen Eingang nehmen wir?«
Sie sahen sich suchend um. Doch sie konnten nichts entdecken, was wie ein Eingang aussah. Kurzerhand trennten sie sich und gingen in entgegengesetzten Richtungen um Haus Nadir herum. Anton staunte, welch gigantische Ausmaße das Gebäude hatte. Auch die Röhren, die hoch über ihm aus den Wänden traten und sich in weiten Bögen bis zur Erde herabsenkten, wiesen einen gewaltigen Durchmesser auf. Und in den Trichteröffnungen hätten bequem drei Männer übereinander Platz gefunden.
Als Anton auf der gegenüberliegenden Seite wieder mit Krox zusammentraf, sah er ihn fragend an. Doch Krox schüttelte nur den Kopf. Also hatte auch er keinen Eingang gefunden. Dann hatten sie auf einmal gleichzeitig denselben Gedanken. Wie auf ein unsichtbares Zeichen hin gingen sie beide zu einem der Trichter und sahen in sicherem Abstand von dem schwarzen Nebel, der langsam heraussickerte, in die lichtlose Öffnung hinein. Anton schauderte. Krox bemerkte es und meinte: »Es bleibt uns

keine andere Wahl. Aber erst müssen wir einen Trichter finden, aus dem kein Nebel fließt.«

Diesmal umkreisten sie gemeinsam den mächtigen Bau. Sie brauchten nicht weit zu gehen. Bald stießen sie auf einen Trichter, der nicht in Betrieb war. Überhaupt schien der Nebelfluss überall zur Ruhe gekommen zu sein.

»Ich glaube, wir haben Glück«, meinte Anton. »Es scheint Pause zu sein.«

»Hoffen wir, dass die Pause nicht zu Ende ist, wenn wir gerade drin sind«, sagte Krox und blickte besorgt in das pechschwarze Innere der riesigen Röhre.

»Kann denn nicht mal jemand das Licht anmachen?«, murmelte Anton und spürte, wie ihm die Angst die Kehle zuschnürte. Uns bleibt wirklich nichts erspart, dachte er. Dann gab er sich einen Ruck. »Ich gehe voraus«, sagte er mit nicht ganz ruhiger Stimme.

»Warum?«, fragte Krox. »Kommt gar nicht in Frage.«

»Du trägst Hieronymus«, erwiderte Anton. »Ich habe wenigstens die Hände frei und kann mich vorwärts tasten.«

Krox war gar nicht einverstanden. »Dann nimm du Hieronymus«, widersprach er, »und ich ...«

Weiter kam er nicht, denn Anton war schon im tiefen Dunkel des Trichters verschwunden. Krox blieb nichts anderes übrig, als ihm zu folgen.

Schritt für Schritt tastete Anton sich durch die Dunkelheit voran. Es war so finster, dass er die Hand vor den Augen nicht sehen konnte. Seine Schritte hallten hohl wider und Anton hatte das Gefühl, ein düsteres Verlies betreten zu haben, aus dem es kein Entkommen mehr gab. Dann ging es aufwärts. Anton ließ sich auf Hände und Knie nieder, um auf der abschüssigen Fläche nicht ins Rutschen zu kommen.

»Es geht aufwärts«, flüsterte er Krox zu. »Glaubst du, du schaffst es?«
»Ja«, hörte er Krox' Stimme aus dem Nichts, »es geht schon.«
Obwohl sie leise gesprochen hatten, schien es ihnen, als würden ihre Stimmen das Dunkel zerreißen. »Besser, wir reden nicht mehr«, flüsterte Anton noch leiser.
»Ja«, kam es wie ein Hauch zurück.
Anton robbte auf Händen und Knien weiter die Röhre hinauf. Zum Glück war es nicht sehr steil, sodass Hoffnung bestand, dass es Krox auch mit dem kleinen Drachen im Arm schaffen würde. Dann hatten sie die Steigung hinter sich. Die Röhre wurde wieder eben. Wahrscheinlich hatten sie die Stelle erreicht, an der die Röhre aus dem Gebäude heraustrat. Anton richtete sich auf und tastete mit den Händen nach oben. Er konnte aufrecht stehen. Mit den Händen an der Decke und den Wänden tastete er sich voran. Allmählich wurde die Röhre wieder enger und bald musste Anton auf Händen und Knien weiterkriechen. Hoffentlich bleiben wir nicht stecken, dachte er. Wo führt diese vermaledeite Röhre bloß hin? In irgendeinen Nebelkochtopf wahrscheinlich. Na, mit uns wird das ja eine prima Suppe. Es muss doch irgendwo einen Ausweg geben.
In diesem Augenblick gab die Wand zu seiner Rechten unter dem Druck seiner Hand nach. Eine runde Klappe schwang leise auf, ein schwelendes Licht fiel herein, und lautes Brausen und Lärmen schlug ihnen entgegen. Anton streckte vorsichtig den Kopf hinaus und konnte einen leisen Überraschungsschrei nicht unterdrücken. Da legte sich eine kleine Hand über seinen Mund und Krox' Kopf tauchte neben ihm auf. Krox sah ihn warnend an. Dann blickte auch er hinaus und seine Augen wurden groß vor Staunen.

Über ihnen erhob sich das gewaltige Gewölbe der großen Hauptkuppel. Die Röhre, in der sie steckten, ragte weit in den Raum hinein, sodass sie eine gute Sicht auf die riesenhafte Halle hatten, die sich vor ihren Blicken öffnete. Und was sie erblickten, erschien Anton wie das unglaublichste und unvorstellbarste Höllenspektakel. Er sah Hunderte von Röhren, Glaskolben, Schmelztiegeln, Kupferbecken, Blasbälgen, Öfen, Metallkugeln, in Reihen nebeneinander, übereinander, verbunden mit noch feineren Röhren oder Schläuchen, und zwischen allem gewaltige Kochtöpfe über mächtigen Feuerstellen. Und in all diesen Gerätschaften und Behältern brodelte, zischte, kochte, dampfte und schäumte es. Flüssigkeiten in allen Farben, manche durchscheinend, andere zäh und undurchsichtig, wurden erhitzt, verdampft, destilliert, aufgekocht und wieder abgekühlt, verdickt und wieder verdünnt, gerührt, geschwenkt und geschleudert. Farbige Dämpfe, dicker Qualm, schwarzer Rauch und künstliche Wolken traten aus den Geräten, Behältern und Öfen, zogen durch den Raum, sanken schwer zu Boden oder stiegen langsam bis zur hochgewölbten Decke empor. Es herrschte eine Betriebsamkeit, die Anton schwindlig machte. Sein Blick verlor sich im vielfarbigen Licht der schwelenden Feuer und brodelnden Flüssigkeiten.

»Das sieht ja aus wie eine riesige Fabrik«, stieß er leise hervor.

»Wenn du mit Fabrik das größte alchimistische Labor meinst, das ich je zu Gesicht bekommen habe«, flüsterte Krox zurück, »dann hast du allerdings Recht. Aber schau dir nur mal die Köche an, die an diesen Töpfen stehen. Also, da muss einem ja der Appetit vergehen.«

Jetzt erst fielen Anton die seltsamen Gestalten auf, die zwischen all den Gerätschaften, Röhren, Feuern und

Kochtöpfen schwerfällig hin und her eilten und den gewaltigen Hexenkessel in dieser riesigen Halle in Gang zu halten schienen. Was für absonderliche, erschreckende Gestalten das waren, von geradezu abstoßender Hässlichkeit. Sie mussten etwa so groß wie Anton sein und hatten eine faltige, lederne Haut von schmutziger Farbe. Kurze Beine mit breiten Entenfüßen trugen einen knochigen, plumpen Körper. Die langen, sehnigen Arme reichten fast bis zum Boden. Zwei seltsame Hautsäcke hingen vom Rücken herab, die Anton erst bei längerem Hinsehen als feuchte, schlaffe Flügel erkannte. Nur selten öffneten die Gestalten diese Flügel, doch schienen sie damit nicht fliegen zu können. Das absonderlichste aber waren die Köpfe dieser merkwürdigen Geschöpfe. Viel zu groß saßen sie wacklig auf dünnen Hälsen, die die schweren Köpfe kaum zu tragen vermochten. Strähnige Haarbüschel hingen um eine stumpfe Glatze und darunter zeigten sich Gesichter in den unglaublichsten Mischungen aus menschlichen und tierischen Zügen. Manche dieser Fratzen waren schweinsartig mit plumpen, flachen Nasen, andere hatten einen langen Schnabel mit einem plattgedrückten Ende, der an einen übergroßen Schuhlöffel erinnerte, wieder andere ähnelten Hunden, Ratten oder Affen. Doch alle hatten sie diese entfernte Ähnlichkeit mit menschlichen Gesichtern, die ihre Fratzen aber nur umso abscheulicher, gemeiner und irgendwie doch auch bemitleidenswerter erscheinen ließ. Diese abstoßenden Gestalten, die mit dumpfem Blick und leblosen Bewegungen ihre Arbeit verrichteten, erinnerten Anton an die Figuren, die als Wasserspeier von den Dachrinnen des Münsters ragten. Doch wenn jene ihm oft wie zu Stein gewordenes Gelächter erschienen waren, die die Lebensfreude vergangener Zeiten bewahrten, so erschienen ihm die Scheinwesen dieses gigantischen Laboratori-

ums wie leblose und freudlose Ausgeburten einer kranken Fantasie.
Plötzlich fasste Krox ihn am Arm und machte ihn auf ein erschreckendes Schauspiel aufmerksam. Anton sah eine der Kreaturen schwanken und zusehends schwächer werden. Dann stürzte sie und zog sich nur noch kraftlos über den steinernen Boden. Andere der Kreaturen traten hinzu, packten den Hilflosen und stießen den vergeblich sich Wehrenden in die kochende Flüssigkeit eines der riesigen Kochtöpfe. Mit einem furchtbaren Schrei versank die elende Kreatur in der brodelnden Masse. Unbarmherzig rührten ihre Artgenossen die giftfarbene Flüssigkeit mit langen Löffeln um. Dann zuckte Anton zusammen. Durchscheinende Hände tauchten aus dem kochenden Sud auf und klammerten sich an den Rand des Topfes. Es folgte ein ebenfalls durchscheinender Kopf, der schnappend das Maul aufsperrte und wieder zuklappte. Mit ihren langen Löffeln hoben die schrecklichen Köche den Rest des Körpers aus dem dampfenden Brei und ließen den zitternden Körper gleichgültig auf den steinernen Boden klatschen. Dort blieb das wiedergeborene Wesen zusammengekrümmt, tropfend und an allen Gliedern bebend liegen, ohne dass sich irgendeine der anderen Kreaturen darum kümmerte. Ja, es bekam sogar Fußtritte, wenn es einem der eiligen Arbeiter im Wege lag. Doch bald schon festigte sich der Körper. Alles Durchscheinende verschwand unter der rasch wachsenden Lederhaut. Die Glieder streckten sich, sehnige Muskeln bildeten sich und das abstoßende Geschöpf richtete sich auf, reihte sich in die Schar der anderen Kreaturen ein und verrichtete wie selbstverständlich seine Arbeit, als wüsste es genau, was zu tun sei.
Nicht nur einmal erlebten Anton und Krox dieses entsetzliche Sterben und Gebären. Immer von neuem wiederholte

sich dieser Vorgang, ja es schien sogar, als hätten diese Geschöpfe nur eine sehr begrenzte Lebenszeit. Zwei- oder dreimal erkannten die beiden Zuschauer eine der Kreaturen wieder, die aus den Töpfen gekrochen waren und die nun wieder kraftlos zu Boden sanken und in die Töpfe zurückgeworfen wurden, obwohl noch nicht viel Zeit vergangen sein konnte, dann wieder auftauchten, um von neuem ihr kurzes Leben zu beginnen, ihrer Arbeit nachzugehen oder ihre Artgenossen ebenso mitleidlos zu behandeln, wie sie selbst behandelt worden waren. Was war das für ein kranker Geist, der diese vergänglichen Scheingeschöpfe erschaffen hatte? Baldewein? Wer sonst?!

»Es wird Zeit«, flüsterte Krox und weckte Anton wie aus einem entsetzlichen Albtraum. »Wir müssen den Kreisel finden.«

»Wo glaubst du, kann der Kreisel sein?«, fragte Anton leise.

»Ich denke, wir versuchen es mal mit der Mitte der großen Halle«, antwortete Krox.

Vorsichtig kletterten sie aus der großen Röhre und es gelang ihnen, an den Streben und Stützen sicher bis zum Boden hinabzusteigen. Dann schlichen sie sich durch das Gewirr dieses unüberschaubaren Labors und hielten, so gut es ging, auf die Mitte der Halle zu. Manchmal fanden sie gerade noch im letzten Augenblick ein Versteck hinter einem großen Topf oder einem bauchigen Ofen und entgingen oft nur knapp der Entdeckung durch die vorbeischlurfenden Kreaturen. Dann merkten sie, dass sie sich dem Mittelpunkt dieses Hexenkessels nähern mussten. An die Stelle der groben Gerätschaften traten immer feinere Kolben, Röhren, Tiegel und Retorten. Und alles war aus Glas und zog sich wie ein durchscheinendes Labyrinth durch den Raum. Auch das Licht veränderte sich. Unter das schwelende Feuer und den Schein der farbigen Flüssigkeiten mischte sich ein seltsam kaltes Blau, das bald immer mehr vorherrschte und schließlich die einzige Lichtquelle wurde. Dieses Blau strömte wie flüssiges Licht durch die gläsernen Röhren und Kugeln und tauchte alles in ein kaltes, magisches Feuer, das die Gesichter der beiden Eindringlinge fremd und krank erscheinen ließ. Behutsam schlichen sich die Gefährten immer tiefer in diese Welt aus Licht und Glas. Dann hatten sie ihr Ziel erreicht. Vor ihnen lag Leibs Kreisel.

Anton erkannte sogleich das Astrolab, das er im Münsterturm gesehen hatte, kurz bevor er seine Welt verlassen hatte und in Leibs Kreisel angekommen war. Er sah das durchbrochene Zifferblatt über dem zierlichen, silbernen Uhrwerk, den Stundenring, den aus der Mitte gerückten Tierkreis und den Mondzeiger, dessen Drachenhaupt über der Zwölf stand. Über dem Astrolab schwebten die beiden gegenläufig sich drehenden silbernen Reifen, in die Baldewein und Leib, die große Uhr und das Astrolab selbst hineingerissen worden waren und in deren Kraftfeld nicht der Stein der Weisen, sondern eine andere, fremde Welt mit sonderbaren eigenen Gesetzen entstanden war. Ein blendendes, blaues Licht mit einem gleißenden, unerträglich hellen Kern schwebte inmitten der sich drehenden Reifen, trat immer wieder wie in kleinen Flocken über den Rand des schwingenden Kreises hinaus und wurde von feinsten, gläsernen Röhren, die in einem dichten Bündel über Leibs Kreisel herabhingen, eingesaugt. Von dort breitete sich das Licht rasch aus, floß durch die feinen Kanülen nach oben und verteilte sich im Netz der immer größer und zahlreicher werdenden Röhren, Kugeln und Kolben, das selber wieder bis zu den brodelnden Töpfen und feurigen Öfen führte, an denen Baldeweins Kreaturen ihr geheimnisvolles Werk verrichteten.

»Ich weiß nicht, wie er das macht«, stieß Krox hervor. »Aber irgendwie hat Baldewein Leibs Kreisel angezapft und irgendwie macht er daraus den schwarzen Nebel, der unsere Welt so verändert hat und deine Welt bedroht.«
Nun verstanden sie den Zweck dieses ungeheuren und ungeheuerlichen alchimistischen Labors. Und es wurde Zeit, diesem Treiben ein Ende zu setzen.
»Was muss ich tun?«, fragte Anton heiser und mit zitternder Stimme.
»Halt einfach mit der Hand die schwingenden Reifen an«, erwiderte Krox.
»Bist du sicher, dass du das nicht selber tun kannst?«, fragte Anton.
Statt einer Antwort beugte Krox sich vor und fasste mit der Hand nach den sich drehenden silbernen Ringen. Doch die Ringe drehten sich unbehelligt weiter. Sie durchdrangen bei jeder ihrer Drehungen Krox' Hand, als wäre sie körperlos.
Krox richtete sich wieder auf und fragte: »Glaubst du mir nun? Kein Geschöpf in dieser Welt kann den Kreisel aufhalten, nicht einmal Baldewein oder Leib. Wenn überhaupt, dann kannst nur du es.«
Anton spürte sein Herz wild schlagen. Es war so weit. Jetzt war es an ihm, das zu tun, wozu er gekommen war, wozu er diese ganze weite und unglaubliche Reise unternommen hatte. Zitternd streckte er seine Hand nach Leibs Kreisel aus. In diesem Augenblick rissen ihn harte Hände zurück und warfen ihn zu Boden. Fratzenhafte Gesichter blickten mit stumpfen, teilnahmslosen Blicken auf ihn herab. Sie waren entdeckt worden. Er hatte zu lange gezögert.

*****

Anton wurde von den umbarmherzigen Händen, die wie eiserne Klauen in seine Arme schnitten, wieder hochgezerrt. Neben sich sah er Krox, der beinahe zwischen den plumpen Leibern seiner Bewacher verschwand.
»Es tut mir Leid, Krox«, sagte Anton. »Es ist meine Schuld. Ich hätte nicht so lange warten dürfen.«
Unwillig stießen die Kreaturen ihn mit ihren harten Fäusten in die Seiten. Anton verstummte und auch von Krox kam keine Antwort. Dann wurden sie durch das gläserne Labyrinth gezerrt. Wohin bringen sie uns? dachte Anton erschrocken. Was haben sie mit uns vor? Hoffentlich wollen sie nicht ihre Töpfe mit uns füttern. Gab es denn kein Entkommen? Konnte Krox ihm denn nicht helfen? Nein, Krox hatte ja gesagt, dass er in Haus Nadir auf sich allein gestellt sein würde. Und wie stand es mit seinen eigenen Kräften? Ob diese abscheulichen Wesen ihm gehorchen würden? Warum nicht? Hatte er nicht magische Kräfte? Anton nahm seine ganze Willenskraft zusammen und sagte mit fester Stimme: »Lasst uns los! Ich befehle es euch!«
Doch Baldeweins Geschöpfe zogen ihn unbeeindruckt weiter und das Einzige, was er dabei gewann, waren noch mehr schmerzhafte Knüffe, weil er den Mund nicht gehalten hatte. Es klappt nicht, dachte Anton. Sie gehorchen mir nicht. Aber warum? Habe ich hier in Haus Nadir keine magischen Kräfte? Krox hatte nichts davon gesagt. Oder hörten diese Wesen nur auf Baldeweins Befehle?
Ihre Häscher führten sie weiter und weiter durch die riesige Halle, vorbei an dampfenden Töpfen, überschäumenden Kolben und bullernden Öfen. Die anderen Kreaturen gingen ihrer Arbeit nach, ohne die Gefährten und ihre Bewacher zu beachten. Nur einmal kam der seltsame Zug zum Stocken. Vor ihnen brach eine der Kreaturen zusammen und versuchte sich vergeblich an den Stufen einer großen

Feuerstelle aufzurichten. Schon näherten sich mehrere ihrer Artgenossen. Da kroch die sterbende Kreatur wie Hilfe suchend auf Anton zu, packte ihn an den Beinen und versuchte, sich an ihm hochzuziehen. Entsetzt blickte Anton auf die von Todesangst verzerrte Fratze hinab, in die weit aufgerissenen Augen, die ihn verzweifelt anzuflehen schienen. Anton wandte schaudernd den Blick ab. Schon stießen seine Bewacher das hilflose Wesen mit Fußtritten zurück. Dann wurde es von den herbeieilenden Kreaturen gepackt und zum nächstgelegenen großen Topf gezerrt, in dem es mit einem röchelnden Schrei versank. Anton war froh, dass sich ihr Zug sogleich wieder in Bewegung setzte. Von Mitleid und Abscheu gepackt konnte er den Anblick nicht länger ertragen.
Über ihnen senkte sich das Gewölbe der Haupthalle. Sie verließen den Bereich des alchimistischen Labors und betraten eine der großen Seitenkuppeln. Im Schein von Hunderten von Kerzen, die dick und schwer in massiven silbernen Leuchtern steckten, sahen sie eine große Festtafel, die sich bog unter der Last zahlloser Speisen und Getränke. Und was für ein sonderbares Schauspiel diese Festtafel bot! Es schien, als wäre sie von Leben erfüllt. Schiffe fuhren zwischen silbernen Schalen und Platten hindurch, winzige Seeleute hissten die Segel, führten gewagte Wendemanöver aus oder lieferten sich eine Schlacht mit den Besatzungen anderer Schiffe. Löwen und Bären schlichen auf der Jagd nach Beute über den weißen Damast und warfen sich brüllend über zierliche Gazellen und Hirsche. Umgeben von dicht besetzten Tribünen fand ein Turnier stand, in dem sich Ritter auf wild schnaubenden Pferden mit scharfen Lanzen gegenseitig aus den Sätteln hoben. Eine lange Prozession bahnte sich ihren Weg durch das Gewimmel, mit wehenden Bannern, flatternden Fahnen und seidenen

Baldachinen. Zwischen hohen Wagen, auf denen Fabelgestalten schwankten, schritten Würdenträger, Fürsten und Erzbischöfe einher, begleitet von der bunten Schar der Gaukler, Marktschreier, Halsabschneider, Bürger und Edelleute. Aber das Absonderlichste entdeckte Anton in der Mitte der Tafel auf einem kleinen, künstlichen Hügel. Dort sah er in einer großen Pastete ein ganzes Orchester, das auf altertümlichen Instrumenten eine seltsame Weise spielte. Es war, als würden Anton und Krox auf eine weit entfernte Landschaft blicken, aus der leise und verwehend Musik, Lärm und Tiergebrüll zu ihnen drangen. Und geschäftig eilten dieselben Kreaturen, die sie schon im Laboratorium gesehen hatten, um die Festtafel, trugen Speisen auf und ab und zogen mit feinen Schlüsseln die Automatenfiguren wieder auf, wenn ihr Werk abgelaufen war. Denn all diese Wesen, die sich auf dem schimmernden Tischtuch tummelten, waren nichts anderes als täuschend echt wirkende, winzige Spielautomaten. Anton sah mit großen, staunenden Kinderaugen auf diese herrliche Miniaturwelt und vergaß alles um sich herum, die Gefahr, in der sie schwebten, den schaurigen Ort, an dem sie sich befanden, und die Aufgabe, die er nicht erfüllt hatte.
»Nun, wie ich sehe, findet ihr Gefallen an meinen Spielzeugen«, riss ihn eine tiefe, dröhnende Stimme aus seinen Träumereien. Anton fuhr herum und bemerkte erst jetzt im Halbschatten den hohen, geschnitzten Sessel am Ende der Tafel. In dem kostbaren Sessel saß eine massige Gestalt mit einem schweren, breiten Körper unter einem weiten, samtenen Mantel. Baldewein! durchzuckte es Anton. Endlich stand er vor ihm und der Anblick Baldeweins war anders als alles, was Anton sich vorgestellt hatte. Anton hatte einen Menschen erwartet, an dem die endlose Unzeit dieser Welt deutliche Spuren hinterlassen hatte, einen

Menschen, eingefallen und verhärmt wie der alte Leib zwischen seinen toten Uhren. Doch hier blickte er in ein feistes, strotzendes Gesicht, mit prallen Wangen und einem dreifachen Kinn, das sich gewichtig auf den Kragen des Mantels legte. Der Mantel selbst war von schimmerndem, schwarzen Samt mit breiten, purpurfarbenen Bordüren. Die langen, weiten Ärmel lagen schwer über den Lehnen, die in großen, geschnitzten Widderköpfen mit geschwungenen Hörnern endeten. Weiße Hände, feist wie das Gesicht Baldeweins, ragten aus den Ärmeln, Hände, von deren ringgeschmückten Fingern Fett und Bratensoße tropften. Baldewein beugte sich vor, riss einen Flügel aus dem gebratenen Fasan, den ihm eine seiner Kreaturen auf einer silbernen Schale reichte, und schlug seine Zähne krachend hinein, ohne darauf zu achten, dass das Fett auf seinen Mantel spritzte. Dabei ließ er Anton nicht aus den Augen, diesen schwarzen, schmalen Augen, die kaum noch zwischen dem aufgeschwemmten Fleisch des mehr als nur wohlgenährten Gesichts zu sehen waren. Und Anton erschrak. Nicht nur vor dem Anblick dieses monströsen Körpers, sondern mehr noch vor dem berechnenden, kalten und feindseligen Blick, der ihn aus diesen Augen traf. Lange sah Baldewein sie nur lauernd an. Dann richtete er sich hoch auf, schleuderte den angebissenen Flügel hinter sich ins Dunkel, wischte seine Hände am Tischtuch ab, warf den mächtigen Kopf in den Nacken und begann schallend zu lachen.

»Oh, ihr Narren«, rief er und sein Körper bebte unter diesem satten, fetten Lachen, »habt ihr etwa geglaubt, ich ließe euch den Kreisel zerstören? Habt ihr geglaubt, dass ihr euch unbemerkt einschleichen könntet? Oh, ihr Unschuldslämmer, keines meiner Spielzeuge hätte mich je so erheitern können wie ihr.« Baldeweins Lachen brach ab und

er sah sie mit einer Verachtung an, die sie erstarren ließ. »Ja, glaubt ihr denn«, fuhr er fort, »ihr hättet Haus Nadir betreten können, wenn ich es nicht so gewollt hätte? Wie habe ich gelacht über euer lächerliches Lügenspiel, mit dem ihr glaubtet, den magischen Kreis zu überwinden. Und ich war es auch, der euch gestattet hat, Haus Nadir durch den Nebelarm zu betreten, in den ich nur für euch eine Klappe einbauen ließ, die sich natürlich wie von selbst öffnete. Ja, habt ihr wirklich geglaubt, ich wüsste nichts von euch und eurem Kommen? Nein, nichts entgeht Baldewein, nichts bleibt vor Baldewein verborgen. Nun, Anton Emanuel Leib, hat dir die Infantin gefallen? Und wie muss dich erst das Liebespfand erfreuen, das du um deinen Hals trägst!«
Anton spürte, wie ihm das Blut ins Gesicht schoss. Vor Scham und zugleich auch vor Wut. Woher konnte Baldewein all dies wissen? Er starrte in dieses verschlagen lächelnde, feiste Antlitz, das sich an seiner Verlegenheit weidete, und fühlte einen ohnmächtigen Zorn in sich aufsteigen.
»Ich glaube Euch nicht«, stieß er hervor. »Es ist unmöglich, dass Ihr all das wissen könnt.«
»So, so, mein ungläubiger junger Freund, du glaubst mir also nicht«, erwiderte Baldewein mit selbstgefälligem Lächeln. »Es wird mir ein Vergnügen sein, dich eines Besseren zu belehren. Seid so gut und folgt mir. Meine treuen Lemuren werden euch begleiten. Und verschwende deine Kräfte nicht wieder damit, ihnen Befehle erteilen zu wollen. Sie gehorchen nur mir und nicht einmal ich könnte sie davon abhalten, einen meiner Befehle auszuführen.«
Was blieb ihnen anderes übrig? Wieder wurden sie von Baldeweins gehorsamen Geschöpfen, die er Lemuren genannt hatte, gepackt und mussten Baldewein wohl oder übel folgen. Er selbst erhob sich schwerfällig und schritt

ihnen langsam voran, gestützt auf zwei seiner Diener, die unter seinem Gewicht fast zusammenbrachen. Sie ließen den Festsaal hinter sich und gingen durch einen breiten, von Fackeln erleuchteten Gang, der sie in die nächste Seitenkuppel führte. Der Saal, den sie betraten, lag in tiefem Dunkel. Nur in seiner Mitte sahen sie eine runde Tafel, die von einer einzigen großen Lampe, ähnlich dem Licht eines vollen Mondes, beleuchtet wurde. Hat Baldewein vor, uns nur wieder eine seiner Spielereien zu zeigen? dachte Anton. Dann, als sie sich der runden Tafel bis auf Sichtweite genähert hatten, blieb Anton abrupt stehen und die Erkenntnis traf ihn wie ein Schlag, als er begriff, was diese Tafel darstellte. Vor sich sah er, bis ins kleinste Detail nachgebildet, die Weltenscheibe von Leibs Kreisel und darauf den Stundenring mit seinen Ziffern, Nettesheim mit dem Garten der Infantin und dem Pavillon des Kaisers, den großen Tierkreis und darin Haus Zenit, Haus Nadir und die Mitternachtslinie, die beide verband. Aber nicht nur die Bauten und Begrenzungen von Leibs Kreisel waren zu sehen. Auch die Atzmänner, die Infantin, K'ang-hsi und Hsü und die feurigen Gestalten des Tierkreises. Alle Bewohner von Leibs Kreisel bewegten sich vor ihren Augen, lebten, sprachen, lachten und gingen ihren Geschäften nach. Selbst den alten Leib und die Gernmeister konnte Anton erkennen, als er näher an die Tafel herantrat und sich über die gläserne Kuppel von Haus Zenit beugte.
Da trat Baldewein neben ihn. Er sah Anton mit einem spöttischen Lächeln an und zupfte am Ende der Mitternachtslinie. Eine kleine Welle erhob sich und lief die Mitternachtslinie entlang, bis sie sich vor Haus Zenit verlief. Er also hatte diese Welle geschickt, die Anton in den Nebel geschleudert hatte! Er hatte nur mit ihnen gespielt! Wieder beugte sich Baldewein über die Tafel. Mit seiner dicken,

weißen Hand packte er Haus Nadir und hob es hoch. Anton zuckte entsetzt zurück. Er sah die getreue Wiedergabe des alchimistischen Labors und darin die Lemuren, die sich geschäftig hin und her bewegten. Und er entdeckte sich selbst, wie er neben einer noch viel kleineren Kopie von Leibs Kreisel stand, und neben ihm Baldewein, der Haus Nadir in den Händen hielt, unter dem sich die kaum noch wahrnehmbaren Gestalten von noch winzigeren Lemuren und eines noch winzigeren Anton und eines ebensolchen Baldewein bewegten, eines Baldewein, der wohl in diesem selben Augenblick Haus Nadir in den Händen hielt, unter dem sich ...

Anton schwindelte und er konnte diesen Gedanken nicht weiterdenken. Er fühlte nur noch, wie ihm kalt wurde und wie er am ganzen Körper zu zittern begann. Alles war aus! Baldewein hatte sie die ganze Zeit beobachtet. Jeden ihrer Schritte hatte er auf dieser Kopie von Leibs Kreisel und seiner Bewohner verfolgen können. Keines ihrer Worte war ihm entgangen. Und sie hatten geglaubt, dass er nichts von ihnen wüsste! Plötzlich wandte Anton sich heftig gegen Baldewein und starrte ihn mit geballten Fäusten an. »Es wird Euch niemals gelingen!«, stieß er hervor. »Ihr könnt Leibs Kreisel nicht verlassen. Es darf einfach nicht sein!«

Baldewein zuckte bei Antons Worten zusammen, als hätte ihn ein Peitschenhieb getroffen. Seine Hand schoss vor. Er packte Anton mit beängstigender Kraft am Kragen, zog ihn zu sich heran und näherte sich ihm mit seinem hasserfüllten Gesicht.

»Wie kannst du erbärmliche Kreatur es wagen, von Leibs Kreisel zu sprechen«, brüllte er ihn an. »Der Kreisel ist mein Werk. Alles habe ich geschaffen, nur ich, und es ist meins, hörst du, meins. Leib, wer ist das schon? Ein Jammerlappen, ein Handlanger, dem ich gnädig gestattet habe, an dem großen Werk mitzuwirken. Ein Niemand ist dieser Leib und nichts wird mich daran hindern, ihn zu vernichten, wenn ich für ihn keine Verwendung mehr habe.«

»Wenn Leib wirklich ein Niemand ist«, keuchte Anton, »warum habt Ihr ihn dann nicht besiegen können?«

Da schleuderte Baldewein Anton zu Boden und seine Stimme gellte durch den Saal, als er ihn anschrie: »Wie kannst du es wagen, mich so zu beleidigen? In meinem eigenen Haus? Und in meiner, hörst du, in meiner Welt, in der mir alles untertan ist? Glaubst du, irgendetwas könnte mich davon abhalten, dich mit einem Fingerschnippen zu vernichten?«

Anton begriff nicht, warum ihn auf einmal so eine kalte Ruhe erfüllte. Schweigend sah er den tobenden Baldewein an. Endlich, als dieser mit Schaum vor den Lippen verstummte, sagte er leise: »Ihr könnt mich nicht vernichten. Leib nicht, Krox nicht und auch mich nicht. Ihr seid nur ein Erstgeborener. Ihr steht nicht über den Gesetzen dieser Welt, denn Ihr seid nur ein Geschöpf dieser Welt.«

Krox trat rasch neben Anton und legte ihm die Hand auf die Schulter, als wollte er ihn davor warnen, Baldewein noch mehr zu reizen.

»Du hast viel von unserer Welt begriffen«, erwiderte Baldewein mit gefährlich leiser Stimme, »wirklich viel begriffen für ein Bürschchen deines Alters. Aber noch nicht alles. Ich kann euch nicht vernichten, nein, das nicht. Aber ich kann euch Schmerzen zufügen, dass ihr euch nach der Vernichtung wie nach einer Erlösung sehnen würdet. Oh, ihr könnt euch gar nicht vorstellen, was für Schmerzen.«

Anton erhob sich mit bleichem Gesicht. War er zu weit gegangen?

Da lachte Baldewein über seine Angst und sagte: »Lassen

wir das. Wozu mich damit langweilen, euch zu quälen. Ich habe Wichtigeres zu tun. Du glaubst also nicht, dass ich diese Welt verlassen kann, mit dem Kreisel und der Macht, die er verleiht? Nun, so lasst mich euer Wissen ein wenig erweitern. Folgt mir!«
Sie traten aus dem Dunkel des Saals in das lodernde Licht des alchimistischen Labors hinaus. Dort bestiegen sie ein Gerüst, von dem aus sie die ganze Anlage überblicken konnten. Jetzt erst erkannten sie die wahren Ausmaße dieses riesigen Apparates. Betroffen blickten Anton und Krox, der immer noch den schlafenden, kleinen Drachen in den Armen trug, auf dieses brodelnde, dampfende und zischende Laboratorium. War es nur ein vergebliches Werk? Der gigantische Irrtum eines kranken Geistes? Oder hatte Baldewein wirklich einen Weg gefunden, um Leibs Kreisel zu verlassen?
Da begann Baldewein zu sprechen: »Es ist so einfach. Die Kraft des Kreisels hält diese Welt im Gleichgewicht. Als sie entstand, nahm sie die Gestalt und die Größe an, die der Kreisel aufrecht erhalten konnte. Aber so wie der magische Augenblick der Mitternacht, in der der Kreisel sich zu drehen begann, sich unendlich dehnt, so ist auch dem Raum, den dieser Kreisel erschuf, in dieser Welt keine wirkliche Grenze der Ausdehnung gesetzt. Aber eine unentwegte Ausdehnung muss den Kreisel auf Dauer erschöpfen. Zu begrenzt ist das Material, aus dem diese Welt besteht. Er kann nur aus dem schöpfen, was er anfangs in sich riss. Was, wenn er nichts mehr in sich findet, um seiner erschaffenden Kraft neue Nahrung zu geben? Wird er nicht nach einer anderen Quelle suchen? Doch wo sollte er diese Quelle finden, wenn nicht in der anderen Welt? So wird es sein. Es wird ein Punkt erreicht werden, an dem der Kreisel eine Öffnung reißen wird in die andere, in meine Welt. Und

dann werde ich diese Welt betreten, mit der Macht des Kreisels, und alles wird mir untertan sein!«
Stumm blickten Anton und Krox auf das blaue Licht in der Mitte der Halle. Es war also wahr! Baldewein konnte sich des Kreisels bedienen, um diese Welt zu verlassen.
»Und der Nebel?«, fragte Anton mit belegter Stimme.
»Oh, ich vergaß ganz, wie sehr du es liebst, Fragestunden abzuhalten«, entgegnete Baldewein. Dann fuhr er selbstverliebt fort: »Ja, der Nebel, der euch so zu schaffen gemacht hat. Nun, dieser Nebel, die Erdbeben, die Vergrößerung der Weltenscheibe, all das ist in gewisser Weise nur Abfall, ein kleiner, unwichtiger Teil meines Werks. Sie sind das sichtbare Zeugnis dessen, was ich hier dem Kreisel entziehe, nichts weiter. Ich habe keine Verwendung für den Nebel, also leite ich ihn nach draußen ab. Mag er dort bewirken, was immer er will. Was kümmert es mich?«
»Aber ich dachte, dass es der Nebel ist, der eine Bresche in die andere Welt schlagen wird«, mischte sich Krox erstaunt ein, »der Nebel und das Anwachsen der Weltenscheibe.«
»Unfug!«, fuhr Baldewein ihn an. »Hast du es denn immer noch nicht begriffen? In der Leere des Kreisels selbst wird das Tor zur anderen Welt sich öffnen. Dann, wenn ich ihm endlich auch noch das letzte Staubkorn, das er in sich hat, entrissen habe. Und das wird bald sein!« rief Baldewein triumphierend. »Sehr bald!«

*****

Wieder wurden Anton und Krox von den Lemuren gepackt. Von seinen Gefangenen gefolgt, verließ Baldewein das Labor und schleppte sich mit Hilfe seiner Geschöpfe zurück

an die große Festtafel. Dort ließ er sich schwer atmend in den Sessel fallen und trank durstig aus einem großen Pokal. Dann setzte er den schweren Kelch ab, wischte sich über die Lippen und sagte mit scharfer Stimme: »Ich habe eine kleine Überraschung für euch vorbereiten lassen.«
Anton und Krox hörten über sich ein lautes Rasseln. Erschrocken fuhren sie herum. An einer langen Kette wurde ein großer, silberner Vogelkäfig herabgelassen.
»Ihr seid natürlich meine Gäste, meine Täubchen«, sagte Baldewein mit nur mühsam unterdrücktem Lachen. »Ich hoffe, ihr wisst das kostbare Heim, das ich euch biete, zu schätzen.«
Anton und Krox gaben keine Antwort. Schweigend ließen sie sich von den Lemuren in den Käfig führen. Hinter ihnen fiel die Gittertür ins Schloss. Einer der Lemuren drehte den Schlüssel um und brachte ihn Baldewein, der ihn in einer Tasche unter seinem weiten Mantel verbarg. Der Käfig wurde hoch über die Festtafel gezogen. Sanft auspendelnd hing er im Halbdunkel unter der unsichtbaren Kuppel des Saales.
Anton und Krox machten es sich in dem engen Käfig so bequem wie möglich und starrten trostlos auf die hell erleuchtete Tafel hinab. Lange sahen sie nur schweigend dem abstoßenden Gelage Baldeweins zu, der ohne Unterlass eine Speise nach der anderen in sich hineinschlang und einen um den anderen, bis zum Rand gefüllten Pokal leerte. Endlich sank er rülpsend in den Sessel zurück, der Becher, aus dem er eben noch getrunken hatte, glitt ihm aus der Hand und fiel scheppernd zu Boden und laut schnarchend schlief Baldewein ein. Lautlos huschten die Lemuren um die Tafel, beseitigten alle Spuren der wüsten Völlerei und hielten die kleinen Spielfiguren an. Ängstlich reinigten sie den Mantel ihres schlafenden Meisters und wuschen ihm

die von Fett triefenden Hände und das verschmierte Gesicht. Dann richteten sie die Tafel eiligst neu her, trugen frische Speisen heran, füllten die Krüge und Pokale und machten alles bereit für den Augenblick, in dem Baldewein wieder erwachen würde, um sein sinnloses Fressen und Saufen fortzusetzen. Dann stellten sie sich um die Tafel auf und wachten über den Schlaf ihres Herrn. Manchmal nur wurde die stille Wache gestört, wenn einer der Lemuren schwankte und sterbend zu Boden stürzte. Sogleich wurde er gnadenlos fortgeschleppt und eine neue Kreatur nahm seinen Platz ein.

»Ich weiß nicht mehr, was ich von all dem halten soll«, flüsterte Anton. »Ich meine, von dem Kreisel und dem Tor. Hat nun Leib Recht? Öffnet sich eine Bresche in meine Welt, weil die Weltenscheibe immer größer wird? Oder stimmt es, was Baldewein gesagt hat? Dass ein Tor im Inneren des Kreisels entsteht, wenn er leer ist. Aber wenn der Kreisel wirklich nach neuem Material sucht in meiner Welt, was bedeutet das dann? Kann es nicht sein, dass er nur noch mehr in sich reißt, aber dass man gar nicht durch dieses Tor hindurchgehen kann? Und wie soll man den Kreisel überhaupt mitnehmen können, wenn das Tor im Kreisel selber ist? Ich kapiere überhaupt nichts mehr?«

Krox blickte ihn ernst an und nickte: »Vielleicht haben beide Unrecht. Aber wenn Baldewein sich nicht irrt und sich ein Tor in deine Welt öffnet, ist es dann nicht gleichgültig, ob Baldewein hindurchgehen kann oder nicht? Mit oder ohne den Kreisel? Es ändert doch nichts an der Gefahr. Es gibt, wie mir scheint, nur die Wahl zwischen zwei Übeln: Entweder, der Kreisel zieht auch deine Welt in sich und zerstört sie, oder Baldewein hat Recht und betritt deine Welt, sei es nun durch den Kreisel oder wo auch immer sonst. Für uns ändert sich nichts. Wir müssen den

Kreisel anhalten, auch wenn wir nicht wirklich verstehen, wie die Gefahr aussieht, der wir begegnen müssen. Aber dafür müssen wir erst einmal raus aus diesem verflixten Käfig.«

»Glaubst du, dass wir das Schloss öffnen können?«, flüsterte Anton.

Krox schüttelte den Kopf und wies mit der Hand auf die magischen Zeichen, die die Käfigstäbe und das Schloss bedeckten. Anton seufzte und blickte hilflos auf den schlafenden Baldewein. Wenn sie doch an den Schlüssel herankommen könnten!

In diesem Augenblick erwachte Hieronymus. Er streckte sich, gähnte ausgiebig und sah sich blinzelnd um.

»Willkommen in Haus Nadir«, flüsterte Anton. »Leider in keiner sehr gemütlichen Lage.«

Der kleine Drache besah sich ruhig und gelassen den Käfig und den schlafenden Baldewein, dann reckte er sich nach Krox' Kappe und schnupperte gierig daran.

»Du musst sicher ganz schön hungrig sein«, sagte Krox lächelnd. Dann nahm er seine Kappe ab und hielt sie ihm hin. Enttäuscht sah der kleine Drache hinein. Sie war leer.

»Ach, du liebes bisschen«, seufzte Krox. »In diesem Käfig ist nicht einmal ein klein wenig Hokuspokus möglich. Ich fürchte, wir werden den Gürtel etwas enger schnallen müssen.«

Der kleine Drache trat an die Gitterstäbe und blickte sehnsüchtig auf die leckeren Speisen, die verlockend unten auf der Tafel standen. Dann versuchte er, sich durch die Gitterstäbe zu zwängen. Es ging, wenn auch nur ganz knapp. Doch wie weiter? Die Tafel lag ziemlich tief unter ihnen. Es würde einen ganz schönen Lärm machen, wenn er einfach hinabsprang.

In diesem Augenblick hatte Anton eine Idee. »Hurra!«,

flüsterte er ganz aufgeregt. »Jetzt weiß ich, wie wir hier rauskommen.«

»Wie denn?«, fragte Krox.

»Ganz einfach«, erwiderte Anton, »Hieronymus passt durch die Gitterstäbe. Er muss den Schlüssel aus Baldeweins Mantel holen.«

»Du glaubst doch wohl nicht, dass die Lemuren ihn einfach vorbeispazieren lassen? Oder denkst du daran, dass Hieronymus wieder Feuerdrachen spielen soll? Das schlag dir aus dem Kopf. Selbst wenn er es wird, gegen Baldeweins Magie kann er mit seinen Kräften nichts ausrichten.«

»Alles falsch«, sagte Anton und lächelte verschmitzt. »Mein Plan sieht ganz anders aus. Erst müssen wir warten, bis Baldewein aufwacht. Und dann soll Hieronymus den Schlüssel holen.«

»Bist du sicher, dass du nicht den Verstand verloren hast?«, fragte Krox und sah ihn besorgt an.

»Ganz sicher!«, antwortete Anton. Dann beugte er sich zu dem kleinen Drachen und begann, leise auf ihn einzureden. Je länger ihm Hieronymus zuhörte, desto mehr breitete sich ein Grinsen um sein Maul aus, das, als Anton alles gesagt hatte, schier seinen Kopf in zwei Teile riss.

»Was habt ihr denn da zu flüstern und zu grinsen, ihr Geheimniskrämer?«, brummte Krox ärgerlich.

»Abwarten!«, meinte Anton und dann zwinkerten er und Hieronymus sich zu.

»Na, wenn das nur gut geht«, stöhnte Krox und harrte der Dinge, die da kommen sollten.

Baldewein erwachte. Er gähnte gewaltig, blinzelte kurz zu ihnen herauf und begann wieder, sich den Bauch vollzuschlagen. Die Lemuren setzten die kleinen Automaten auf dem Tisch erneut in Gang und warteten ihrem nimmersatten Herrn auf. Das Schmatzen, Rülpsen und Schlürfen

Baldeweins mischte sich mit den Geräuschen und der Musik der Spielfiguren. Von ferne drang das Tosen des alchimistischen Labors zu ihnen herein.
Anton beugte sich zu Hieronymus herab und fragte leise: »Bist du bereit?«
Der kleine Drache nickte.
»Glaubst du nicht, dass sie zu heiß ist?«, fragte Anton.
Hieronymus schüttelte den Kopf und machte eine abschätzige Geste.
»Halt dich bereit«, flüsterte Anton Krox zu. »Wenn wir den Schlüssel haben, bleibt uns nicht viel Zeit, um den Kreisel zu erreichen.«
Krox verdrehte die Augen und antwortete nur griesgrämig: »Was ihr auch immer vorhabt, an mir soll's nicht liegen.«
»Gut, also dann los!«, flüsterte Anton.
Hieronymus zwängte sich an der von Baldewein abgewandten Seite des Käfigs durch die Gitterstäbe, nahm kurz Maß und ließ sich dann in eine große Suppenschüssel fallen, die nahe unter ihnen auf der Tafel stand. Die heiße Suppe spritzte über die Tafel und traf auch Baldewein und die Lemuren. Wütend schrie Baldewein auf und brüllte: »Wer war das?«
Da hüpfte Hieronymus aus der Suppenschüssel und begann, im Zickzack zwischen den Schalen, Krügen und Spielfiguren hindurchzulaufen.
»Was will denn dieser lächerliche Zwerg?«, brummte Baldewein verdutzt. »Packt ihn! Lasst ihn nicht entkommen!« befahl er den Lemuren und wandte sich gleichgültig wieder seiner Mahlzeit zu.
Hieronymus führte die plumpen Lemuren ein ums andere Mal an der Nase herum. Kaum dachten sie, ihn schon zwischen den Fingern zu haben, entwischte er ihnen wieder. Baldewein schielte über sein Essen hinweg und hatte

wohl seinen Spaß an der willkommenen Abwechslung. Unmerklich näherte sich der kleine Drachen mehr und mehr dem Platz Baldeweins. Plötzlich machte er eine scharfe Kehrtwendung, rannte über den Teller, der vor Baldewein stand, und schlüpfte unter Baldeweins Mantel. Ehe sich Baldewein noch von seiner Verblüffung erholen konnte, hatten sich die Lemuren über ihn geworfen, um den Befehl ihres Herrn auszuführen und Hieronymus um jeden Preis zu erwischen. Unbemerkt schlüpfte Hieronymus unter dem Mantelsaum hervor, lief unter dem Tisch ans andere Ende der Tafel, pfiff leise und warf Krox den Schlüssel zu, den dieser geschickt auffing. Im Nu war das Schloss offen. Anton und Krox ließen sich auf den Tisch fallen und sprangen von dort auf den Boden. Schnell versteckte Hieronymus sich unter Krox' Kutte und dann rannten sie davon, ohne auf den tobenden Baldewein zu achten, der unter dem Berg der Lemuren lag und nicht bemerkte, was vor sich ging.

»Schnell!«, flüsterte Anton. »Zum Kreisel!«

Sie verließen den Festsaal, betraten die Haupthalle und eilten an den verdutzten Lemuren vorbei, die ohne Baldeweins Befehle nicht wussten, was sie von den beiden halten sollten, und ihnen tatenlos nachsahen.

»Was ist denn überhaupt geschehen?«, rief Krox, während sie durch das alchimistische Labor rannten.

»Baldewein hat doch gesagt, dass nicht einmal er die Lemuren davon abbringen kann, einen Befehl auszuführen, den er ihnen gegeben hat«, antwortete Anton keuchend. »Na, und solange die Lemuren glauben, dass Hieronymus unter Baldeweins Mantel steckt, sitzt Baldewein fest und ist viel zu beschäftigt, um sich um uns zu kümmern.«

»Wie hast du gesagt? Spitzenmäßig! Ganz große Klasse!«, rief Krox und lachte.

Dann hatten sie ihr Ziel erreicht. Einen Augenblick sahen sie schweigend auf den Kreisel, dessen magisches, blaues Licht sie in Bann schlug. Da hörten sie hinter sich einen gewaltigen Aufschrei.
»Beeil dich!«, rief Krox. »Baldewein hat unsere Flucht bemerkt.«
Ohne noch länger zu zögern, beugte sich Anton vor und fasste mit der Hand nach den sich drehenden Ringen. Die Reifen schlugen an seine Hand und fielen klirrend um. Das blaue Licht erlosch. Anton richtete sich auf. Sie hatten es geschafft! Der Kreisel stand still. Hinter sich hörten sie einen wehklagenden Schrei und eine verzweifelte Stimme rief: »Ihr Narren! Ihr elenden Narren! Alles habt ihr zerstört! Alles! Aber ihr werdet mir nicht entkommen. Dafür sollt ihr büßen. Fasst sie! Bringt sie mir her!«
Anton und Krox sahen sich erschrocken an. Die Lemuren! Was jetzt? Hieronymus baute sich vor ihnen auf und hielt seinen Speer bereit. Trotz der Gefahr, in der sie schwebten, musste Anton lächeln. Was sollten sie schon gegen die Übermacht der Lemuren ausrichten? Selbst jetzt, da Baldewein seine Macht verloren hatte, konnten die Lemuren sie in Stücke reißen.
Da begann der Boden unter ihren Füßen zu beben. Erst kaum spürbar, dann immer stärker. Die gläsernen Röhren und Gefäße schlugen klirrend aneinander. Dann, als das Beben sich verstärkte, begannen die ersten Röhren zu zersplittern. Große Glaskolben lösten sich und zerplatzten am Boden. Immer gewaltiger schwankte der Boden rund um sie herum, neigten sich die Aufbauten des riesigen Apparates und stürzten einer nach dem anderen um.
»Was ist das?«, rief Anton erschrocken.
»Ich weiß es nicht«, erwiderte Krox. »Aber wir dürfen hier nicht bleiben, sonst werden wir erschlagen. Raus, schnell!«

Sie verließen, so rasch sie konnten, die Mitte der Halle und wandten sich den Wänden zu. Vielleicht fand sich dort ein rettender Ausgang. Überall kippten die großen Töpfe von den Feuerstellen, ergossen ihren siedenden Inhalt auf den Steinboden oder begruben schreiende Lemuren unter sich. Öfen zerbarsten und entließen ihren feurigen Inhalt. Flammen schlugen bis zur Kuppel empor. Metall verbog sich, schmolz in offenen Feuern, zerbrach mit hässlichem Krachen. Glas explodierte, Splitter schossen durch den Raum, große Bruchstücke wirbelten durch die Luft. Immer neue Brände entstanden und von allen Seiten ergossen sich die kochenden Flüssigkeiten auf die Lemuren, die unter dem ätzenden Regen entsetzlich aufheulten. Wehklagen, ohrenbetäubendes Krachen und das scharfe Geräusch von berstendem Glas vermischten sich zu einem einzigen, unerträglichen Tosen.
Die Gefährten wussten kaum, wie, aber es gelang ihnen, ohne allzu viele Schrammen die Außenwand zu erreichen.
»Wie sollen wir hier denn rauskommen?«, rief Anton entsetzt.
In diesem Augenblick brach nicht weit von ihnen entfernt die Wand unter dem Ansturm der sich aufbäumenden Erde auseinander und ein breiter Spalt öffnete sich.
»Dort hinaus!«, schrie Krox und sie hasteten ins Freie. Hinter ihnen hielten die Wände des gewaltigen Kuppelbaues nicht mehr stand und stürzten krachend in sich zusammen. Wie die Arme eines sterbenden Kraken peitschten die Trichterröhren durch die Luft.
»Weg hier!«, trieb Krox Anton an.
Wieder rannten sie um ihr Leben und hielten erst an, als sie das auseinanderbrechende Haus Nadir in sicherem Abstand hinter sich gelassen hatten.
Doch was hieß in dieser bebenden, sich wild aufbäumenden

Landschaft schon Sicherheit? Ein unentwegtes Knirschen, Krachen und Bersten erfüllte die Luft und tat ihnen in den Ohren weh. Selbst der Himmel über ihnen schien zu erzittern. Das Licht der Sterne und des Mondes flackerte unruhig.

»Was ist denn nur los?«, rief Anton. Er konnte sich kaum auf den Beinen halten.

»Ich weiß es nicht«, antwortete Krox und sah sich hilflos um.

Doch da hüpfte Hieronymus plötzlich aufgeregt auf und ab und zeigte in Richtung Haus Zenit. Krox und Anton starrten durch das Dunkel und dann verstanden sie, was Hieronymus ihnen zeigen wollte. Undeutlich noch, aber doch unverkennbar konnten sie die Gestalten des Tierkreises in der Ferne erkennen. Schon traten zu ihren Seiten Fische, Widder, Waage und Jungfrau deutlich aus dem brennenden Kreis, dann hoben sich vor ihnen auch Stier, Zwillinge, Krebs und Löwe von dem feurigen Schein ab.

»Das ist doch nicht möglich«, stammelte Anton. »Die sind doch viel zu weit entfernt. Krox, was ist das?«

Doch Krox stand nur mit offenem Mund da und starrte verblüfft auf die unerwartet nahen Gestalten. Dann schlug er sich mit der Hand an die Stirn und rief: »Natürlich, das ist es. Warum bin ich nicht gleich darauf gekommen?«

»Was denn? Red doch schon!«, schimpfte Anton.

»Die Weltenscheibe schrumpft wieder zusammen«, antwortete Krox. »Jetzt, da der Kreisel stillsteht, nimmt diese Welt wieder ihre alte Größe an.«

Anton blickte erstaunt auf die sich immer noch nähernden Tierkreisgestalten und glaubte sogar in der Ferne Haus Zenit zu erkennen. »Hoffentlich hast du Recht«, sagte er auf einmal. »Und hoffen wir, dass dann Schluss ist.«

»Wie meinst du das?«, fragte Krox.

Anton sah ihn an und erwiderte: »Was ist, wenn diese Welt immer weiter schrumpft? Wenn der Kreisel sich nicht mehr dreht, kann es doch auch sein, dass diese Welt ganz verschwindet.«
Krox senkte den Kopf, dann zuckte er traurig mit den Schultern und meinte: »Das wäre möglich. Ich habe auch schon daran gedacht.«
»Und trotzdem wolltest du, dass ich den Kreisel anhalte?«, rief Anton. »Obwohl du wusstest, dass es dann vielleicht aus und vorbei ist?«
»Was hätten wir denn sonst tun sollen?«, fragte Krox. »Besser, diese Welt geht unter, als dass sie deine Welt mit in das Verderben namens Baldewein reisst. Aber genug geredet. Wer weiß, wie viel Zeit uns noch bleibt. Auf nach Haus Zenit!«
»Glaubst du nicht, dass Haus Zenit auch schon zerstört worden ist?« fragte Anton.
»Vielleicht nicht«, antwortete Krox. »Es steht im Mittelpunkt von Leibs Kreisel. Dort könnte es sicher sein. Komm, beeilen wir uns!«

*****

Sie rannten über den schwankenden Boden, wichen Spalten aus, die sich öffneten und wieder schlossen, stürzten von großen Bruchstücken, die sich plötzlich aufrichteten, sprangen wieder auf und eilten weiter. Und während sie auf Haus Zenit zuhielten, kam ihnen dieses langsam entgegen, sodass sie den Eindruck hatten, dass sie und Leibs Schneckenhaus sich aufeinander zu bewegen würden. Rings um sie wuchsen die flammenden Tierkreisgestalten in den

Himmel und erfüllten das dunkle Gewölbe mit ihrem flackernden Brand. Die Mitternachtslinie schlug Wellen und kroch wie eine schimmernde Schlange in grotesken Windungen über die bebende Erde. Und der Mond und die Sterne tanzten auf der Stelle, als hielte sie bald nichts mehr am schwarzen Firmament. Doch noch war die Distanz, die sie von Haus Zenit trennte, zugleich beruhigend und beängstigend groß.
»Können wir denn nichts tun, um schneller zu sein?«, rief Anton keuchend. »Ein bisschen Magie oder so was?«
»Das ist vorbei«, antwortete Krox atemlos. »Seit der Kreisel still steht, gibt es keinen Hokuspokus mehr.«
Dann wurde er noch schneller und Anton hatte Mühe, den wirbelnden kurzen Beinen von Krox zu folgen. Auch der kleine Drache schoss an ihrer Seite über den wankenden Boden, wobei seine Beine sich so schnell bewegten, dass sie nicht mehr deutlich zu erkennen waren. Anton ballte die Fäuste und rannte, wie er noch nie in seinem Leben gerannt war. Was würde sie in Haus Zenit erwarten? Und was geschah mit dieser Welt? Würde Leibs Kreisel untergehen? Und er selber? Was würde dann aus ihm werden? Würde er sich in seiner Welt wiederfinden oder würde Leibs Kreisel ihn mit in den Untergang reißen? Seine Gedanken überschlugen sich, sein Herz schlug wild und seine Beine wurden schwer wie Blei.
Dann hatten sie es geschafft. Vor ihnen ragte Haus Zenit auf. Die Windungen des Schneckenhauses zeigten keinerlei Sprünge oder Risse. Sie schienen vorerst in Sicherheit. Je mehr sie sich der Mitte von Leibs Kreisel genähert hatten, desto ruhiger war der Boden unter ihnen geworden. Die größten Zerstörungen schienen am Rand der Weltenscheibe stattzufinden. Darum auch war Haus Zenit bisher unbeschädigt geblieben. Die schimmernde Außenwand erzit-

terte kaum und widerspiegelte flammend das Silberlicht des Mondes und das zuckende Feuer der Tierkreisgestalten. Anton und Krox liefen um Haus Zenit herum und standen vor dem dunklen Eingang.
»Sollen wir hineingehen?«, fragte Anton. »Glaubst du, dass wir dort sicherer sind?«
Doch Krox antwortete nicht. Er fasste Anton am Arm und blickte in Richtung sechs Uhr. »Was mag mit Nettesheim geschehen sein?«, fragte Krox mit zitternder Stimme. »Ob sie das Unheil überlebt haben?«
Anton starrte auf den Tierkreis und hätte sich am liebsten selbst geohrfeigt. Wie hatte er die Atzmänner vergessen können? Wie Hsü und den Kaiser? Und wie die Infantin? Anton griff mit der Hand nach dem silbernen Buchenblatt und dachte verzweifelt: Bitte, bitte, es darf ihnen nichts geschehen!
»Können wir denn gar nichts für sie tun?«, stieß er hervor und er spürte, wie ihm Tränen in die Augen traten. Doch Krox schüttelte nur stumm den Kopf.
In diesem Augenblick wurden sie stürmisch umarmt. Ellnbogen, Pantoffel und Schnatterl fielen ihnen um den Hals und konnten sich kaum beruhigen vor Wiedersehensfreude. Sie bestürmten die Freunde mit Fragen und wollten selber gleichzeitig alles auf einmal erzählen, was sie erlebt und gesehen hatten. Nur mühsam gelang es Anton und Krox, die drei Atzmänner zu beruhigen. Es war nicht der Moment für gemütliche Plauderstunden. Die Atzmänner sahen ein, dass die beiden Recht hatten. Natürlich hatten auch sie begriffen, wie ernst die Lage war und wie groß die Gefahr, in der sie schwebten. Gemeinsam mit den Freunden blickten sie in Richtung Nettesheim und hielten Ausschau nach Überlebenden, die vielleicht versuchten, sich in Haus Zenit in Sicherheit zu bringen.

»Wie geht es dem alten Leib?«, fragte Krox leise.
»Nicht gut«, murmelte Ellnbogen und senkte traurig den Kopf.
»Er ist plötzlich zusammengebrochen«, sagte Schnatterl. »Die Gernmeister pflegen ihn jetzt.«
»Das muss geschehen sein, als du den Kreisel angehalten hast«, meinte Krox zu Anton. »Armer Leib, was wird nun aus ihm und aus Baldewein?«
Doch Anton hörte nicht auf ihn. Unentwegt hatte er in die Dunkelheit und das Flackern des Tierkreises gestarrt. »Da, seht doch nur!«, rief er plötzlich. »Da hinten, zwischen den Zwillingen und dem Stier! Die Atzmänner kommen!«
»Hurra!«, brüllten Ellnbogen, Pantoffel und Schnatterl im Chor, als auch sie den sich nahenden Zug entdeckt hatten. Krox atmete erleichtert auf. Ihre Hoffnung wuchs. Vielleicht hatten sich die Bewohner von Nettesheim ja doch alle rechtzeitig in Sicherheit bringen können. Der lange Zug der Atzmänner kam rasch näher. Schon konnten sie erkennen, dass die Atzmänner, die einen scharfen Laufschritt einhielten, ein paar rasch zusammengeflickte Sänften mit sich trugen. Drei Sessel an langen Holzstangen, die sie, im fliegenden Wechsel einander ablösend, auf den Schultern hielten. Und in diesen einfachen Sänften saßen ...
»Der Kaiser, Hsü und ... Anna!«, rief Anton jubelnd.
Da hielt es die Gefährten nicht mehr an ihrem Platz, sie eilten den Ankömmlingen entgegen und liefen mit ihnen das letzte Stück nach Haus Zenit.
Als sie ankamen, wollten die Begrüßungen und das Stimmengewirr kein Ende nehmen. Anton gelang es, sich bis zur Infantin durchzudrängen. Überglücklich, dass sie einander wohlbehalten wiedersahen, umarmte ihn Anna und strich ihm sanft durch das wirre, staubige Haar.
»Ich, ich ... ich bin so froh, Euch wiederzusehen, Anna«,

stammelte Anton. »Ich habe mir solche Sorgen um Euch gemacht.«
»Du hast dir Sorgen um mich gemacht?«, rief Anna und lachte ihr silbernes Lachen. »Oh, Anton, mein kleiner tapferer Bruder. Du ziehst unter größten Gefahren durch Leibs Kreisel, betrittst Haus Nadir und hältst den Kreisel an, denn das hast du doch, nicht wahr? Und dann sagst du, dass du dir Sorgen um mich gemacht hast? Das Wort Sorge scheint mir auf einmal zu gering, um zu sagen, wie sehr ich um dich gebangt habe.«
Da trat Anton einen Schritt zurück, fasste die Infantin bei den Händen und blickte sie stumm und glücklich an. Sie hatte ihn ihren Bruder genannt! Sie hatte Recht, auch sie war für ihn wie eine verloren gegangene und endlich wiedergefundene Schwester. Da lachte er plötzlich und rief: »Anna, Schwester, Hurra!«, und wirbelte sie im Kreis herum.
Der Kaiser und Hsü traten zu ihnen und Hsü sagte lächelnd: »Wie wohl es tut, zu sehen, dass Überschwang der Jugend selbst dem Untergang zu trotzen vermag.«
Anton ließ die Infantin los und wurde sich wieder der Gefahr bewusst, die sie umgab. Dann aber siegte die Wiedersehensfreude und er umarmte K'ang-hsi und Hsü.
»Wie freue ich mich, Euch wiederzusehen«, sagte K'ang-hsi. »Und wie dankbar bin ich, dass Ihr mit der Kraft Eurer Aufrichtigkeit sicher durch alle Gefahren gegangen seid.«
»Ich danke Euch«, erwiderte Anton. »Aber sagt, was ist mit Nettesheim, mit Annas Garten und mit Eurem Pavillon?«
K'ang-hsi schüttelte nur traurig den Kopf und antwortete leise: »Sie sind vernichtet worden.«
»Wenn ich das nur geahnt hätte«, rief Anton, »dann hätte ich den Kreisel doch nie angehalten.«
»Ihr habt getan, was Ihr tun musstet, junger Freund«, sagte

Hsü und blickte ihn aus seinen alten, weisen Augen ruhig an. »Prüft Euer Gewissen und Ihr werdet sehen, dass kein Zweifel an dieser Tat bestehen kann.«
Anton blickte traurig auf die Atzmänner, die sie nun still und ängstlich umringten, und auf die wachsende Zerstörung der Welt, die sie umgab. »Ihr habt Recht«, sagte er, »aber es tut mir so Leid für die Atzmänner und für Euch und Anna.«
»Wir können unserem Schicksal nicht entgehen«, erwiderte K'ang-hsi. »Aber seid nicht traurig. Ich für mein Teil stehe tief in Eurer Schuld.«
Anton sah in erstaunt an. In seiner Schuld? Jetzt, da der Kaiser alles verloren hatte?
K'ang-hsi schien seine Gedanken zu erraten. »Ihr irrt Euch«, fuhr er fort. »Zwar habe ich viel verloren, aber viel mehr noch habe ich gewonnen.« Dann trat er zu Anna und sagte: »Jetzt, da der Untergang unserer Welt meiner Liebe zu Euch bald ein Ende setzen wird, seid ihr nun bereit, diese Liebe anzunehmen?«
Da nickte Anna und reichte ihm stumm die Hand.
»So ein Jammer«, hörte Anton eine bekannte Stimme rufen. Es war Pfeffersack, der sich vordrängte. »Aber trotzdem«, rief er laut, »und wenn auch der Himmel einstürzt. Atzmänner, ein dreifaches Hurra auf den Kaiser und die Infantin! Zum Kuckuck noch mal!«
Da warfen die Atzmänner alles in die Luft, was ihnen gerade in die Hände fiel, brüllten gegen den Lärm ihrer untergehenden Welt an, was das Zeug hielt: »Hurra! Hurra! Hurra!«, und schrien im Chor: »Sie leben hoch! Zum Kuckuck noch mal!« Dann lachten alle und die Tränen traten ihnen in die Augen.
Plötzlich traten die Gernmeister aus dem dunklen Eingang von Haus Zenit. Auf einer Bahre trugen sie Leib ins Freie.

Der alte Mann schien kaum noch zu atmen. Mit geschlossenen Augen lag er wie ein Toter da. Alle drängten sich stumm und erschrocken um die Bahre und blickten voll Trauer auf den zerbrechlichen Leib.
Anton kniete nieder und fasste die Hand des alten Mannes. Er spürte, wie ihm Tränen übers Gesicht liefen. »Bitte«, stieß er hervor, »bitte, du darfst nicht sterben.«
Da schlug der Alte die Augen auf. »Anton, Anton?«, flüsterte er und suchte mit seinen trüben Augen nach ihm.
»Hier bin ich«, sagte Anton mit erstickter Stimme. »Hier, bei dir.«
»Anton«, wiederholte der alte Leib und seine Augen hellten sich auf, bis sie ihn endlich erkannten. »Du hast es also getan. Du hast den Kreisel angehalten.«
»Ja«, erwiderte Anton.
»Es ist gut so«, sagte Leib und ein stilles Lächeln erschien auf seinen eingefallenen Gesichtszügen. Dann sah er hinauf in den dunklen Himmel, hinauf zu den Sternen und dem Mond, deren Licht so unruhig flackerte. »So lang, so lang«, flüsterte der Alte.
In diesem Augenblick schrie die Infantin erschrocken auf. K'ang-hsi legte schützend seinen Arm um ihre Schultern und alle wichen entsetzt zurück. Anton blickte auf. Eine kleine Gruppe der Lemuren näherte sich ihnen. Zwischen sich schleppten sie den schweren Körper Baldeweins. Sie waren nicht mehr weit entfernt, da verließen sie ihre Kräfte und sie sanken sterbend um ihren Herrn zu Boden. Zitternd und nach Luft schnappend krümmten sie sich, dann ging ein letztes Beben durch ihre elenden Gestalten, ihre Fratzen öffneten sich zu einem röchelnden Schrei und sie zerflossen zu einem brodelnden Brei, der sich in kleinen Rinnsalen über den Boden ausbreitete.
Anton erhob sich. Er spürte, wie sich ihm der Magen bei

diesem Anblick umdrehte. Doch er nahm sich zusammen, wandte sich an die Gernmeister und sagte leise: »Legt ihn neben Leib.«
Die Gernmeister nickten, hoben den mächtigen Körper Baldeweins auf und betteten ihn neben den alten Leib. Da schlug Baldewein die Augen auf. Die beiden Erzfeinde wandten sich einander zu und sahen sich an. Aber es war kein Hass mehr in ihnen. Sie waren nur müde, unendlich müde.
»Es geht zu Ende, Anton«, flüsterte Baldewein heiser.
Leib nickte. Da wiederholte Baldewein die Worte des alten Leib: »Es ist gut so. So lang, so lang.«
Plötzlich bebte die Erde so heftig, dass selbst Haus Zenit bis in seine Grundfesten erzitterte. Würde auch noch diese letzte Zuflucht vernichtet werden? War alles vorbei? Der alte Leib versuchte, sich aufzurichten. Die Gernmeister eilten herbei und stützten ihren Meister.
»Die Uhren«, keuchte Leib. »Setzt die Uhren in Gang. Dann gibt es Hoffnung für euch. Rasch, bevor es zu spät ist. Eilt euch! Alle Uhren! Geht alle! Es sind so viele!«
Dann sank er zurück. Sie sahen sich erstaunt an. Was mochte der alte Leib gemeint haben? Die Uhren? Welche Hoffnung?
Doch da rief Krox: »Worauf wartet ihr noch? Tut, was er gesagt hat! Vielleicht sind die Uhren kein vergebliches Werk. Lauft, wenn euch euer Leben lieb ist!«
Da rannten alle los, als wäre der leibhaftige Teufel hinter ihnen her. Nur Krox, Hsü, K'ang-hsi und die Infantin blieben zurück und kümmerten sich um Leib und Baldewein. Alle anderen eilten in den ersten Saal von Haus Zenit und begannen die Uhren aufzuziehen und in Gang zu setzen. Und sie liefen! Alle! Mehr und mehr erfüllte das Ticken der unzähligen Uhren den Saal. Die Gernmeister

schleppten Leitern herbei, auf denen sie selbst die Uhren, die an der Decke hingen, erreichen konnten. Dann kam der nächste Saal und so fort. Sie hasteten von einem Saal zum nächsten und bald war es ihnen, als würden sie wie im Schlaf diese nicht enden wollende Arbeit verrichten. Aufziehen, Gewichte, Pendel, Uhren mit Pendel, Uhren ohne Pendel, kleine Uhren, große Uhren, Standuhren, Tischuhren, Kaminuhren, Wanduhren. Und immer noch warteten Uhren über Uhren auf sie, mussten aufgezogen und in Gang gesetzt werden. Und je höher sie die enger werdenden Windungen von Haus Zenit erstiegen, desto mehr wuchs hinter ihnen das Stimmenmeer der tickenden Uhren an.
Endlich war es vollbracht. Anton stand in der großen, verlassenen Werkstatt, über sich die Glaskuppel und den nächtlichen Himmel mit den schwankenden Sternen und dem bebenden Mond. Durch die Wände drang der vielstimmige Chor der Uhren zu ihm und er glaubte, wieder in der Werkstatt seines Großvaters zu stehen. Die Zeit ist zurückgekehrt, dachte er. Vielleicht hat dieser ewige Augenblick endlich ein Ende. Doch plötzlich wurde er blass und ein schrecklicher Gedanke durchzuckte ihn. Leib! dachte er erschrocken. Was wird mit Leib? Was wird die Zeit ihm antun? Er wirbelte herum und rannte durch die Säle hinab, vorbei an den Tausenden von Uhren, die endlich zum Leben erwacht waren. Er stürzte, sprang wieder auf, riss die Türen auf und rief verzweifelt Leibs Namen. Endlich war er unten. Er rannte durch die dunkle Vorhalle ins Freie und eilte zu der kleinen Gruppe, die sich um Leib und Baldewein bemühte. Hinter ihm drängten sich die Gernmeister und die Atzmänner, die ihm, von seiner Panik angesteckt, gefolgt waren.
War es eine Täuschung oder waren die Gesichter von Leib und Baldewein gealtert? Da hörten sie hinter sich ein ge-

waltiges Knirschen und brechendes Zerren. Erschrocken fuhren alle herum. Was war mit Haus Zenit? Es bewegte sich! Krachend löste es sich aus seiner Verankerung und begann sich erst ruckartig, dann immer gleichmäßiger im Uhrzeigersinn zu drehen.
Plötzlich schrie einer der Atzmänner auf: »Der Tierkreis! Seht doch nur!«
Entsetzt blickten sich alle um. Was für ein neuer Schrecken erwartete sie? Da sahen sie, wie die mächtigen Tierkreisgestalten sich von der Erde lösten und wie flammende Geschosse in den Himmel emporstürzten. Dort verharrten sie wie Gestalt gewordene, feurige Sternbilder zwischen all den anderen Sternen.
Wieder schrie einer unter ihnen auf und rief: »Der Mond! Seht doch den Mond!«
Er bewegte sich! Der reglose Mond verließ seinen Platz und wanderte langsam in Richtung zwölf Uhr. Und mit ihm setzte sich der ganze Himmel mit allen Sternen und den flammenden Tierkreisgestalten in Bewegung und drehte sich in Richtung Mitternacht. Da begann Haus Zenit zu leuchten. Immer stärker wurde das gleißende Licht, bis sie es kaum noch ertragen konnten. Dann floss dieses Licht an den strahlenden Wänden des sich drehenden Schneckenhauses herab und breitete sich um Haus Zenit über die weite dunkle Ebene aus. Rascher und immer rascher dehnte sich dieses Leuchten über die bebende Weltenscheibe aus und hatte bald ihren Rand erreicht.
Wie eine Antwort erhob sich ihnen gegenüber am Rand der Weltenscheibe ein anderes Licht. Wie ein Feuer war es zuerst, dann wurde es, je höher es stieg, zu einem glühenden Orange, das sich langsam in ein flammendes Gold verwandelte. Und um dieses Gold breitete sich ein helles Blau aus, das anwuchs, das Dunkel des nächtlichen Him-

mels verdrängte und das Licht der Sterne und des Mondes verblassen ließ. Bald erfüllte es den Himmel bis weit zur Mitternachtsstunde und ein feuriges, strahlend helles Rund stieg bei der sechsten Stunde über den Rand und überflutete die Welt mit seinem goldenen Licht.
»Was ist das?«, hörte Anton die Infantin flüstern.
»Die Sonne«, antwortete er heiser. »Die Sonne geht auf.«
»Und das blaue Licht am Himmel?«, fragte die Infantin mit zitternder Stimme.
»Das ist der Tag«, antwortete Anton und wagte kaum mehr zu atmen.
»Oh, seht nur«, rief die Infantin und sie hörten, dass sie weinte, »seht nur meinen Garten. Meinen schönen Garten.«
Woher kamen die Bäume, deren Zweige im Wind wehten? Woher der Wind? Woher das Gras und die Blumen, die Vögel und die Schmetterlinge? Woher der breite Fluss, der sich, in der Sonne glitzernd, sein Bett durch die Wiesen bahnte, und die plätschernden Bäche, die sich aus den Wäldern und von den Hügeln kommend, in den Fluss ergossen? Woher kam all dies Leben, diese Schönheit, dieses Geschenk einer neuen, herrlichen Welt, über der sich die Sonne erhob und die den Wechsel von Tag und Nacht kannte? Was war geschehen? Welches Wunder ereignete sich vor ihren Augen?
»Wo seid ihr?«, hörten sie plötzlich die brüchige Stimme des alten Leib. »Wo sind die Gernmeister?«
Die kleinen Drachen drängten sich um ihren sterbenden Herrn und berührten ihn zart mit ihren langen, kräftigen Händen. Leib fuhr wie blind über die Hände und Gesichter seiner Getreuen und flüsterte: »Nun seid ihr die Meister. Nehmt meinen Platz ein und haltet den neuen Kreisel in Gang, so wie ich es euch gelehrt habe.«

Der alte Mann sank zurück. Es ging zu Ende. Seine Hand tastete zur Seite und suchte nach Baldewein. »Lazarus?«, flüsterte er. »Lazarus?«
Baldewein fasste Leibs Hand und antwortete mit brechender Stimme: »Ja, ich weiß.«
Anton sah weinend auf sie herab. Die Gesichter der beiden begannen grau zu werden und fielen mehr und mehr in sich zusammen. Ihr Haar wurde weiß und einzelne Strähnen lösten sich und sanken zu Boden. Immer rascher alterten die beiden Gestalten und deutlich traten die Knochen unter der durchsichtigen, papierenen Haut hervor.
»Das ist nichts für Euch, junger Freund«, sagte Hsü, »für diesen Anblick sind Eure Augen noch zu jung.« Schützend zog er Antons Kopf an seine Brust und hüllte ihn in die weiten Ärmel seines Gewandes. Anton zitterte am ganzen Leib. Doch Hsü hielt ihn fest und geborgen in seinen Armen. Endlich ließ er die Arme wieder sinken und sagte leise: »Es ist vorbei.«
Anton drehte sich um. Leib und Baldewein waren nicht mehr zu sehen. Nur noch ein feiner Staub wurde vom Wind davongetragen, dann war auch diese letzte Spur ihres Lebens verschwunden.

*****

»Was soll denn nun aus uns werden?«, fragte Pfeffersack und blickte verwirrt über das weite, schöne Land, das wie ein einziger großer Garten erschien.
»Nun, dann streng dein Blechhirn mal ein bisschen an«, erwiderte Schnatterl. »Es ist doch ganz einfach. Wir fangen von vorne an! Und wenn ich sage, von vorne, dann meine

ich, wirklich von vorne, mit einem Anfang und einem Ende und allem Drum und Dran.«

»Was soll denn das heißen?«, knurrte Pfeffersack beleidigt.

»Das soll heißen«, rief Ellnbogen lachend, »das soll heißen, dass wir ein neues Nettesheim bauen werden.«

»Und«, sagte Hsü mit sanfter Stimme, »es soll heißen, dass eine neue Zeit angebrochen ist. Eine Zeit des Wachstums, der Blüte, des wirklichen Lebens, aber auch eine Zeit der Vergänglichkeit. Ich fühle es deutlich. So wie dieser Garten, den Leib uns geschenkt hat, einen Frühling und Sommer sehen wird, so wie im Herbst die Blätter fallen werden und der Winter ein weißes Kleid über den Schlaf des Gartens breiten wird, so werden auch wir altern und unser Ende finden. Doch wie dieser Garten, der wieder zu einem neuen Frühling erwachen wird, so wie neue Blätter den alten nachfolgen werden, so wird auch für euch der Kreislauf des Lebens seine Herrschaft antreten.«

»Du meinst, du meinst ...«, stammelte Pantoffel, »du meinst ...?«

»Du meinst, du meinst, du meinst«, schnaubte Pfeffersack. »Stotter doch nicht so rum. Was meint er denn?«

»Dass die Atzmänner Kinder haben werden, du Fettbauch«, fauchte ihn Pantoffel an. »Und ich hoffe, dass sie dir das Leben so schwer machen, dass dir Hören und Sehen vergeht.«

»Kinder? Kinder?«, stammelte Pfeffersack nun seinerseits. Dann machte er einen Luftsprung, packte den verdutzten Pantoffel und drückte ihm einen dicken Kuss auf die Wange. »Kinder!«, schrie er dann. »Hurra!« Und ausgelassen tanzte er durch die Reihen der sprachlosen Atzmänner.

»Aber nicht mit mir, du Mehlkloß«, knurrte Pantoffel und rieb sich die Wange unter dem Gelächter der anderen.

»Aber mit mir«, meinte ein besonders dralles Atzweiblein,

hakte sich besitzergreifend bei Pantoffel ein und zog den Verdutzten, dessen Gesicht sanft rostrot anlief, mit sich fort.

»Aber wie ist das alles nur möglich?«, fragte Anton. »Ich dachte, es sei vorbei mit Hokuspokus. Oder ist das etwa keine Zauberei?«

Da zupfte einer der kleinen Drachen ihn an der Hose und winkte allen, ihm zu folgen. Neugierig drängten sie hinter den Drachen her und sprangen in die Vorhalle des sich drehenden Schneckenhauses. Von dort aus gingen sie wieder durch die hell erleuchteten Säle, vorbei an all den so wunderbar lebendig tickenden Uhren. Als sie die Windungen bis auf halbe Höhe erstiegen hatten, öffneten die Drachen eine Seitentür und führten Anton, Krox, den Kaiser und die Infantin, Hsü und all die Atzmänner, die ihnen neugierig gefolgt waren, auf eine breite Galerie, die an der Wand entlang rings über einer gewaltigen Halle hing. Hier befanden sie sich im Inneren von Haus Zenit, von dem die Windungen des Schneckenhauses nur der äußere sichtbare Teil des Gebäudes waren. Staunend standen sie über dem Mittelpunkt der Weltenscheibe. Ein helles, blaues Licht erhellte den Raum, dasselbe Licht, das Anton und Krox in Haus Nadir im Innern des Kreisels gesehen hatten. Das Zentrum der Lichtquelle lag tief unter ihnen. Anton erkannte den Platz, auf dem das Astrolab, Leibs Kreisel, gestanden hatte, bevor Baldewein es dort fortgenommen und nach Haus Nadir gebracht hatte. Darunter erhob sich das mächtige Bündel aus silbernen Stangen, das wie ein Arm das Astrolab getragen hatte. Durch die Öffnung im Boden drang ein dumpfes Geräusch zu ihnen herauf, wie das Aneinanderreiben und die langsame Vorwärtsbewegung von riesigen Zahnrädern. Aber das Seltsamste von allem waren Tausende und Abertausende von feinen Silber-

drähten, die überall aus den gewölbten Wänden traten, dann an den Wänden entlang bis hinab zu dem silbernen Arm führten und dort an diesem befestigt waren. Und nicht weniger seltsam war eine riesige Glocke, die über ihnen stumm im Dunkel der hohen Kuppel schwebte.
»Was sind das für Drähte?«, fragte Anton. »Was ist das für eine Glocke? Und was ist das für ein Geräusch in dem Loch da unten? Was hat das alles zu bedeuten?«
Wieder war es einer der kleinen Drachen, der ihnen die Antwort gab. Er gab ihnen ein Zeichen, zu warten, schlüpfte durch eine weitere Tür hinaus und kam nach kurzer Zeit mit einer Uhr in den Händen zurück. Rasch maß er nun die Distanz an der Wand ab und zog, als er den richtigen Silberdraht gefunden hatte, diesen aus der Wand heraus. Den Draht steckte er dann im Rücken der Uhr in eine feine Öffnung. Zu guter Letzt wies er mit der Hand auf die Quelle des blauen Lichts hinab und beschrieb mit der Hand eine kreisförmige Bewegung, die die ganze Wand der weiten Halle einschloss.
»Also da soll einer schlau draus werden«, brummte Schnatterl und kratzte sich am Blechkopf. »Ich verstehe überhaupt nichts.«
Murrend nickten die Atzmänner und sahen den kleinen Drachen verständnislos an. Doch der blickte Anton an, als würde er von ihm die Antwort erwarten.
Anton sah zwischen der Uhr, den Silberdrähten und dem blauen Licht in der Tiefe hin und her. Dann seufzte er und meinte: »Na, hoffentlich blamiere ich mich jetzt nicht. Aber mal sehen, ob ich dieses Rätsel lösen kann.«
Der kleine Drachen grinste zufrieden und nickte ihm aufmunternd zu.
»Also«, begann Anton zögernd, »das alles hier ist ein magischer Apparat, Leibs zweiter Kreisel, stimmt's?« Der

kleine Drache nickte beifällig. Anton fasste langsam Mut und fuhr fort: »Die Zeit der Uhren, die wir in Gang gesetzt haben, fließt über die Drähte zu dem silbernen Arm, auf dem früher der Kreisel stand. Und was wir da unten hören, das ist das große Uhrwerk unter der Weltenscheibe, das selber nun von dieser Zeit in Gang gehalten wird.« Er blickte den kleinen Drachen fragend an. Der Drache nickte heftig. »Dieser ganze magische Apparat ist eine Weltmaschine, wie es der erste Kreisel Leibs auch gewesen ist. Und die Magie dieser Maschine hat eine neue Welt erschaffen, anders als die Welt des ersten Kreisels. Eine Welt mit einer wirklichen Zeit, in der die Sonne aufgeht und wieder untergeht und in der es Tag und Nacht gibt und auch die Jahreszeiten. Der erste Kreisel hat die Zeit angehalten, der zweite Kreisel setzt die Zeit in Gang. Diese neue Welt ist vergänglich und es gibt in ihr keine Zauberei mehr. Es gibt nur noch diese eine Magie, die die Welt in Bewegung hält. Wie in meiner Welt. Denn ist es nicht auch eine Art Magie, dass die Erde sich dreht, dass sie um die Sonne kreist und der Mond um die Erde?« Anton brach ab. Dann senkte er den Kopf und sagte leise: »Meine Welt! Ob ich sie je wiedersehen werde?«

Betroffen schwiegen alle. In ihrer überschwenglichen Freude hatte niemand an Anton gedacht, ja nicht einmal Anton selbst.

Hsü legte ihm den Arm um die Schultern und versuchte ihn zu trösten. »Gebt die Hoffnung nicht so rasch auf, mein junger Freund«, sagte er freundlich. »Vielleicht findet sich doch noch ein Weg.«

»Ja, Anton«, sagte auch Anna. »Gib nicht auf.«

Krox trat dicht vor ihn hin, sah zu ihm auf und grinste verschmitzt. »Weißt du noch«, fragte er, »unser Spiel?«

Anton sah ihn verständnislos an.

Krox zwinkerte ihm zu und sagte nur: »Denk nach!«
Trotz seines Kummers musste Anton lächeln. Natürlich erinnerte er sich an die Rätsel, mit denen sie sich die Zeit auf ihrer Wanderung nach Haus Zenit vertrieben hatten. Und auch an das Rätselraten vor dem magischen Kreis um Haus Nadir. Hatte er nicht sogar selber einmal Krox aufgefordert, nicht so rasch aufzugeben, sondern nachzudenken? Er sah sich um und blickte in all die Gesichter, die ihn besorgt und ermutigend zugleich ansahen. In ihren Augen war er Meister Leib. Wer außer ihm sollte eine Lösung finden? Ja, dachte Anton. Wer außer mir sollte es können? Du hast nichts zu verlieren! Versuch es doch einfach!
Anton bemühte sich, sich an alles zu erinnern, was er in dieser Welt erlebt und was er über diese Welt gehört hatte. Irgendwo steckt die Lösung, dachte er verbissen. Ich weiß es. Baldewein hatte ja auch behauptet, diese Welt verlassen zu können. Das war es! Baldewein! Und ... der Kreisel! Baldewein hatte gesagt, dass sich in der Leere des Kreisels das Tor zur anderen Welt öffnen würde. Aber Krox hatte doch behauptet, dass man das Tor nur in einer Richtung durchschreiten könne. Dass es nur ein Eingang, aber kein Ausgang sei. Anton wusste nicht, wem er glauben sollte. Was war falsch? Was richtig? Denk nach! Doch was nützte schon das ganze Nachdenken über den Kreisel? Er war doch mit Haus Nadir zusammen vernichtet worden. Und wenn nicht? Wer sagte, dass der Kreisel, dass das Astrolab in dieser Welt zerstört werden konnte? War es nicht auch ein Teil seiner Welt?
»Ich brauche das Astrolab, Leibs ersten Kreisel«, stieß er hervor. »Ich muss es sehen!«
Sogleich jagte Hieronymus, der wie alle jede Regung auf Antons Gesicht verfolgt hatte, zur Tür hinaus.
»Ist dir eine Lösung eingefallen?«, fragte Anna.

»Ich weiß nicht«, sagte Anton zögernd. »Noch nicht. Aber vielleicht bringt mich das Astrolab auf eine Idee. Wenn es noch nicht zerstört worden ist. Aber das glaube ich eigentlich nicht. Es ist nicht von dieser Welt.«
K'ang-hsi legte ihm die Hand auf die Schulter und sah ihm in die Augen. »Es wird Euch gelingen«, sagte er mit fester Stimme. »Erinnert Euch, mein Freund und Bruder. Ich habe Euch schon einmal dasselbe gesagt und ich habe Recht behalten.«
Dankbar blickte Anton den Kaiser an und starrte dann wartend und nachdenklich in das blaue Feuer, das aus der Tiefe drang.
Es herrschte ein lastendes Schweigen in der hohen Halle. Ungeduldig warteten alle auf Hieronymus' Rückkehr. Würde er das Astrolab finden? Wie seltsam wirklich die Zeit wieder ist, dachte Anton. Doch was für eine Zeit war das? War es die gleiche Zeit wie in seiner Welt? Wenn es hier ein Jahr gäbe, welches hätten sie dann? 1593, das Jahr, in dem Leib und Baldewein den Kreisel in Gang gesetzt hatten? Oder die Zeit und das Jahr, aus denen er in diese Welt gekommen war? Es muss die alte Zeit sein, dachte er. Es ist immer noch 1593. Es kann gar nicht anders sein. Von dem Augenblick an, in dem der Kreisel anfing, sich zu drehen, bis zu dem Augenblick, in dem er ihn angehalten hatte, war keine wirkliche Zeit vergangen, sondern immer nur derselbe endlos sich ausdehnende Augenblick. Und die Zeit lief erst wieder ab, seit der neue, zweite Kreisel, den Leib gebaut hatte, dieser riesige magische Apparat, in dem sie standen, sich in Bewegung gesetzt hatte. Aber war es wirklich so? Die Zeit hatte doch bereits Leib und Baldewein eingeholt und vernichtet? Hatte die Zeit seiner Welt also schon in diese Welt hinübergegriffen? Anton merkte, wie sich ihm wieder mal alles im Kopf zu drehen begann.

Hieronymus schoss zur Tür herein und riss Anton aus seinen Grübeleien. Er hatte das Astrolab in den Trümmern von Haus Nadir gefunden. Freudestrahlend reichte er es Anton. Ein Aufatmen ging durch das weite Rund der Wartenden. Anton blickte ratlos auf das Astrolab in seinen Händen. Hieronymus hatte auch die Reifen mitgebracht, die sich schwebend über dem Astrolab gedreht hatten, bis Anton sie angehalten hatte. Plötzlich fühlte Anton sich furchtbar entmutigt. Er hatte so sehr gehofft, in dem Astrolab die Lösung zu finden. Doch was sollte er damit? Wie sollte er es jemals wieder in Gang setzen? Und selbst wenn er es könnte, wozu? Anton betrachtete enttäuscht die Teile des Astrolabs, das reglose Uhrwerk, den Stundenring, den Tierkreis, den Mondzeiger, dessen Drachenkopf noch immer über der Zwölf stand. Anton fasste nach dem Zeiger, um ihn ein Stück weiterzudrehen. Doch der Zeiger stand still. Anton versuchte mit aller Kraft, ihn zu bewegen, aber es gelang ihm nicht. Warum lässt er sich nicht bewegen? dachte Anton. Der faule Zauber ist doch vorbei. Plötzlich glaubte er in seinen Händen, die das Astrolab hielten, ein feines Vibrieren zu spüren. Ja, wirklich, das Astrolab zitterte deutlich spürbar. Es stand wie unter einer großen Spannung, als ob ... als ob es diese ganze Zeit seit dem Augenblick, in dem der Mondzeiger zum Stillstand gekommen war, aufgestaut hätte. Die ganze ungeheure Zeit bis zum jetzigen Augenblick, dachte Anton. Das sind Jahrhunderte! Und es ist die Zeit meiner Welt, denn das Astrolab gehört in meine Welt. Und wenn diese Zeit nun ablaufen würde? Wenn das Astrolab diese Zeit nachholt? Wird sich dann das Tor in meine Welt öffnen? Dann, wenn die Zeit des Astrolabs und die Zeit meiner Welt wieder gleichlaufen? Das muss es sein, dachte Anton erregt. Er musste das Astrolab in Gang setzen. Aber wie? Was hatte

das Astrolab denn angehalten? Hatte es nicht mit den Mitternachtsschlägen der Glocke zu tun gehabt?
Da auf einmal begriff Anton alles, begriff es, als hätte ihn ein Blitzschlag getroffen. »Die Glocke!«, schrie er auf. »Natürlich die Glocke!«
»Hast du die Lösung?«, fragte Krox mit leuchtenden Augen.
»Ja«, rief Anton und lachte und weinte zugleich, »und er hat es die ganze Zeit gewusst!«
»Wer?«, fragte Krox. »Von wem redest du?«
»Von Leib«, antwortete Anton und wischte sich die Tränen der Freude und Erleichterung aus dem Gesicht. »Die ganze Zeit, in der du gedacht hast, dass Leib den Verstand verloren hat, hat er die Uhren und diese Weltmaschine hier gebaut. Und er war es auch, der dich losgeschickt hat, um mich zu holen. Und er hat alles für meine Rückkehr in meine eigene Welt vorbereitet. Deshalb die Glocke!«
»Ich verstehe immer noch nicht«, brummte Krox.
Da erklärte Anton es ihm und allen anderen. Das Astrolab wurde herumgereicht und alle spürten deutlich das Vibrieren des Werks. »Wozu sonst hat Leib die Glocke bauen lassen?«, schloss Anton seine Überlegungen. »Die Weltmaschine funktioniert auch ohne sie. Also kann er sie nur für mich gebaut haben. Und als ich das erst einmal begriffen hatte, war ich sicher, dass ich auch mit allem anderen Recht hatte. Es kann gar nicht anders sein«, stieß er beschwörend hervor.
»Ich glaube dir ja«, beschwichtigte ihn Krox. »Aber wie soll es nun weitergehen?«
»Das Astrolab muss wieder auf seinen alten Platz gestellt werden«, erwiderte Anton. »Und wenn die große Glocke zwölfmal schlägt, wird sich der Mondzeiger in Bewegung setzen und das Uhrwerk des Astrolabs wird ablaufen. Wei-

ter kann ich mir auch nicht vorstellen, was passiert. Aber ich bin sicher, dass es der einzige Weg ist.«
»Aber ist es nicht gefährlich?«, fragte die Infantin.
»Vielleicht«, sagte Hsü, der lange schweigend zugehört hatte. »Doch dass Leib die Glocke erbauen ließ, ist wie eine Gewissheit, dass es der richtige und der einzige Weg ist. Junger Freund«, wandte er sich an Anton. »Ihr müsst Euren Weg zu Ende gehen. Ich wünsche Euch Glück dabei.«
»Ja«, riefen die Atzmänner wild durcheinander. »Viel Glück! Passt auf Euch auf, Meister Leib!«
Sogleich holten die kleinen Drachen eine lange Leiter herbei, die sie von der Galerie herab bis zur Plattform am oberen Ende des silbernen Armes legten. Dann kletterte einer von ihnen mit dem Astrolab hinüber und stellte es in die Mitte der Plattform. Über eine zweite Leiter stieg ein weiterer Drache zur Glocke hinauf, befestigte ein langes Seil am Glockenstuhl und mehrere der Drachen schwangen die Glocke auf, sodass sie sogleich schlagen würde, wenn sie wieder herabgeschwungen wurde. Alles war bereit. Nun hieß es, Abschied nehmen. Ellnbogen, Pantoffel, Schnatterl und Pfeffersack umarmten Anton so fest, dass er schon befürchtete, sie würden ihm die Rippen brechen. Alle waren tief bewegt und selbst der besonnene Hsü hatte Tränen in den Augen, als er Anton in die Arme nahm.
»Geht mit meinem Segen, mein junger, verehrter und kluger Freund«, sagte er mit seiner sanften Stimme. »Ich danke dem Schicksal, das unsere Wege zusammengeführt und mich dadurch so reich beschenkt hat.«
Dann trat K'ang-hsi auf ihn zu und sagte: »Was sollte ich Euch zum Abschied geben, das nur entfernt den Wert dessen hätte, was Ihr mir gegeben habt? Durch Eure Tat, mein Freund und Bruder, ist mein schönster Traum in

Erfüllung gegangen. Empfangt also einfach den Dank, den Euch der Kaiser von China schuldet.« Und K'ang-hsi verneigte sich vor dem verlegenen Anton bis zum Boden. Wieder einmal schoss Anton das Blut ins Gesicht.
Doch da schloss ihn Anna in die Arme und sagte lächelnd: »Lass zu, dass wir dich ehren. Wir schulden dir alle großen Dank. Und«, fuhr sie fort und dabei blitzte der Schalk aus ihren Augen, »wer weiß, wann du wieder mit dem Kaiser von China auf so vertrautem Fuße stehen wirst?«
Da lachte Anton und erwiderte: »Wohl nicht so bald. Und auch nicht mit der Infantin von Spanien.«
Plötzlich zuckte er zusammen, schrie schmerzhaft auf und rieb sich die Stelle seines Hosenbodens, an der ihn Hieronymus' Speer empfindlich getroffen hatte. Dann musste er lachen und sagte: »Du hast vielleicht eine Art, dich zu verabschieden. Wenigstens sind wir jetzt quitt. Das war wohl für das Schoßhündchen? Hat Krox gepetzt, was?« Da machte Hieronymus zum letzten Mal für Anton seinen geliebten Kratzfuß und grinste dabei, dass es ihm den Kopf mal wieder schier auseinanderriss.
Nun war die Reihe an Krox. Still standen sie einander gegenüber und dachten wohl beide an alles, was sie gemeinsam erlebt und überstanden hatten.
»Ich hoffe, dass dich das Astrolab in die richtige Zeit und an den richtigen Ort zurückbringt«, sagte Krox. »Diesmal musst du die Reise ohne einen Führer antreten.«
Anton nickte nur. Der Abschied von Krox fiel ihm schwer. Er fasste in die Hosentasche, zog das Silberstück hervor und reichte es Krox. »Hier, behalt es«, sagte er. »Zur Erinnerung.« Dann kniete sich Anton hin und sie umarmten sich lange. »Werde ich dich wiedersehen?«, fragte Anton.
»Nun ja, vielleicht«, erwiderte Krox und zwinkerte ihm zu. »Du weißt ja, wo ich zu finden bin. Aber nun geh!«

Anton erhob sich und kletterte über die Leiter auf die Plattform hinunter. Sorgsam achtete er darauf, dass die Reifen richtig auf den feinen Silberstreben des Astrolabs lagen. Dann richtete er sich auf und ließ langsam den Blick in der Runde schweifen. Ich werde sie alle nie mehr wiedersehen, dachte er traurig, nicht die Atzmänner, nicht Hsü und K'ang-hsi, nicht Krox und Hieronymus und auch nicht Anna. Er spürte, wie sich sein Herz zusammenkrampfte. Aber es muss sein, dachte er wieder. Ich gehöre nicht hierher. Und ich muss zurück. Zurück in meine Welt und zu den Menschen, die mich lieben. Schon wollte er den kleinen Drachen, den Meistern, ein Zeichen geben, die Glocke zu läuten, da rief Krox: »Anton!«
Anton blickte zu ihm empor.
»Denk daran«, rief Krox. »Du bist in uns und wir sind in dir.«
»Ja«, erwiderte Anton, »bis in alle Ewigkeit oder so ähnlich«, und lächelte. Dann gab er das Zeichen, die Drachen hängten sich an das Seil, die Glocke schwang herab und begann dumpf zu schlagen.
Anton leckte sich über die trockenen Lippen. Die Zunge klebte an seinem Gaumen und auf seiner Stirn bildeten sich große Schweißtropfen. Angsterfüllt und zugleich voller Hoffnung starrte er auf das Astrolab. Was würde geschehen? Würde das Tor in seine Welt sich wirklich öffnen? Dröhnend hörte er über sich die tiefen Schläge der Glocke. Schon der dritte Schlag und noch rührte sich nichts. Vier, fünf, sechs zählte Anton in Gedanken mit. Da begann das Astrolab unruhig zu werden. Es fing an zu beben, bäumte sich auf, als wollte es seinen Platz verlassen, doch eine unheimliche Kraft hielt es unentrinnbar fest. Neun, zehn, elf, dachte Anton. Dann schlug es zwölf. Lange und immer länger hallte der zwölfte Schlag, schien kein Ende nehmen

zu wollen und brachte den Raum, die Luft, das Licht um Anton in ein sonderbares, weiches Schwingen. Um ihn löste sich alles auf, Haus Zenit, die Freunde, die ganze Welt von Leibs Kreisel. Anton sah wie gebannt auf den Mondzeiger. Jetzt, jetzt begann sich der Zeiger in Bewegung zu setzen, kroch im Uhrzeigersinn über den Stundenring ... wieso im Uhrzeigersinn? ... Er war doch rückwärts gelaufen, damals ... egal ... so ist es richtig, natürlich in der anderen Richtung ... er wollte doch zurückkehren ... er brauchte einen Ausgang, keinen Eingang ... anders als damals ... falsch, als jetzt ... damals ist jetzt ... warum bleiben denn die Reifen liegen? ... Die braucht es doch nicht, Dummkopf ... es geht um die Zeit, nur um die Zeit und nur das Werk muss laufen ... und es läuft. Langsam, schnell? Ich weiß nicht ... vierhundert Jahre und noch ein paar dazu ... Was ist? Das Astrolab ... zerbricht ... Warum schlägt die Glocke noch einmal? ... Welche Glocke? ... Was ist das? Wo bin ich?

Anton fühlte, dass er auf hartem Boden lag, mit offenen Augen, die blicklos in das Licht des Mondes sahen, irgendwo ... Nein, nicht irgendwo! An einem vertrauten Ort. Die Uhrenstube im Münsterturm! Aber das Mondlicht? Da hörte er ein metallenes Knirschen und langsam begannen sich die Dreieckslamellen des großen Zifferblatts hinter dem Schattenriss des alten Uhrwerks zu bewegen. Dann gab es einen Ruck und krachend schlossen sich die Lamellen und verbargen das blendende Licht des Mondes. Und die Räder des Uhrwerks blieben stehen.

Anton stand auf. Ihm war etwas schwindlig. War alles nur ein Traum gewesen? Er blickte an sich herab. Wie staubig seine Kleider waren. Sie hatten sogar ein paar Risse. Und die Kratzer an seinen Händen? War das alles also doch geschehen? Wie spät mochte es sein? Er sah auf seine

Armbanduhr. Das Zifferblatt leuchtete im schwachen Licht des Mondes, das durch die kleinen Fenster fiel. Die Uhr lief und zeigte kurz nach halb vier. So spät schon? Doch nicht Mitternacht? War er eingeschlafen? Hier in der Turmstube? Und der Staub, die Risse in den Kleidern, die Kratzer an den Händen? War er gestürzt, als er in den Turm stieg und hatte sich verletzt? Warum konnte er sich aber nicht daran erinnern? Dafür aber an diesen langen, sonderbaren Traum, bis in die kleinste Einzelheit.
Anton ging zur Türe und begann die Wendeltreppen hinabzusteigen, erst die metallenen Stufen, vorbei an den Glaswänden und den dunklen Gewichten der Turmuhr, und dann die steinernen Stufen. Durch die schmalen Schießscharten fielen silberne Lichtstreifen auf die Stufen und Anton sah wieder die Steinfiguren, die Dämonen, Engel und Heiligen und die Dächer der Stadt. Plötzlich hörte er aus der Ferne die Glocke der kleinen Antoniuskapelle läuten. Zwei kurze Schläge dicht nacheinander. Viertel nach, dachte Anton. Wieso Viertel nach? Seine Uhr hatte doch vorhin auf kurz nach halb vier gezeigt. Anton blieb stehen und blickte wieder auf das Zifferblatt seiner Armbanduhr. Fast Viertel vor vier. Ging seine Uhr falsch? Warum hatte die Münsterglocke denn nicht geschlagen? Anton stieg die Wendeltreppe weiter hinab. Endlich war er unten. Er trat durch die kleine Tür und über die drei Steinstufen in das dunkle, hohe Kirchenschiff hinaus. Wieder sah er die Hände und Gesichter der Apostel, die das Mondlicht aus den Schatten riss, und den flackernden Schein der Opferkerzen. Er wandte sich nach links, betrat die Glaskabine vor dem Haupteingang, schob den schweren Samtvorhang zur Seite, öffnete die große Holztür und stand in der Vorhalle. Ohne zu zögern ging er zum Nasentrompeter und blickte hinauf. Doch die Augen der

Steinfigur sahen tot und leer auf ihn herab. »Krox?«, flüsterte Anton leise. »Ach, Krox.«
Langsam sank er auf die Steinstufen unter dem Nasentrompeter. Und es ist doch wahr! dachte er. Kein Traum! Das Buchenblatt! Das silberne Buchenblatt um seinen Hals! Rasch griff er danach und zog es hervor. Hell schimmerte das Silber des Blattes im Mondlicht. Anton drehte es um. Anna stand darauf. Jubel stieg in ihm auf. Das war der Beweis! Es war alles wahr! Anton schloss die Augen und sah wieder die Gesichter seiner Freunde vor sich. Er öffnete die Augen und blickte zum Nasentrompeter über sich hinauf. »Wir sehen uns wieder«, flüsterte er. »Irgendwann.« Dann legte er sich auf die unterste Steinstufe, zog die Beine an und schlief ein.

*****

Das laute Klappern aneinander schlagender Mülltonnen riss Anton aus dem Schlaf. Erschrocken fuhr er hoch und sah sich verwirrt um. Er musste eingeschlafen sein. Es war früher Morgen. Zeit, dass er hier wegkam. Hoffentlich sieht mich der Großvater nicht in diesem Zustand, dachte Anton und blickte auf seine staubigen, eingerissenen und zerknitterten Kleider. Schon wollte er durch die große Holztür in die Kirche schlüpfen, da drehte er sich noch mal um, warf einen Blick zum Nasentrompeter hoch und zwinkerte ihm zu. Dann eilte er durch die Glaskabine und das dunkle Kirchenschiff bis zu der eisernen Seitenpforte. Er öffnete die Tür und spähte hinaus. Niemand da! So ein Glück! Leise ließ er hinter sich die Tür ins Schloss gleiten. Dann rannte er über den Münsterplatz und durch die

Straßen, bis er in der Pfälzergasse vor dem Haus des Großvaters stand. Der Schlüssel! Gott sei Dank, da war er! Er hatte ihn nicht verloren. Rasch sperrte er die Tür auf und schlich sich durch den dunklen Gang und den Garten bis zur Tür der Werkstatt. Vorsichtig lugte er durch das Fenster neben der Tür in die Werkstatt hinein. Ob der Großvater schon auf war? So leise wie möglich öffnete er die Tür. Natürlich musste sie quietschen, als er sie hinter sich zumachte.

»Bist du's, Anton?«, hörte er die Stimme des Großvaters aus dem Lager. Wahrscheinlich räumte er gerade sein Feldbett zur Seite.

»Ja«, antwortete Anton und das Herz schlug ihm bis in den Hals hinauf.

»Bist ja früh auf«, brummte der alte Leib.

»Ich konnte nicht mehr schlafen«, sagte Anton laut und schlich sich dabei zur Treppe. »Da bin ich spazierengegangen.«

»Wahrscheinlich wegen des Vollmondes«, meinte der Großvater.

Das kann man wohl sagen, dachte Anton und musste grinsen. Wenn der Großvater wüsste ... Nein, besser nicht. Er würde es sowieso nicht glauben. »Ich hole gleich Brötchen und mach das Frühstück«, rief er noch eilig, als er hörte, dass sich der alte Leib der Lagertür näherte, und sprang rasch die Stufen hinauf.

Im Schlafzimmer schlüpfte er aus den schmutzigen Klamotten und versteckte sie hinter einem Bücherstapel. Dann wusch er sich, zog sich schnell neue Sachen an, fuhr sich eilig mit dem Kamm durch die nassen Haare und rannte die Treppe hinab, um Brötchen einzukaufen. Bald saß er mit dem Großvater am Frühstückstisch und aß so hungrig wie schon lange nicht mehr.

Der Großvater lächelte über den Appetit seines Enkels. Dann stutzte er plötzlich. »Was hast du denn da?«, fragte er und zeigte auf Antons Hals, an dem die silberne Kette zu sehen war. Anton wurde rot und reichte dem alten Leib widerwillig die Kette mit dem Buchenblatt. Sicher würde ihn der Großvater auslachen! Na, und wenn schon! Ist mir doch egal, dachte er.
Der Großvater betrachtete das feingeschmiedete Blatt eingehend. »Gute Arbeit«, brummte er anerkennend. »Wer das gemacht hat, der versteht was von seinem Handwerk.« Er drehte das Blatt um und las den Namen darauf.
Anton ärgerte sich über sich selbst. Schon wieder schoss ihm das Blut ins Gesicht. Seine Ohren mussten ja wie Feuer glühen. Da gab der Großvater ihm ruhig die Kette zurück und sagte nur: »Wirklich eine schöne Arbeit. Wer auch immer dir das geschenkt hat, auf jeden Fall solltest du es in Ehren halten.«
Dankbar blickte Anton seinen Großvater an und dachte: Das werde ich! Das werde ich ganz bestimmt!
Nachdem er den Tisch abgeräumt hatte, setzte er sich wieder auf seinen Lieblingsplatz bei der Fensterbank und blickte in den Garten hinaus oder sah dem Großvater bei der Arbeit zu. Er fühlte sich glücklich. Glücklich und geborgen zwischen all den vertrauten Gegenständen und Geräuschen. Das Ticken der Uhren hatte alles Unheimliche für ihn verloren. Er lauschte dem unentwegt sich verändernden Stimmengeflecht. Noch immer bewahrten diese Stimmen ihr Geheimnis. Es war, als schlüge jede der Uhren ihre eigene Zeit. Und diese Zeiten begegneten einander, liefen gemeinsam ein Stück des Weges, trennten sich wieder ... Und aus all dem entsteht das, was wir die Zeit nennen, dachte Anton. Manchmal haben wir das Gefühl, dass sie uns davonläuft, und manchmal scheint sie nicht

vom Fleck zu kommen. Und die Uhren? dachte Anton verträumt. Jede Uhr erzählt eine Geschichte. Jede Uhr ist wie eine eigene Welt. Und er dachte an die Infantin, an den Kaiser, an Hsü, Krox, Hieronymus, die Atzmänner und diese ganze herrliche Welt von Leibs Kreisel, die wie ein großes Uhrwerk schlug und lebte, blühte und verging, irgendwo ... Ja, irgendwo, dachte Anton und er fühlte wieder, wie traurig es ihn machte, dass er seine Freunde nie wieder sehen sollte. Das also war die Schattenseite der Zeit, die Vergänglichkeit. Auch wenn es ohne sie nicht ging, Abschiednehmen tat weh.
Der Großvater griff zum Radio und schaltete es ein. Leise Musik erklang und dann begannen wieder die Nachrichten. Anton lächelte. War wirklich ein ganzer Tag vergangen? Oder saß er immer noch im gestrigen Tag, auf dieser Fensterbank, und sie hörten Radio und gleich würde der Sprecher von den Ereignissen in der Uhrenstube berichten ...?
Anton fuhr auf. Der Nachrichtensprecher sprach wirklich von der Uhrenstube!
»... haben die beiden Mitarbeiter der Münsterbauhütte das Bewusstsein wiedererlangt. Laut offiziellen Angaben ist der Gesundheitszustand der beiden stabil. Sie werden aber noch einige Tage zur Beobachtung in der Klinik verbleiben. Weitere Erkenntnisse aus den Untersuchungen im Münsterturm liegen bis zur Stunde noch nicht vor.« Ein Rascheln wie von Papier. Der Sprecher räusperte sich und fuhr fort: »Wie uns soeben mitgeteilt wurde, ist die Uhr im Münsterturm aus bisher ungeklärten Gründen heute um Mitternacht stehengeblieben. Wie eine erste Expertise ergab, kann mit einem weiteren Betrieb des aus dem sechzehnten Jahrhundert stammenden Uhrwerks wohl nicht mehr gerechnet werden. Es handelt sich bei diesem Uhr-

werk um eines der ältesten Zeugnisse früher Uhrmacherkunst. Ob ein Zusammenhang zwischen der Erkrankung der beiden Mitarbeiter der Bauhütte und dem Ausfall der Turmuhr besteht, wird noch abgeklärt. – Das Wetter: Vorwiegend sonnig mit nur leichter Bewölkung. Vereinzelt böige Winde aus Nord, Nordost ...«

Der Großvater schaltete das Radio aus. »Gott sei Dank geht es den beiden wieder gut«, brummte er. »Ich habe doch gesagt, dass die Ärzte das schon schaffen werden. Aber das mit der Turmuhr ...« Der alte Leib schüttelte den Kopf. »Seltsame Geschichte«, brummte er. »Sonderbar, nicht wahr, Anton?«

»Ja«, antwortete Anton. Mehr sagte er nicht dazu.

Kopfschüttelnd wandte sich der Großvater seiner Arbeit zu.

Anton sah wieder in den Garten hinaus. Das Sonnenlicht spielte zwischen den Blättern und warf helle Flecken auf die abplatzende Farbe der alten Bank. Es war still in der Werkstatt, bis auf die leisen Arbeitsgeräusche des alten Leib und das Ticken der Uhren. Es ist also vorbei, dachte Anton. Und es war ihm, als wäre ein letztes Band zerrissen, ein Band, das ihn mit einer Zeit verbunden hatte, die über vierhundert Jahre zurücklag. Lange saß Anton so da, hing seinen Gedanken nach und wirre Bilder der Erinnerung zogen in ihm vorbei. Plötzlich fiel sein Blick auf das Zifferblatt seiner Armbanduhr und er zuckte zusammen. Die Zeiger standen auf ein Uhr mittag. Es konnte doch noch nicht so spät sein! Sie hatten doch erst gerade die Nachrichten gehört. Anton blickte auf die Uhren in der Werkstatt. Die große Standuhr zeigte auf halb zehn. Aber was war dann mit seiner Uhr los? Warum ging sie über dreieinhalb Stunden vor? Leibs Kreisel! dachte er. Natürlich! Die Uhr geht deshalb vor, weil sie wieder angefangen hat zu

laufen, als Haus Zenit sich zu drehen begann. Und jetzt zeigt sie die Zeit von Leibs Kreisel und nicht unsere Zeit.
Anton starrte auf die schnelle Bewegung des Sekundenzeigers, das langsame Vorrücken des Minutenzeigers und auf den nur scheinbaren Stillstand des Stundenzeigers. Er fühlte sich seinen Freunden auf einmal wieder so nah. Es war ihre Zeit, die vor seinen Augen ablief. Aber kam es wirklich darauf an, welche Zeit seine Uhr anzeigte? Allein schon, dass die Zeit nicht still stand, dass die Zahnräder sich drehten, ineinandergriffen, dass das ganze Uhrwerk zu leben schien und sein Lauf in der Bewegung der Zeiger sichtbar wurde, das allein schon verband ihn mit seinen Freunden in Leibs Kreisel. Jede Stunde, jede Minute, jede Sekunde. Zu jeder Zeit! Es war kein Abschied. Noch nicht.
Anton blickte auf die große Standuhr und stellte seine Armbanduhr nach ihr. Dann sprang er von der Fensterbank, zog einen hohen Hocker neben den Arbeitstisch des alten Leib und schaute ihm bei der Arbeit zu.
»Ist was?«, fragte der Großvater unwirsch.
Anton schüttelte den Kopf. Behutsam setzte der alte Leib die Teile einer kleinen Uhr zusammen, die er gerade auseinander genommen und gereinigt hatte. Anton sah ihm lange schweigend zu. Plötzlich fragte er leise: »Großvater?«
»Hmmh«, brummte der alte Leib.
»Kannst du mir zeigen, wie so eine Uhr funktioniert?«, fragte Anton schüchtern. »Ich meine, so richtig funktioniert. Was für Teile sie hat und wie man sie baut?«
Der alte Leib hielt in der Arbeit inne und sah schweigend auf das Uhrwerk. Seine Hände zitterten auf einmal leicht. Er hob den Kopf und warf Anton einen sonderbaren Blick zu. Es schien Anton, als mischten sich Zweifel, Traurigkeit und eine aufkeimende Hoffnung darin. Dann wandte der

Großvater sein Gesicht wieder ab und plötzlich begann er mit geschickten Bewegungen die Teile der Uhr wieder auseinander zu nehmen. Als alle Teile fein säuberlich sortiert vor ihnen auf der Arbeitsplatte lagen, zögerte der alte Leib einen Augenblick. Dann räusperte er sich und begann leise zu erklären:

»Das hier nennt man die Unruhe. Sie ist für das Uhrwerk das, was für den Menschen der Herzschlag ist ...«